シトカ全景。海側からシトカ市街と背後の山々を望む（1996年，角田淳郎氏撮影）

シトカのオーロラ。月も星も見える晩に3時間にわたって夜空を踊った。下に見える明かりはダウンタウンの夜景（1998年11月8日，角田淳郎氏撮影）

火草・Fireweed・やなぎらん。アラスカ全土を紅の花群でおおい，短い夏を謳歌する（1999年7月，著者撮影）

解体中のアラスカパルプの工場。1週間後には解体工事が終了し，跡地はシトカ市に寄贈されて公園になる。やがて火草が生えるだろう（同上）。

写真1　バラノフ小学校。大庭みな子が日本語を教えた（1999年7月，著者撮影。断りのない限り以下同）

写真2　Lakeview Drive 218 House. 大庭夫妻の旧居。この一帯にアラスカパルプの社宅があった。

写真3　スワン・レイクの対岸から，もとアラスカパルプの社宅群を望む。
湖岸に火草が群れ咲いている。

写真5　スタリガヴァン・クリークの上流の浅瀬。ここで鮭は産卵して死ぬ。
10月の雨が鮭たちの死骸を海に帰す。

写真4　オールド・シトカの原生林。樹齢を重ねたスプルースとヘムロックが鬱蒼と茂る。

写真6　スタリガヴァン・クリークと手前のシトカ・サウンド(湾)の境にかかる橋。9月になると鮭がクリークを遡上する。

写真7　アラスカパルプの工場群。ブルー・レイクからの俯瞰。

写真8　解体中のアラスカパルプの工場。口絵2頁と同。

写真9　ネイティヴ・ヴィレッジの家（1994年7月，著者撮影）

シトカ（米国アラスカ州バラノフ島西端）とダウンタウン拡大図

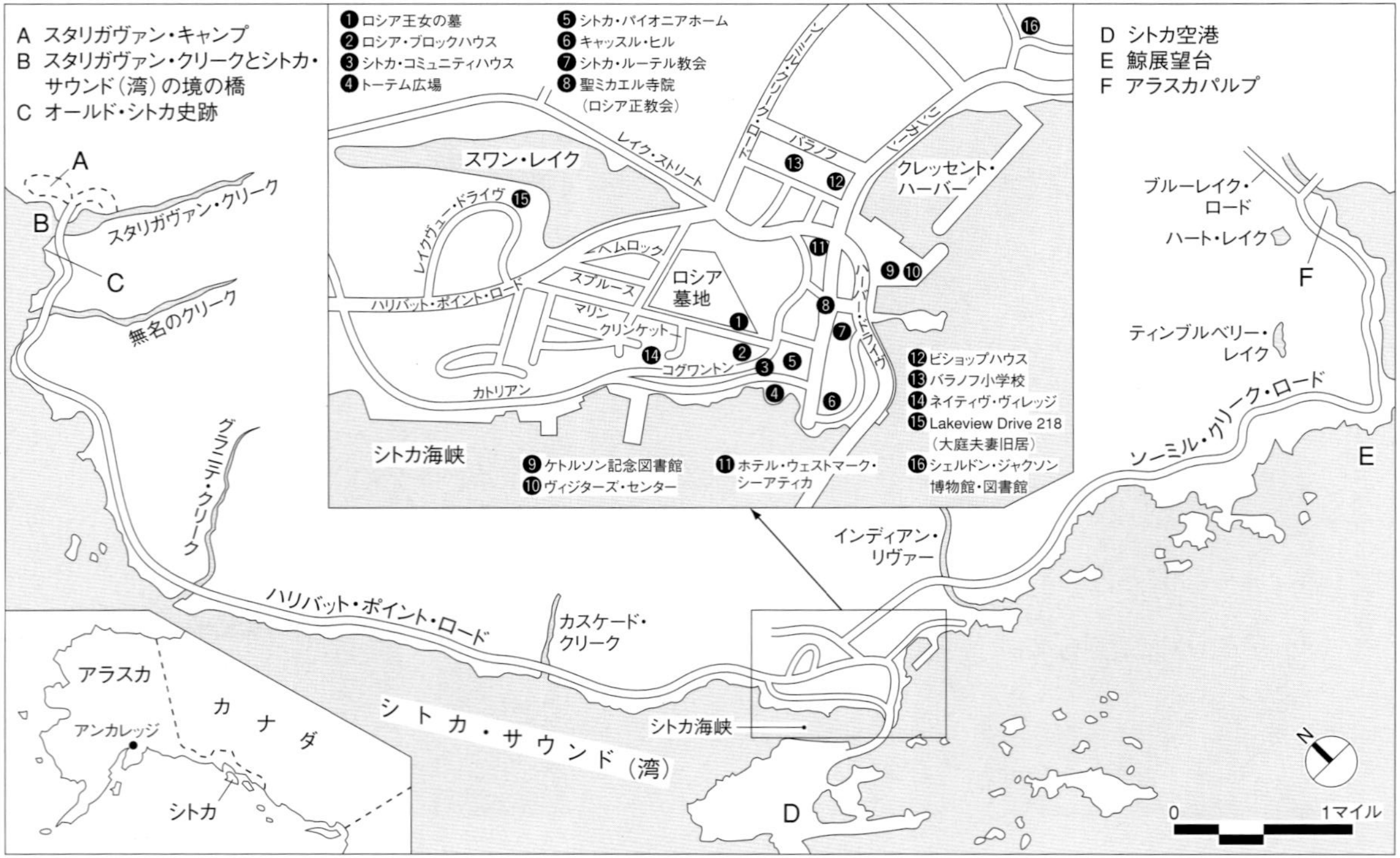

EGUSA Mitsuko, THE WORKS OF OBA MINAKO:Alaska, Hiroshima & Niigata

大庭みな子の世界

アラスカ・ヒロシマ・新潟

江種 満子

新曜社

目次

火草（大庭みな子）への旅――序に代えて……1

第Ⅰ部　外からの視座――日本の近代を超える　その一　23

一　「三匹の蟹」着床の場（一）――ウーマン・リブ前夜のセクシュアリティ……25
はじめに
1　新しい血（知）
2　砂とストッキング
3　装いの性差
おわりに

二　「三匹の蟹」着床の場（二）――一九六〇年代の文学状況とジェンダー……46
1　一九六〇年代のセクシュアリティ
2　一九六八年のノラ
3　「三匹の蟹」と『第三の性』

三 「三匹の蟹」の由梨 …… 65
四 「構図のない絵」 ——アメリカのなかの日本人女性、または人種・ジェンダー …… 70
1 日本の女性作家とアメリカ
2 大庭みな子のアラスカ
3 「構図のない絵」——一九六〇年代初めのアメリカ
4 エド——黒人男性の構図
5 サキ——貪欲な構図へ
五 「火草」の世界——ネイティヴ・ジェンダー・セクシュアリティ …… 94
1 シトカ地誌
2 火草という意味空間
3 ヒトと自然との関係性
4 女の恋・男の恋
5 男たちの政治学

第Ⅱ部　内からの視座——日本の近代を超える　その二　121

六　『ふなくい虫』と『浦島草』のあいだ　123
1　ありについて
2　ウロボロスの呪縛——『ふなくい虫』
3　開く力——『浦島草』

七　曖昧さを味わう（作者への返信に代えて）
——『ふなくい虫』の「異母姉弟」をめぐって　140
1　作者からの手紙
2　彼＝花屋の言語地図
3　語りの周期
4　メタファーとしての近親相姦
5　『浦島草』の予感

八　『浦島草』の物語系　157
1　『浦島草』へ
2　わかりにくさ
3　三つの極——蒲原・ヒロシマ・東京

4 女たちの連鎖――「あり―玲子―夏生」

九 『浦島草』、または里に棲む山姥 …… 171
1 新潟と山姥
2 『浦島草』の構図
3 浦島草――玲子の花
4 変幻自在な山姥の語り
5 山姥たち
6 山姥と生きた男たち――欲望すること・欲望について語ること

一〇 『浦島草』と蒲原小作争議――「番頭」の末裔たち …… 192
1 大庭みな子と新潟
2 『ふなくい虫』と『浦島草』をつなぐもの
3 木崎村小作争議沿革
4 『浦島草』――三つの主題系
5 冷子と雪枝、森人と雪枝――ヒロシマ・蒲原を語り合う
6 近代の対立をずらす

一一 大庭みな子と西条（東広島市） …… 223

目次

第Ⅲ部　自由へ――内でもなく外でもなく　237

一二『寂兮寥兮』――結婚神話を超えて……239

一三『海にゆらぐ糸』――生きた年月と自由……248

1　私的交友物語としての『海にゆらぐ糸』
2　「さあ、鯨の腹の中にもぐり込んで、旅に出よう」
3　「女の命」が侮辱されたとき
4　「夢みて、絶望し、やがて赦す」
5　人生の饗宴

一四　私小説の愉しみ――『海にゆらぐ糸』……281

大庭みな子研究の動向　287
大庭みな子　略年譜　297
あとがき　305
初出一覧　310

地図制作　谷崎文子

凡例

大庭みな子の作品中、『大庭みな子全集』（全十巻、講談社）に収録されたテクストからの引用にさいしては、『全集』と略記し、巻数と頁数を記した。

火草（大庭みな子）への旅——序に代えて

一九九九年七月二五日　曇りのち雨　アンカレッジ

午前一〇時、飛行機がアンカレッジ空港への着陸態勢にはいると、窓側の席から灰色の砂浜が弓状の線を幾本も引きながら、目路の限り浅い起伏を刻んでいるのが見えてきた。潮の引いた岸は空も海もいちめんにくすんで、無彩色の侘びた風情を感じさせるうちに、やがて滑走路の突端が現れたと思うと、右側の奥の方のガレ場のような原っぱから、いきなり鮮やかな鴇色《ときいろ》の花の群生が飛び込んできた。その紅い花の原は、着陸する飛行機の風にもまれ、いっせいにうねり返った。

あれが「火草」なんだ。わたしは直感的に確信する。火草という花のことは、名ばかり知っていてまだ実物を見たことはなかったのだが（口絵写真）。

火草は、大庭みな子の初期中編小説「火草」（一九六九）やエッセイ集『魚の泪』（一九七一）などから初めてその存在を知り、姿や生態もこれまでそこに書かれたことを通して気ままに思い浮かべるばかりだった。そのあともずっとずぼらを決め込んで、植物図鑑も見ず百科事典も引いてはいなかった(1)。

こんどの旅の目的の一つは、小説「火草」を、それが着想された場に近づけて読み解くことにあったのだから、アラスカ再訪で最初に出会ったのが火草（だと勝手に断定した花）だったことは、これからの旅程がいかにも幸先よいと約束されたかのように思え、わたしはひそかに喜んだ（やがてわたしの思い込みは当たっていたことがわかる）。

出発の前日、昼過ぎから夕方までかかった会議が終わると、ハードな旅行に必須の用意としていつもの接骨院に行き、腰痛対策をして帰宅。そして夜半から本や書類を整えて荷造りをすませると、もう出発の日の明け方になっていた。大庭みな子のアラスカをもっと深く踏みしめたいという思いからだけでなく、ふだんの職務からつかの間解放される期待もまた彼方の北極圏にわたしをつないでいて、まるで渡り鳥たちが目的地に向かって一途に首を差しのべ、列をなして飛ぶように、わたしはアラスカを目指し、成田出発から七時間後にはアラスカの地上に紅い花の原を見出したのだった。

大庭みな子は書いている。


火草、ファイアウィードは、アラスカに一番よく見られる花で、地域によって数種あり、八フィートもあるかなり丈の高いもの、地を這うように低いものもあります。四片の薄い紅の花びらが可憐で、長い柄のまわりに下の方から次第に花をつけ、見渡す限り密生してそよいでいるさまは、原を這う炎を思わせます。乾燥した季節に、この地方によくおこる山火事のあとに最初に生える植物がこの火草です。（「火草とエスキモーたち」『大庭みな子全集』三巻、二〇四頁。以下『大庭みな子全集』は『全集』と記す）

旅行から帰ってからのことだが、火草という名は大庭みな子独自の使い方だとご本人から直接聞いた。その時日本名が「やなぎらん」だとも御伴侶《おつれあい》の利雄氏から教えられた。二つの異なる名前を並べると、名詮自証というか、一つの花をあえて英語のファイアウィード（fireweed）から日本語に直訳して、〈火・草〉と呼んだ大庭みな子は、炎のような熱い情念、焼け跡にまっ先に生える雑草的で旺盛な生命力など、英語圏がもっている野草的な表象に沿って新しい日本語を創り出していることがわかる。やなぎらんという日本語の命名にこもる優美さのイメージは排されたのだ。

これはたんに一つの花の名をめぐるエピソードにはとどまらない。日本の伝統に根づいた情緒＝感情を発動させる言葉のシステムにたいして、あえて距離を置く、あえて切断する、そのような姿勢で世界を読み解こうとする、新しい作家の言語基盤を示唆する徴表でもあるだろう。大庭みな子の読者のわたしは、実物の花を見る前にはこの花について大庭流の火草のイメージをだくばかりで、しかも火草の英語的表象に大庭みな子自身が自己同一化しているのではないかとも感じていた(2)。

さきの大庭みな子の言葉どおり、たしかにアンカレッジでもシトカでも、帰りの中継点だったケチカンでも、七月の終わりはアラスカ全土が火草の季節だった。一日好天を恵まれるといっせいに開花が進む。また火草の咲く場所には、同じ鴇色の鈴を長い穂状に連ねた「きつねのてぶくろ」（ジギタリス科）も、たいていいっしょに見られた。

＊＊＊

ソヴィエトロシアが健在だった時代には、ヨーロッパへの空路はアンカレッジを経由してアメリカ周りでなければならなかったので、アンカレッジは長年にわたって開発されてきた大きな都市のようだ。が、ロシア上空を飛べるようになったいま、成田からアンカレッジへの旅客便はノースウェスト航空が夏季限定で運行するだけになっている。今回は長時間続くフライトは健康上避けたいという理由で、アンカレッジを経由して大庭みな子のシトカに入ることを選んだ。この空港では、旅の間の通訳係としてイギリスに滞在中の娘が合流し、二人で空港から遠く離れた市街地へバスで入ると、もうファイアウィードの姿はなく、栽培種の花ばかりが夏の到来を謳歌している。植栽された花の組み合わせはどこまでも濃厚な華麗さを追っており、日本人のわたしたちにはどぎつく感じられたりしたのだが、日頃よく知っている花が、それぞれとてつもなく大きく咲いているのも違和感の原因だろう。北極圏の夏は日照時間が長く、そのぶん花が育ち過ぎるのだという。

違和感といえば、もう一つここの美術館でいまさらのように悟ったことがある。展示方法というものが美術館の基本精神を表しているということを、この町の美術工芸館の展示から受ける違和感によって、つくづく認識した。周知のようにアラスカやカナダなどの北極圏には、アジア系の諸民族が古くから先住していて、そこにロシアやアメリカからの白人の侵攻や入植の歴史があって今日に至っている。ここアンカレッジも例外ではない。アンカレッジ・ミュージアムは、そのような土地の歴史を展示で伝承しようというものだが、ここでの展示方法では、一階部分の先住民はプリミティヴな存在のままに終始し、かたやロビーを天井まで吹き抜ける二階の大きな回廊部分には、白人の開拓功労者の数家族を顕彰する展示が広い壁面いっぱいに明るく並んでいる。そして双方のフロアーが今後対話し合う余地があるのかどうか、それを企図するまなざしを展示の方法から十分読みとることはできなかった。わたしは落ち着けなかった。

大庭みな子の「火草」が、ほかでもない先住民のネイティヴを登場させた物語なので、ここの展示の仕方はさっそく宿題をわたしに課したように思われた。

＊＊＊

大庭みな子を探すアラスカ行きは、わたしにはつまりはシトカへの旅を意味する。シトカはこれで二度目の訪問になる。一回めの平成六（一九九四）年の夏には、シトカにつくまでアメリカの東西を欲張って駆けめぐり、シトカには疲労困憊して最後にたどり着いたうえに、滞在日数も少なかったので、シトカの広くもない市街部を足で歩き回っただけで、調査はかいなでにもならないままに終えるしかなかった。こんどは少しはましな旅にしたい。事前に地図を検討し、メールでアラスカ案内の文献検索にも努めはしたものの、やはりこのままでは、ちょっと立ち入った観光旅行にはなっても、大庭みな子にせまる具体的な手応えは相変わらず弱いままに終わりかねない。

どうしたものかとためらううちに日がたち、ようやく出発が近づいたある日、思いきって大庭さんのお宅に電話した。ご夫君の利雄氏に、シトカ時代の住所を教えていただきたいとお願いした。書かれたものからこれまでにおよその見当はつけてはいたものの、この場所はすべてのカナメになるだけに、これだけははっきりさせておかないと、いろいろのことが曖昧になってしまうと考えてのことだった。

大庭氏ご夫妻はついひと月前にシトカへ行って帰られたばかりだとのことだった。利雄氏は、シトカSitkaの地図を広げているわたしに、次に記すように、住所ばかりでなくほかにも新しい貴重な情報をたくさんくださった（地図参照）。

（1）大庭夫妻の旧家屋は、Lakeview Drive 218 house. アラスカパルプの社宅群のなかの Swan Lake 側にある一軒。私の予想は道一本それていたことが判明。（ダウンタウン⑮）

（2）大庭みな子がそこの日本語教師だったというBaranof小学校の位置（ダウンタウン⑬）。

（3）シトカ中心部から東へ、Sawmill Creek Road が尽きて山道の Blue Lake Road と行き会う位置に、利雄氏の勤務されたアラスカパルプの工場（解体中だった）がある（シトカF）。

（4）大庭みな子が通ったKettleson Memorial Library（ダウンタウン⑨）とSheldon Jackson College Library（ダウンタウン⑯）の位置。Kettleson には、『海にゆらぐ糸』を発表中に夫妻が滞在した家の女主人で、長年の親しい友人だったポーランド人女性ヤダーシュカさんの死に際し、弔慰金を寄付されたそうである（シェルドン・ジャクソンの図書館は、前回入ろうとして果たせなかった）。

(5) ロシア軍が最初に上陸したオールド・シトカ。彼らが、当時はネイティヴたちの居住地だった現在のシトカ中心部の攻略を謀った拠点。そこはシトカ市の西方のはずれ、Halibut Point Road の行き止まる原生林に地続きの場所。原生林の入口のあたりは、小説「火草」の森だと教わった。鮭の上る Creek がある（シトカC、B）。

けれどもさらにありがたく心強かったのは、現地でアラスカパルプの撤退に立ち会っておられる唯一の日本人社員、角田淳郎氏とコンタクトをとってくださったことだった。角田さんの寛大で親切なご案内のおかげで、シトカの主要なポイントに降り立つことができ、わたしは予想に何倍もする成果を得ることになる。

七月二六日　雨　シトカ

午前一一時、シトカ空港に角田氏の出迎えをいただいた。シアトルを初めとして、アラスカのランゲルそしてシトカと、もう二十年以上をアメリカで暮らしておられるそうだ。スニーカーにジーンズ、半袖のポロシャツという若々しい装い。土地の人には待ちどおしい夏が来たというところなのに、日本の夏からのわたしは寒い北の国に行くという重装備、上から下まで冬支度で臨んだのがおかしかった。七月のシトカはずっと雨続きだとか。まっすぐホテルへ。昼食を角田ご夫妻にごちそうになる。ボイルした鮭を注文したところ、ハリバット halibut（おひょう）のフィッシュ・アンド・チップスが地元の食通のおすすめなのだそうで、これは翌日の楽しみにまわすことにした。

シトカの町はバラノフ島の西端に位置し、海に面したホテル Westmark Shee Atika（ダウンタウン⑪、シーアティカは、シトカと同じ意味のネイティヴの言葉だろうと思う。シトカは島の突端 edge の意）の三階の部屋からは、申し分ない眺望が一八〇度開け、前方には観光シーズン中毎日早朝に入港する大型観光船や大小の島々が間近にあり、左の東北方向には町並みにそのまま続く平地の森が見え、さらにそれがそのまま濃い針葉樹の山へ急峻に盛り上がって、千メートルを越す山々の頂には残雪が見える。ただしこれはたまたま晴れた時の話。たいていは霧と雨のくりかえしで見えない。

七月二七日　雨と霧のくり返し

大庭みな子の小説の背景に霧が欠かせないのはだれにも見やすい特徴になっているけれど、シトカに来てみるとそれが容易に納得できる。雨と霧のくりかえし、照ったと思うといつの間にか降り出して霧が立ちこめ、五十メートル先も見えなくなる。「天気が良くなったら案内しますので電話をください」という角田氏の言葉で別れてから、次の日は天気になるのを待っても待っても雨と霧ばかり、たまに弱い日が射してもいつともなく雨と霧になっている。これでは少々晴れたくらいでは信用できない。

午前中は雨の中を、一八六七年にロシアからアメリカにアラスカが売り渡された時の記念の場所、キャッスル・ヒルの砲台のある史跡を見て、ケトルソン記念図書館に座る。ここからフィヨルドの海を見わたしながら大庭みな子が夢や幻を追い、読書したにちがいないと思いつつ、シトカの歴史の本を読んではコピーをとる。午後、やはり雨の中を、町の中心にある露西亜正教の寺院のビショップが住んでいた居宅（ダウンタウン⑫）を見に行くと、アルバイトで案内係をつとめる大学生らしい若者が、ニーハオと言ったのでコンニチワと応える。彼の説明は見事なまでに聞き取れなかった。南部から来た学生ではないかということだけれど、この困惑は日本語に慣れない外国人がいきなり流ちょうな関西弁を聞かされるのに似ているかもしれない。

ビショップハウスを出て歩きながらふと気づくと、この町では雨が降っても傘をさしている人は一人もいない。みんなフードのついた上着でやりすごしている。そんな中でわたしだけが帽子を被って傘までさして歩いているので、苦笑してしまった。けれども、雨のなかはこの地の天候に慣れないよそ者にはけっこう寒く、うっかり他人のまねはできない。それからここには交通信号というものがない。人が道の端に立っていると、車はまちがいなく自発的に停まってくれる。それだけでも車王国の日本人には浮き世離れした別天地の感じがする。しかも車はたいてい実用本位で、小型のトラック式のものがたくさん走っていて、荷台にはしばしば大きな飼い犬が乗せられて、雨にぬれるのもかまわずご主人様と同行している。車体など錆びていても平気のようだ。なにしろこの潮風の吹く雨と霧の町のことだから、錆びさせないためにはたいへんな手間がかかるのではないか。

引き続いて、出発前に教わった Lakeview Drive 218 house という所に、大庭夫妻の旧居を確かめに行く。途中、大庭みな子が日本語を教えたというバラノフ小学校（写真1）の前を通る。平屋建ての黄色い壁をした大きな建物だ。公園になっているスワン・レイクを右に見ながら行くと、四分咲きほどの火草が道ばたや草むらなどいたるところに、きつねのてぶくろと隣り合って咲いていて、煙った雨の中の目を楽しませてくれる。

アラスカパルプの社宅は、幹線の大通りに面したバプティスト教会の裏側から Swan Lake の斜面にかけての一角を占め、間に幅六メートルほどの道路 Lakeview Drive を挟んで向かい合わせに並んでいる。私道のような通りなのか、入口には白い標識に赤い大きな字で「警告」とあり、その下に黒い小さな文字で「怪しげな風体の者や不審な行動をする者は、ただちに警察に通報する」と（英語で）書いてある。おまけに取っつきの家のガレージの上には、スピッツのように走り回る白い犬とブルドッグのような大きな犬が放し飼いにしてあり、ブル君は雨の装備でごわついている怪しげな風体のわたしに向かってやたらガンを飛ばしてくるので、たとえ悪いことを企んでいなくても落ち着かない。あの標識の警告は犬の威嚇と相まって効果絶大だ。

通りには桜が数本あり、幹もだいぶ太くなっている。現況から推測すると、アラスカパルプの社宅は、往時は道路を挟んで向かい合わせに同じ作りの平屋建てが四〇戸あったのではないかと思われる。アメリカ合衆国で環境問題がきびしくなって、一九九三年に会社が操業を停止してから、社宅は一般住宅として売却され、いまでは会社と関係ない人たちの居住区になり、思い思いに手を加えた建物に変わっている。平成六（一九九四）年に第一回目の訪問をしたときには、会社はもう操業停止の後だったのだ。ともあれわたしが立っているU字型に道が湾曲するあたり、区画全体の中程に218ハウスがある。幸いにも、この218ハウスがもっともよく原状を留めている家屋の一つだった。大庭邸は道路に面して広い芝生をもつスワン・レイク側にあり、玄関脇にひと群のきつねのてぶくろが紅い花を咲かせている。裏庭も広い芝生で、だらだら下りにスワン・レイクまで続いている（写真2）。

その場所に立つと、水草の繁茂する湖の向こう側に雪をいただく高い峰がいくつも連なっている。すばらしい眺め。陳腐でもそうとしか言いようがない。犬たちの目も届かない位置だし、いつまでもここに立っていたい気持ちになる。小説に書かれてあることがらの記憶と、いま目にしている光景とを峻別しようなどという意識はほとんどはたらかない。大庭みな子が原石を組んでりっぱな花壇をつくったというのはあの裏庭のことだろうか、作中人物がよく見上げたというスリーシスターズ（三人姉妹）というのはどの山だろう、冬になると凍ったスワン・レイクでスケートに興じたと書いてあったけれど、と湖面の方を木の間からすかして見おろす。それにしてもそうしたことなどはこの家のどの部屋で書かれたのだろうか。

角田氏によると、氏は時期は重ならないものの、大庭夫妻と四軒おいた同じ間取りの家に住まれたそうで、ベッドルーム二、リヴィングルーム、キッチン、ガレージ（大）各一といったところのようだ。

ところで最近の文学研究者たちのなかには、表現された言葉がすべてで、言葉の背後に実体を求めるのは錯誤だと主張する人たちがある。その人たちにとってはわたしのようにこのような実地踏査をするということ自体が、愚行としか映らないだろう。けれどもわたしは、テクストとして書かれた言葉が、実在する地理や風土や人間関係とどのように関わって生み出されるのか、読み手の立場で再構成してみたい気持ちを抑えることができない。テクストを書いた人の場にできるだけ読みの位置を近づけるとき、いまわたしが出逢っている実体としての光景から生まれる名づけがたい感情は、作家が書いたテクストの言葉と織り合わされて、わたし自身の言葉の世界へと組み替えられていく。言葉以前のものを抱き込みながら、自身のテクストの読みをつくってみるという快楽を、どうして否定できようか。

七月二八日　雨のち霧、やがて快晴

朝からだんだん霧が晴れる気配に、角田氏にこのお天気は信用していいのでしょうかと電話でおたずねしたら、この土地では雨を気にしていたら何もできないというご注意。心を入れ替え、午後からの案内をお願いした。土地の人には天気の回復は読めていたのではないだろうか。やがて晴天は定まり、汗ばむくらい日射しが強くなる。昼過ぎから行程四時間の、これ以上効率のよい案内はないというくらい要点を押さえた、東奔西走のドライヴが用意されていた。

車で案内していただく前に、湖の反対側の道からもう一度、アラスカパルプ住宅の一角を裏側の方から見直しに出かける。湖の澄んだ水が広い道路の下をくぐってボコボコ音を立てながら放流されている箇所があった。昔はこの湖に伐採した材木を貯木していた、という記録をケトルソンの図書館で読んでいたので、角田氏にたずねると、昔は湖から海に流れ込む川があって、その川を使って以前海の際《きわ》にあった製材所まで材木を流したということだったが、その川もいまでは暗渠になって地図の上にも記されていない。ボコボコ音を立てていた水はその川の名残なのだろう。対岸の、社宅から湖におりてくる緑の斜面には、白いボートが引き上げられているのが見え、その上方にかけて大きなヘムロック（栂《つが》、その時はまだ木の名は知らない）が林立し、木のてっぺんでは白頭鷲（と思いたいような大きな鳥）のつがいが戯れており、やがて枝にとまって姿が見分けられなくなった（写真3）。

午後、角田氏の車で、まっ先に **Halibut Point Road** をどこまでも西へ走る。観光船が入ってくるシトカの東の玄関口の海ではなく、シトカ海峡でいったんくびれて西の方へ開けるゆったりした海 **Sitka Sound** をすぐ左側に感じ続けて走る。海には深い森におおわれた大きな島がいくつも見えかくれする。最初の行き先はオールド・シトカとその先の原生林、そしてそのなかに海から入り込んだクリークのある場所が選ばれていた。

途中で、海に臨む家並のなかの一軒が、昭和六二―六三（一九八七―八八）年に大庭夫妻が滞在した友達の家だと教わる（友達だった女主人はもう亡くなって、別の人が建て直して住みかわっている。この女主人がヤダーシュカというポーランド系の友人だ）。わたしは走る車から、家の位置を中心にした海と島の配置を見ながら、『海にゆらぐ糸』（一九八九）のなかのある章で、鯨が潮を噴くポイントを、窓を背にしたまま見もしないで言い当てる女友達のエピソードがあったのを、なるほどこの構図なんだと、ようやく了解できた。この海になら鯨が群をなして入ってくるだろう。東の表玄関の海側の景色のなかには、どうしてもそのエピソードにふさわしいロケーションを想像できないでいたのだ。

オールド・シトカの森は降り立つと怖くなるような深い原生林だった（写真4）。いまから百年以上も前、明治二〇年代の半ばに、国木田独歩が北海道の開拓者を夢見て北海道の森林を視察し、手つかずの自然が発する沈黙の声に畏怖した「空知川の岸辺」（明治三五＝一九〇二）という短編があるけれど、ここに立つと彼の恐怖は現代でもやはり他人事ではない。角田氏は、まず原生林をなす樹木の双璧、spruce スプルース（アラスカ檜、ハリモミ）と hemlock ヘムロック（アラスカ栂）について説明された。スプルースはとろろ昆布のような長い苔が、幾抱えもありそうな幹から、また地に着くほど長い枝からもいっぱいぶら下がっている。葉に棘がない。テントを張って移動する北極の先住民の民話を読むと、テントを設営するとき地面にこのスプルースの枝を敷きつめて床をつくる作業が必ず出てくる。ヘムロックも背の高い大木で、幹の樹皮は杉のように縦に裂け目があり、頂上がクエスチョン・マークのようにうなだれている。葉に棘がある。どちらもアラスカパルプがレーヨンパルプと建築資材のために伐採してきた樹木である（ちなみに大庭みな子には一九七一年に『栂の夢』という書き下ろし長編がある）。

伐採した跡には、実生の木が育って再び森林をつくりなす自然のサイクルが機能しているのだという角田氏のお話だったが、シトカ市が自然環境保護政策に転じたために、課される規制の厳しさでパルプ工場の経営が成り立たなくなり、撤退を前提とした操業停止が決定された。その後五年間かけて、工場が汚染した海水などの原状回復を待ち、平成一一（一九九九）年、アメリカの環境省の認可を得て工場閉鎖・撤退の許可に至るまでの経緯のあらましを、この森のなかで聞いた。あとからわたしたちは解体中の工場を見せてもらうのだが、戦後五五年間の日本経済の栄光と挫折を一瞬にして見収めるような、厳粛な思いに迫られることになる。

森のなかに地下水を汲み上げている蛇口があり、ポリタンクをもって汲みに来ている人があった。ちょうどヘルメットをかぶったショートパンツ姿のサイクリング集団が水飲みの休憩を終えて出発しようとするところだった。わたしたちも、この数万年の時を積んだ氷河と水脈を同じくするであろう森の地下水を、掌に受けて飲んだ。

さらにここから奥へ曲がりくねった道を進むと、海に始まる入江が森の奥へと遡りながら、だんだんと浅瀬になってゆくクリークがある。鮭の大群が秋になると産卵のために帰ってくるクリークの浅瀬だ（写真5）。ほどよい場所に鮭の産卵を観るための歩道と木橋が設けられている。川の上には木の枝が覆い被って、川床にはすべりやすい苔藻がはりついている。こんどはこの道を戻りながら、もう一度入江の方へ川を下る。すると一転して、澄んだ水に水草が生い茂った広い入江が爽やかに開けている（写真6）。それが幹線道路にかかる橋を挾んで、一気に海へと開ける。海には鱒が高く跳ね、銀色の腹をきらめかせていた。

小説「火草」のなかの、火草と鶫《つぐみ》という若い一対の男女は、この森のなかの浅瀬で、鮭たちの死を賭けた産卵のいとなみに胸を突き上げられ、そして燃える火草の原に埋もれ、絶え間なく揺れるオーロラのとらえがたい揺らめきに身も心もゆだねて、戯れ合い、叫び、ついに彼ら自身も死を賭けて生きる鮭になる。

そして道を少し戻ってロシア上陸地点のあたりにくると、木の陰になる細長い海岸線には海藻が打ち上げられており、「火草」の冒頭場面をしのばせる光景だ。「火草」の鴉族の男たちは、毒殺された火草の弔いに赴き、それぞれの思いを抱きながらこの道をうつむいて歩くのだ。

さて「火草」の舞台を後にし、あとのいくつかの場所を省略して、オールド・シトカとは正反対の、町の東北端のアラスカパルプの解体中の工場のところで、このシトカドライブの紹介を終わることにしたい。パルプ工場の立地条件として、豊富な真水の給水とその排水とが不可欠だという点は、素人にも想像しやすい（写真7）。アラスカのパルプ業について世界の地理風俗の本(3)をみていると、アラスカパルプの写真とケチカンのパルプ工場の写真が載せてあるけれども、二つはまったく見分けがつかないほどよく似ている。同じ写真を使ったのではないかと錯覚するほどだ。アラスカパルプの背後の山に登ると、中腹に真っ青なブルーレイクが鎮まり、湖はアラスカパルプによってダムとして堰かれ、町全体の生活を潤す豊富な水量を誇っている。ホテルの水がお茶を煎れてみるとすぐ飲み分けられるくらいおいしかったのが納得できた。その湖を背後から取り囲むようにして、見事な針葉樹の森が天を貫いて高く高く聳えている。ホテルから左手に眺めた高い山はこの方向だったはずだ。コバルトブルーの湖面に見とれながら、そこらのサーモンベリーやブルーベリーをとって口に運ぶ。ブルーベリーは舌も歯も黒く染める。

そして先にも書いたように、また写真が語るように、昭和三四（一九五九）年一一月操業開始のアラスカパルプは、四〇年の歴史を閉じようとしていた（写真8）。大庭みな子は一九五九年の操業開始とともに夫、長女とアラスカへ移住した。昭和四三（一九六八）年に日本の文壇に登場して間もない頃の彼女の言い分によれば、それは日本脱出にほかならなかった。「わたしを相手にしてくれない故郷ならとび出してやれ、という気分だった」。彼女はそう書いていた(4)。けれども、その脱出といえどもまた、日本の敗戦後の経済復興のエネルギー、資本主義経済の成長期あるいは爛熟期に遭い得たことが可能にした選択肢だったことを思うと、ちょうど四〇年後に、材木を熱処理してパルプを作った鉄の大釜が、錆びついた裸の姿でいくつもゴロンと転がされている場面には、一人の旅人にすぎないわたしにしても、ただ日本人だという縁によってばかりの感情ではないはずなのだが、言葉も出ない。

ほととぎすの一声が森をわたって消える、それに続く底のない静寂、大庭みな子はとくに晩年しきりにそのような瞬間を書いた。とくに『海にゆらぐ糸』がそうだ。わたしは写真を撮るのも無礼なようでためらわれたが、目に収めたものを言葉だけで人に伝える自信はなく、ごめんなさい、撮らせていただいていいですか、と角田氏に許しを得てから急いでシャッターを切った。無礼だとの思いは一企業に対するものをはるかに超えていた。

現代女性文学の開拓者にして支え手でもある大庭みな子を誕生させたのは、まちがいなくアラスカでの一一年間である。その表現世界にとってのどろどろした不定形な根源、まさに鉄釜の中で煮立てられた木材パルプさながらに、生命を誕生させるカオス・羊水のように、海と森と雨と霧が渾然としたアラスカ、さまざまなネイティヴとさまざまな白人とさまざまな東洋人のいるアラスカ、しかもそれぞれの人種民族に地球上のどこともおなじく男たちと女たちがいるアラスカ、通時的にも共時的にも人と文化の絶え間ない争闘と多彩さを抱擁してきたアラスカが、紅い火草のような、とくべつ強い生命力と華やぎで大庭みな子の世界をはぐくんだ。そのことを思うと、歴史の特別の時に出逢い得た一人の女性作家の不思議さを思わずにはいられない。

＊＊＊

ホテルでサンドイッチを大急ぎで牛乳と一緒に飲み込んで港に駆けつけ、St. Lazariaという沖の島の方へ夕方の六時から八時半まで船に乗って、Sea Otter & Wildlife Questというクルージングツアーに参加した。鯨のウォッチングでなくシー・オター（らっこ）を売り物にしているのがつつましくて好ましい。サングラス着用でも海面から照り返す太陽で目を焼かれた。大波を越えるたびに船底がどんと宙に浮き、ワオと声に出さないと体の芯にひびいてしょうがない。この船が見せたいらっこのテリトリーは一定しているらしく、そこにいくと藻に絡まって腹を見せて浮いていたり、つがいですいすい泳いでいたり、大きな群に会った。思いがけず、鯨も間近で二頭見ることができ、添乗員も満足したほど好運なクルージングだったらしい。

後日になって聞いたことだが、大庭夫妻はシトカ時代、毎日会社が四時に退けてから、五時から一二時まで海に出て釣りをしたと懐かしんでおられた。釣り糸が見えるかぎり夜でも釣りはできるのだそうだ。

七月二九日　晴れ

前日頑張りすぎたので疲れて昼近くまで外出できない。部屋の窓から、交差点を行き交う人や車、海や船や雲や森をあかず眺める。

すると交差点を、この数日間で何度も見かけた少年の姿が渡った。六月から八月まではアメリカ全土が長い夏休みなので、ボーリング場のなかのハンバーガー・ショップなどでは中学生らしい子供たちをたくさん見かけた。そのなかのネイティヴらしい大柄な男の子の姿などは、いつもゆっくりのっそり歩いているのをいろんな所で見かけたりすれちがったりした。町の中心部の小高い一帯に Tlingit クリンケットというネイティヴの部族の名を付けた通りがある。そこから西側へ下がると Kogwanton コグワントンという狭い通りがあって、ネイティヴの家々がある（写真9）。その少年がそこに住むのかどうかは知らない。けれども少年が交差点を向こうへ歩いていくのをまたしても部屋の窓から見かけた。

でもこの逆に、彼の方からすれば、何度もすれ違ういかにも旅行者然とした東洋人の二人連れをどんな思いをもって見ただろうか。気がかりではある。

さて小説の「火草」では、火草の花や鮭の産卵のほかにも、オーロラが小説のローカリティを際だたせているのだが、七月のシトカでは鮭もオーロラにも早すぎて会うことはできない。けれどもオーロラは前の年の一九九八年一一月に、シトカでは珍しい緑のオーロラが大がかりに出現して長時間町じゅうを彩り、大騒ぎだったとかで、その夜の角田氏撮影のアルバムを拝見しながら、その宵の様子に想像をめぐらせることはできた（口絵写真）。

角田氏はアマチュアの域を超える写真家としてシトカでは公認の存在であり、町の刊行物には氏の写真がしばしば使われている。氏の撮影になるその夜のオーロラの写真は、町とオーロラを併せ収めたアングルによって、ユニークな作品と賞賛され、日本のTVの某天気番組でも紹介されたという。

別れの夜に、わたしたちは角田ご夫妻とホテルのレストランで夕食を共にし、それから角田氏のお宅でお茶をいただいた。わたしたちは角田氏のオーロラのアルバムを眺めながら、オーロラの夜の騒ぎの様子を聞いた。もちろん角田氏の興奮も一方ならぬものだったそうだが、このような夜、ネイティヴの子供たちは家の外に出て、うねり動くオーロラに向かって唸るような歌うような声を発してオーロラに和したのだと聞いた。それは、人間の表現行為の起源を思うとき、言葉以前の表現として、身体の機能のすべてをかけて自然の事象に一体化する境位があったこと、いやいまなお厳然としてあるということを、わたしたちに思い知らせてくれる。忘れてはならない貴重な事実だと思う。

わたしは記念に角田氏からA３大の写真を三枚いただいた。オーロラの写真のほかに、白頭鷲が岩場で獲物をつかまえる瞬間、アラスカパルプ近くの路上に山から下りてきた熊がきょとんと目を開いて腕を丸めたまま匍匐っているもの（それでも熊は後ろ脚をいつでも立ち上がれるように立てている）、どれも出逢いがたいシャッターチャンスばかりの作品である。

七月三〇日　小雨

ふたたび小雨がもどってきたなかを、一一時のケチカン周りの便で、五日間滞在したシトカを去る。角田氏はNew Archangel Dancersのロシアダンスや、その他ネイティヴのダンスを観るようにとそれとなくすすめられたのだったが、わたしたちは時間よりも体力に余裕がなかった。

道々では、昨日一昨日と二日続いた上天気で火草が一気に咲き進み、ほとんど満開に近い。別れ間際の飛行場でコーヒーを飲みながら、角田氏は一九九〇年と一九九五年とに、姉妹都市の根室市へシトカの代表として訪問団を宰領して来られたことを話され、その訪問のためにご自身で新しく統計を取って作成された「シトカレポート」(一九九九・七・二)を一部くださった。このように、少しずつ段階を追った、控え目だけれど奥のしれない自己表現もあるのだと、恐縮してしまう。

＊＊＊

アメリカを離れるシアトルの空港で、蛍石という黒い石でできた一二、三センチほどのシーライオン(トド)の置物を気に入って手に入れた。

旅行から帰って四ヶ月、メモ帳や収集したパンフレットや広告、資料などをたよりに報告書を作成しながら、もっと写真に収めるべきだった人、聞いておきたかったことがたくさんあったと、いまさらのように気づいている。

最後にもう一度、お世話になった大庭みな子・利雄ご夫妻、角田淳郎・恭子ご夫妻に感謝申し上げる。

(二〇〇〇・一・七)

注

（1）*Britannica*, vol.4（15th ed.）の fireweed の項には次のようにある。

perennial wild flower, in the evening primrose family, abundant on newly clear and burned areas. Its spikes of whitish to magenta flowers, up to 1.5 meters (5 feet)high, can be a spectacular sight on prairies of the temperate zone. Like those of many weedy plants, its seeds can lie dormant for many years, awaiting the warmth necessary for germination. Fireweed is one of the first plants to appear after a forest or brush fire; it also rapidly covers scrub or woodland areas that have been cleared by machine.

（2）わたしの言語地図のなかでようやく花の名と実物とが一致したあとで、日本でこの花を二重の名前を冠して眺めたのは、八月末のJR小海線の甲斐大泉の車窓からだ。反対側プラットホームに数本咲いていた。日本名がわかってみると、さらにその後、宮沢賢治の「オホーツク挽歌」などの詩にその名が登場しているのが見つかった。

（3）世界地理風俗体系編集部『世界地理風俗体系第三巻　カナダ　アラスカ　北極圏』誠文堂新光社、一九六二年初版、六六年第三版、のアラスカの部で取り上げたパルプ産業の写真には、二八七頁にアメリカ資本が開発した「アラスカ第一パルプ」（ケチカン）の写真が、二九九頁にはその後で日本資本が開発した「アラスカパルプ」（シトカ）の写真があるが、まったく同じ立地条件、同じ工場の作りで区別がつかない。

（4）新鋭作家叢書『大庭みな子集』のあとがき「H・Y・Gに捧ぐ」、河出書房新社、一九七二・一・三〇。『全集』には未収録。

第Ⅰ部　外からの視座——日本の近代を超える　その一

第Ⅰ部一章から五章では、アメリカが舞台になった小説を対象とする。どれも大庭みな子の初期の作品ばかりである。アメリカの日本人家族を中心とした社交グループを描く「三匹の蟹」、日本人の女子留学生を中心とした多人種・多民族にわたるアカデミズムと芸術が交錯する内と外を描く「構図のない絵」、そして、アメリカでも異文化圏にあたるアラスカのネイティヴ社会を、その近代との出会いにおける危機として描いた「火草」である。

それぞれのテクストは、日本の外に舞台をとりながら、外部から日本の近現代を照射する。

一　「三匹の蟹」着床の場（一）
――ウーマン・リブ前夜のセクシュアリティ

はじめに

昭和四三（一九六八）年六月に「三匹の蟹」が日本の文学界に登場したのは画期的なことだった。それから三十年以上たってみると、ますますそのことがよく見通せる。

「三匹の蟹」は、大庭みな子の名を最初にわたしたちに伝えた小説だった。『群像』新人文学賞受賞作（一九六八年度）として発表され、そのまま同年上半期の芥川賞も受賞した。

成り行きで婚外性行動、つまり見知らぬ男と一夜をともにする人妻が、平然と家に帰ってゆくストーリーに、読者は快い驚きを感じたばかりではない。作者が、アラスカという当時はまだ謎めいた未知の場所に在住していて、しかも四十歳に近い生活経験豊富な主婦だというふれこみは、何重にも目新しい情報だった。

大江健三郎は、『群像』新人賞の選評で、「『三匹の蟹』前半の、演劇的にそれぞれの「他者性」を明瞭にきわだたせた会話による構成と、後半の映画的に（もっともまともな意味で）、一人の人物の内部と彼女の眼のレンズにうつる外部とを確実に把握してゆく展開の方法」とを高く評価した。そしてこの小説の新しさの背後に、作者独自の「経験」の新しさを見ていた。

「三匹の蟹」にすぐ続いて発表された「虹と浮橋」（一九六八・七）および「構図のない絵」（一九六八・一〇）に対して、篠田一士がもっと立ち入って評した言葉に耳を傾けると、これは「三匹の蟹」にもそのまま当てはまるものだった。「アメリカという国を描いて、これほど不気味なリアリティを暗示しえたのが大庭みな子をもって嚆矢とするということは、太平洋をへだてた、この東隣の大陸国がわれわれにとっていかにわかりがたいものであるかを証しているのである。現に大庭氏の小説に描かれる荒涼たる不毛さにも、アメリカの文化風土にたいして主人公が照応できない無力さに帰因するとおもわれる点がある」（『東京新聞』一九六八・一〇・一）。この発言は、日本を長い間離れ、異郷のアメリカに外国人として暮らすうちに大庭のなかに培われた、どこの国にも属さない人間としての根無し草のようなニヒリズムの表現に対して、驚きを表明したものだった。

『三匹の蟹』（一九六八・一〇）が「三匹の蟹」「虹と浮橋」「構図のない絵」を収めた著者の最初の単行本として発表された当時の批評は、ほぼこのような傾向であり、現代人の精神を蝕む「他者性」だとか、「荒涼たる不毛さ」といった疎外感やニヒリズムを、新しい角度から表現した文学として受け入れていた。

けれども、それから三十年たってみると、「三匹の蟹」を一九六〇年代文学というコンテクストのなかで眺めることができるようになり、そうするといまや、当時とは別の角度から「三匹の蟹」の相貌が現れはじめた。日本では一九六〇年代末から七〇年代にかけて、「ウーマン・リブ」に始まって「第二波フェミニズム」と呼ばれた日本の女性解放運動史上二度目の高潮期を迎えている(1)。「三匹の蟹」はその開幕を告げるかのように、わたしたちの前に現れていたことが、いまならよく見通せるのだ。

一九九〇年代後半になると、第二波の女性解放運動を導いた当事者たちは、いっせいに中間的な総括を企てはじめ(2)、おびただしい発言や行動の蓄積を振り返りつつ、それらを歴史のテクストとして記録しようとしている。同じことを文学の領域でも試みるなら、考えられる一つの方法として、「三匹の蟹」が登場した周辺へと遡行してみることが、有効な視座を与えてくれるにちがいない。

1 新しい血（知）

「三匹の蟹」は、一九六八年という特定の時点で、たんに作者個人の表現方法や題材の新しさを告げていただけではない。やがてウーマン・リブとともにやってくる、日本の女性たちの磁場の変化を予兆し、さらにその意識や生活の活性化を促すような新しい血（知）として、文学の境域を越えて登場したのだ。

大庭みな子は、「三匹の蟹」を昭和四二（一九六七）年後半にアメリカのアラスカで執筆したと語っている(3)。けれどもそのときにはもう、彼女のアメリカ生活は一〇年になろうとしており、生活の場所は、拠点としてのアラスカをはじめ、ウィスコンシン州のマジソンやワシントン州のシアトルなどでの学生生活を交じえ、きわめて広域に及んでいた。しかもそのときのアメリカは、まさにウーマン・リブの最盛期を迎えようとしていた点を見のがすわけにはいかない(4)(ウーマン・リブだけでなく、ヴェトナム反戦運動をベースに黒人の公民権運動も加わり、多種多様な人権要求のるつぼでもあった)。

たとえばアメリカのSF作家アーシュラ・ル＝グィンは、この時期、『ゲド戦記』(一九六八―一九七二)を発表中だが、同時に『闇の左手』(一九六九)に取り組んでいた。その頃は彼女にとっての転機だったことを、エッセイのなかで次のように回想している。

一九六〇年代のなかば、女性解放運動《ウイメンズ・ムーブメント》は五十年に及ぶ休止期を終えて、再びその活動を始めようとしていました。わたしはそれを感知しましたが、実際のところ、それが波であることには気づかず、ただ自分はどこか間違っているのではないかと思っただけでした。(略)

一九六七年頃、わたしはある落ち着かない気持ちを感じはじめていました。ほんの少し先に踏み出す必要性を、それもおそらくは自分自身の足で踏み出す必要を感じはじめていました。わたしの人生と現在の社会における性(ジェンダー)の意味、そして女であること(セクシュアリティ)の意味を理解し、明確にしたいと思うようになったのです(略)『闇の左手』は当時のわたしの意識の記録であり、思考のプロセスなのです。(5)

六〇年代半ばにはまだ女性解放運動はル＝グィンをとらえ切ってはいなかったけれども、一九六七年頃の『闇の左手』の構想段階では、女性解放のためのウィメンズ・ムーヴメント自体がモティーフの中核を占めたという。じじつ『闇の左手』は、ジェンダー(6)とセクシュアリティ(7)の両面に対して、ラディカルな冒険を試みた大胆なテクストである。そこではすべての人間が男女両性になり得る身体を具有し、ふだんは男女どちらでもないニュートラルな存在として生活するのだが、ひと月のうちわずか五分の一だけやってくる発情期にだけ、自分では選べない偶然の結果として男か女かどちらかの性を引き受けなければならない。一人の人間が一生のうちに男と女とをアト・ランダムに、何度も体験し、王でさえもが子供を産む。

そのような性のシャッフルが人間社会の根底にあるというSF的な構想には、現実の社会では差別的なジェンダーの固定化が社会システムの根幹をなしていることに対する、大胆な批判と否定がこめられていた。

そのように眺めると、ル＝グィンがウィメンズ・ムーヴメントを作家自身の胸元に引き受けていたちょうどその時、大庭みな子は同じアメリカに身を置いて「三匹の蟹」を書いていた。そんな新しい背景も見えてくる。けれどもさらに、「三匹の蟹」は、アメリカのフェミニストたちに連動しつつ、近代の男女関係が到達した臨界点へと照準を合わせながらも、じっさいには読者を日本に想定していたのであり、その日本では、まだアメリカのようなフェミニズムの普及段階には達していなかった。この彼我の差は、巧まずしてこの小説のスタイルを戦略的にしたのではないか。戦略という言葉はどぎついかもしれない。けれども日本の読者の現実を配慮することによって、かえって小説の言葉には、奥行きのある配慮がこめられたのではないだろうか。

配慮の一つとして考えられることは、大庭みな子という作家の文壇登場を可能にした作品が、ほかでもない「三匹の蟹」であって、それ以前にすでに書かれていたという、ヴェトナム戦争、黒人の公民権運動、ヒッピーなどの、六〇年代のビートニックなアメリカを書いた「構図のない絵」や「虹と浮橋」(8)ではなく、またそれらより古くから手がけられていた『ふなくい虫』(一九六九・一〇)(9)でもなかった、という発表作品の選び方がある。そしてもう一つは、こちらの方が重要なのだが、「三匹の蟹」のテクストとしての表現の仕組みにある。

以下では、とくに後者の表現の検討を主眼にして、「三匹の蟹」に特徴的な修辞法を、とくに冒頭部を通して子細に眺める。そのあとで、この小説テクストを一九六〇年代の日本の文学史、あるいは女性解放運動史に織り込みつつ、やがて六〇年代の終わりに押し寄せることになる日本のウーマン・リブの波とどのように交差したのか考え、そのなかから「三匹の蟹」が表現した世界の意味を素描することができればと思う。

六〇年代の文学史的な考察としては、「三匹の蟹」が発表される一年前に出版された江藤淳の記念碑的な評論集、『成熟と喪失――〝母〟の崩壊』(一九六七)がすでに一つのモデルを提供している。けれども先にふれたように、現在わたしたちはウーマン・リブの大きな波も被っていて、その体験をもって振り返ると、六〇年代の日本の文学もまた、江藤の切り取った「母」という視座ばかりでなく、「妻」

や「主婦」まで含み込んだ「女」のセクシュアリティを、ジェンダーを軸として根本的に問い返しつつあったのだ。六〇年代の文学状況に対しては、そのようなジェンダーやセクシュアリティの角度から読み直し、そうすることによって、「三匹の蟹」が日本の文学界へ着床した意義を導き出すことができるはずである。わたしは六〇年代を眺める江藤の布置そのものを組み替えてみたい。

2　砂とストッキング

「三匹の蟹」は、アメリカに暮らしてもう長いらしい日本人主婦、由梨の、ある日の夕方から翌日の早朝までの行動を追う筋立《ストーリー》てになっている。プロットはストーリーの時間軸をウロボロス状に仕組むかたちである。物語は最後の場面から始まって、それから最初の時間に戻り、順次最終場面までの出来事を追い、ふたたび小説の最終場面が冒頭部へと還流する。表現形式の方も、散文詩風なスタイルでスタートして、次々に散文、戯曲、散文と、多様なジャンルを移っていく。

冒頭は、いきなり散文詩風に豊富なイメジャリを駆使した自然描写で始まる。この幕開けには、和歌・短歌・俳句・随筆など、近現代にまで自然描写を好んで取り入れた日本の文学風土への、作者の配慮がうかがえる。もちろん、たんなる挨拶としての自然描写ではない。ここで自然を表現する散文詩的な修辞には、小説全体の構造的な中核をなすほど濃縮されたイメージが埋め込まれている。このことに気づく楽しみは、ウンベルト・エーコが言うところの、「モデル作者」(10)を解読する読者にだけゆるされる快楽なのにちがいない。

早朝の海辺では、乳白色の霧が海辺を包んでいる。海はまだ「静かな寝息を立てて」眠っているけれども、砂浜では早々と目覚めて動くものの気配がある。水鳥たちは、ガラスを擦るような不快な音を立てて鳴く。「灰色の汚れた雪のような」羽をした鷗が、「オレンジ色」の眼でこちらをまっすぐ見つめ、ときに「横柄」に砂を掻いては「ぷい、と横を向いた」。由梨は、汚れた鷗に異様な目で見られ、「横柄」な砂蹴りのしぐさによって鷗から拒まれている（と感じる）（小説を最後まで読んでから、読者は由梨が前夜外泊した朝帰りの主婦だと知る）。

テクストは、自然を擬人化し、また人を自然化し、自然と人とを濃い霧でしっとりひとつに包んで、あたかも人と自然とがお互いに溶け合っているかのような、東洋的な桃源郷らしき雰囲気を描いてみせる。この種の比喩法は、日本の読者の感性にはたいへんなじみの深いものだ。大方の読者はテクストの言葉に酔いしれるごとく、その世界へいざなわれて行くはずだ。

けれども、深い霧の中で朝一番のバスを待っている由梨は、霧に肌をぬらしながら海の方を眺め、「破れたストッキングの間でざらざらする砂をたわめた足の裏で脇に寄せるようにしながら」、砂浜を歩いている。なにやら奇妙な気配なのだ。

由梨がストッキングの砂を足の裏で掻きのけるという、女の読者なら身に覚えのあるこのしぐさは、続けてもう一度、もっと念入りに描写される。

由梨は霧の流れていく、濃い乳色の壺の奥でかすかに光っている海に目をとめたままの姿勢で、蹠《あしうら》の砂をたわめた小指の先でしきりに脇に寄せた。（「三匹の蟹」『全集』一巻、九頁）

描写の繰り返しが気になってみると、そのしぐさは、一見、鷗が脚で砂を掻いては「ぷい」と横を向いたとスケッチされていた直前のワンカットに、重なっているように思われるだろう。鷗の砂蹴りを見た由梨が、そのしぐさを刷り込まれて無意識に模倣したのではないかという読みは、自然の擬人化と人の自然化とを指向している修辞法が、誘導するものだ。

この光景についてリービ英雄は、由梨は自然に対して「対等」な関係で「同化」することができる特異な感性の持ち主だと述べている(11)。リービは、「三匹の蟹」の全体構造を、近代対前近代、または近代対自然の関係としてとらえているが、その論拠は、由梨の内部に近代批判としての「前近代性」指向が性格化されている、という読み方によっている。リービは、この読みの基本を冒頭部にあてはめた結果、その場面で由梨に注目する鷗と男たち（鳥打帽の男と運転手）との視線に対して、由梨は「不器用でイノセント」な態度をとりつつも、『向う』（人間にとっての自然、女性にとっての男性——リービ原注）から注がれてくる注視を対等に認識している」キャラクターであると措定し、さらにその「向う」としての「自然」に対して由梨は「対等」に「同化」しているのだ、と言う。さらにそのような対等な認識や同化は、女としては「常識的」ではない感性である、とも言っている。

けれどもリービの読み方は、一種のロマンティックな自然崇拝だと言わなければならない。じつのところ、「三匹の蟹」は二枚腰三枚腰の戦略をもち、蠱惑的な表層のイメージで深層をカモフラージュしている。たしかに由梨の足掻くしぐさは、鷗の砂蹴りと似ていて、リービの言うように、自然の存在物に対する由梨の「常識」を超えた「同化」能力と認められもしよう。けれどもじっさいには、鷗と由梨との間には、類似点だけではなく、相違点も認められるのだ。むしろこの異なる面こそ、見落としてはならない。

それは、由梨が靴の中の砂を脇に寄せようとするときには、必ず海に目を向けているという点に現れている。その海は霧の「濃い乳色の壺の奥でかすかに光っている」。そしてもう一つ、砂の掻き方が鷗のように「横柄」な気ままさではなく、靴の中の狭い空間に閉じ込められた不自由な動きとして、わる足掻きのように感じられるという点である。由梨は霧のすき間から光る海の色を眺めながら、破れたストッキングの中の「ざらざらする」砂を、足の小指で何度も脇に寄せる。

由梨の目と足とは別々のものを知覚している。その身体感覚は、まるで上部と下部を絞るように、ねじれている。けっして「自然」と「同化」した幸福な状態ではない。ましてやリービによって「不器用でイノセント」だと言われた言葉が指しているような、鳥の足さばきの不器用ななぞり、などではない。由梨と鳥（自然）とは同化しているというよりも、むしろ異質さの方をきわだたせている。

この場面の焦点は、由梨の視線（頭）と触覚（足）との不統一にある。砂は、足の裏から身体の髄へと侵入してくる全身的な不快感として提示され、その不快感を持続させるのが、ほかでもない由梨の脚を被うストッキングだ。このストッキングと砂との関係については、大庭文学のメタファーを卓抜に論じた三浦雅士でさえ、素通りしてしまった(12)。

ストッキングといえば、戦後強くなったのは云々、といった陳腐な決まり文句があるが、大庭みな子その人は、戦後の靴下の美と強度との進化とともに人生を歩んだ世代であろう。ストッキングとのつきあいも感じ方も単純ではないはずだ。しかし、世代が下ってくると事情は変わり、たとえば服飾研究者の塚本瑞代は、身体と服飾の関係を問う観点から、ストッキングをこんなふうに見ている。

舗道を歩いていて石を踏んだ場合、なぜストッキングを感ぜずに石を感じるのか。それはストッキングや靴が主体の側に属し、石は外部世界に属しているからである。換言すればストッキングや靴は感じられる対象ではなく、感じる主体の一部である。（略）身体はいつのまにかストッキング（ないし車の運転者にとっての自動車―筆者注）にまで拡大され、それらと同化していたのであり、身体と両者は一体となって外部世界に働きかけているのである。このことは逆に、ストッキングや自動車は身体化された、と言ってもよいであろう。(13)

塚本は、ストッキングがぴったりと皮膚を被う状態を、ストッキングの「身体化」だと言い、ストッキングと身体との関係を快適な角度からだけとらえている。たしかにストッキングというものは、皮膚との限りない一体化を目指して技術改良を加えられたにはちがいない。でもまさかの時には、やはりストッキングは一枚のナイロン片にすぎない。モノとしての衣（異）類として、身体の外部にとどまる。

そのことを『三匹の蟹』のストッキングは見事に語っている。
ストッキングに入った砂は、本来「外部世界」の物体なのに、靴を通し、ストッキングを通して侵入し、直接肌に触れ、いったん入ると出口をストッキングにふさがれ、肌に不快感を増幅してやまない。そうなると、主体と客体の境界は入り乱れ、身体からすればストッキングも靴も、また足指さえも、みんな外部世界に感じられるだろう。ふだんなら主体の側にあるはずのストッキングが、外部化してしまう。

ところで大庭みな子はメルロ＝ポンティの現象学的身体論に強い関心をもっていたという証言がある。慶応大学大学院の英米文学研究科で大庭みな子の講義を受けた菊野美恵子は、メルロ＝ポンティの『眼と精神』を使った授業風景を紹介し、「先生は、文章を楽しまれると同時に、内容も味わいつくしておられるようだった」と述べている(14)。ここまでわたしは、由梨のストッキングにはいった砂、それを感じる足の知覚、そこにこめられた女性身体の歴史などを縷々考えてきて、まことにメルロ＝ポンティと大庭みな子との身体論的な世界認識は共鳴しあっていたのだ、と思う。しかも大庭みな子は、メルロ＝ポンティの認識に、女性のセクシュアリティとジェンダーという新しい視点を交差させた。

3　装いの性差

突飛なようだが、安部公房の『砂の女』（一九六二）をここに呼び出したい。『砂の女』は、ハンミョウ採集にとり憑かれた男が、砂漠の中の共同体に暴力的に取り込まれ、脱出の機をねらって工夫をこらす話だ。もちろんこの小説の砂漠とは、自然であるよりも、人が生きのびるためにつくりだした社会システムの不条理性の寓意にほかならない。人々と砂漠との関係は、そこにいるのが男か女か、男でも土着なのかよそ者なのか、知識人かそうではないのか、などによって大きく異なる。もと都会の高校教師だったハンミョウ採りの男が、砂との闘いから世界を会得するようになる経緯は、明らかに花田清輝が「砂漠について」(15)というエッセイで過剰なレトリックを駆使して語ってみせた、「転形期」における変革の精神のありようを、安部が優等生的に受容するかたちで展開している。

花田いわく、「砂の一粒、一粒を取りあげ、その性質を徹底的に検討することによって、(略)動揺つねなく、変幻自在な、おそろしく脆弱なものから、安定した、堅牢無比な、不易のものをつくりだす方法を発見し、一刻も早く、砂の破壊力を転じて、みのり豊かな創造力とする必要があるのだ」(16)。

ハンミョウの男は、ある日砂の穴から逃げ出すことができたが、途中で犬の潜んでいた小屋を見つけ、しばらくそこに身を隠し、逃亡の成功を夢見ている。

男は、くすくす笑って、靴をぬいだ。(略)靴の中にたまった汗と砂とが、我慢できなくなったのだ。靴下もぬいで、指のまたをひろげ、風を当ててやる。それにしても、動物のすみかというのは、どうしてこう嫌な臭いがするのだろう?……花のような匂いの動物がいたって、一向に差支えないと思うのだが……いや、これは、おれの足の臭いだ……そう思ってみると、急に親しみがわい

てくるのだから、おかしなものだ……(17)

男は上機嫌になり、砂と汗との不快感の解消に努める。靴を脱ぎ、靴下も脱ぎ、足指を広げて風を当て、砂と汗とを払い落とす。彼は、自分が発する臭いだと思うと、足の臭いさえなつかしい。

わたしはいま、『砂の女』と「三匹の蟹」との人物関係や場面設定を無視してくらべようとしている。一方には、砂の不快を覚えるや、ただちに靴下を脱ぎ足指を乾かす男がいて、他方には、破れたストッキング(「三匹の蟹」ではストッキングは「靴下」とも書かれている。もちろんガードル仕様であって、パンティストッキングではない)であっても脱ぐことなど思いもつかず、不快な砂を足で掻きつづける徒労を繰り返す女がいる。こんなふうに問いかけてみると、「三匹の蟹」の由梨は、『砂の女』に登場する砂の穴の底を守る女、毎日黙々と砂掻きをする辛抱強い女の生態にどことなく似て感じられる。

『砂の女』は花田の卓抜な砂の理論に忠実だが、しかし安部公房においてはその援用にあたってジェンダーの偏向が認められるのだ。小説の最後に、「希望」(という名の水の採集装置の発明)を手にするのはハンミョウ取りの男だけであり、女には希望など約束されていない。つまりは『砂の女』はタイトルに反して、男の視点で切り取った世界である。砂底の女は、男によって妊娠したのもつかの間、子宮外妊娠の苦痛とともに、不毛な血を砂の中に吸い取られる。男は知(文化)、女は血(自然)のお決まりの二元世界である。

この意味では、フェミニスト批評家として知られるアンドレア・ドウォーキンの『砂の女』に対する評価が異様に高く、砂の穴底の女の自然性が、ついにはハンミョウ採りの都会の男を自然性の方へ転向させたと解釈しているのは、なんとも楽天的すぎる(18)。

「三匹の蟹」にもどろう。「三匹の蟹」は、『砂の女』のように、女＝自然という固定化したジェンダーに自足していない。逆に、あえて目立ちにくい角度から、ジェンダーの二元世界の枠組みを揺さぶっており、わたしたちはその潜勢力にこそ「三匹の蟹」の新しい言葉の力を見出すことができる。

由梨は鷗のように砂を蹴って飛ぶでもなく、蟹のようにつがいで這うでもない。しかし蟹の甲羅の「暗い藤色」がその色の起源として指し示す実在の海は、生きものの始原なるがゆえの無限性を、またその逆に無を、またそれゆえの自由を由梨の内部に表象しつつ、しかしまた、ストッキングのざらざらするナマの感覚をそこに交錯させては、由梨という人物の、女性という社会的存在ゆえに発生する、存在的なねじれの感覚を訴えてやまない。

このことはまた、終わりの方（時間的にはこの海辺の場面に先行する前夜）で、ヒロインが取り返しようのない断絶の過去として回想する日本海の記憶にまで、こだましている。結婚する前に同性愛のように女友達と親しんだ女学校時代の由梨が、はだしで海辺の砂を踏むくだりは、じつは冒頭部に対して対照的に位置づけられていたのだ。

赤松と、贋アカシヤの繁みをくぐって、浜防風と、茱萸の原を裸足で歩いた。それから二人は真黒な海で泳いだ。暗い波は不気味で、化け物の口のような得体の知れない奥深さで、巨大な舌のような生暖かさでからだを包んだ。生ぬるく、吸いつくような、むせかえるような、大きな波であった。夜が白々と明ける頃、自分達は人魚のように美しい、と二人は思った。（「三匹の蟹」四八頁）

そのとき、砂は素足に触れ、牛と人とが早暁の海にいて、霧のような薄明のなかにともに包み込まれている。まだ男たちとの異性愛に参入する前の女学生たちは、異性を意識して自身をストッキングで装う必要もない。はだしのままでよかったのだ。

このようにテクストをみてくると、「三匹の蟹」には、要所要所でストッキングという下着への微細なまなざしが介入し、あるところでは、穴のあいた破れたストッキングの女はエロティックだなどと夫が軽口をたたいており、由梨と一夜を過ごした桃色シャツの男は、ストッキングの上から由梨の太ももをなでる。ストッキングは、テクスト全体のキイ・ポイントとして、女のセクシュアリティの換喩としての効果を託されている。

もともとストッキングは、女の脚そのものの性的な価値を高めるべく技術改良されたが、理想は、それを装う主体にとっても、それを眺める他者にとっても、女性の身体そのものであるかのように想像させることだろう。そのようにして、ストッキングは着衣する女性主体の意識の奥へと食い込んでゆくだろう。

このような観点からすれば、『砂の女』のハンミョウ取りが、ためらうことなく靴下を脱いで砂を払い、また最後には砂の中から水を取り出す装置を発明して「希望」をつかむのは、花田理論よろしく、彼にとっての砂が徹頭徹尾彼の外部世界にある物質として、一方的に対象化されているからである。同じように彼の靴下もまた、脚を保護するための使用価値に限定され、客体にとどまるからである。

けれども女のストッキングは、たんなる実用的な使用価値を超え、女の美を約束するという幻想と欲望をかき立てつつ、いつの間にか、塚本瑞代が述べていたように、女の身体の側へ内部化されるのだ。

ところでわたしは、「三匹の蟹」の読者からこんな由梨批判の感想を聞いたことがある。なぜ由梨はハンミョウ採りの男のように、靴を脱ぎ、ストッキングも脱いで、中の砂を出してしまわないのか、と。けれども女学生時代の由梨の回想のくだりや、『砂の女』とくらべてみればわかるように、異性愛を内面化した女、見られる存在としての女にとって、靴下やストッキングは脱ぐことなどとても思いつけないという現実の方が、肝心なのではないか。

脱げないストッキングを書くことは、女を日常的に内面からとらえているジェンダーの仕組みを、身体とそれを被う服飾の問題として、かつてない角度から照らしだすことになったのだ。そのように、語る行為はそれ自体でジェンダーの規範を批評し、相対化することができる。そして不快なストッキングを脱ぎ捨てるという現実の行為に対して、等しいだけの効果をあげる。

おわりに

『資料　日本のウーマン・リブ史』Ⅰ・Ⅱ・Ⅲ(19)を読むと、日本のリブもル＝グウィンの理解したリブ同様に、ジェンダーの仕組みを解明し、セクシュアリティを主体的に生きることを求めた女性たちの運動だったことが、はっきりと確認できる。

田中美津[20]をリーダーとした『ぐるーぷ・闘うおんな』（一九七〇・八―七二・秋）は、「人間を隷属させる基本手段として性がある」[21]という立場から、女性解放を「性の解放」として提唱した。優生保護法や労働基準法の改悪に反対する論陣を張り（一九七〇・一一）、三里塚や従軍慰安婦の問題を論じ、そして大規模なリブ合宿を、「おんなは来い。男殺して来い。」[22]と、挑発的な家出のすすめとして、呼びかけた。

主婦という役割に吐き気を感じて家出する女を書いた「三匹の蟹」は、先行する六〇年代の文学との連続面をもちながら日本の文学界に着床し、またリブへとつながる前哨だったのだ。

注

（1）第一波フェミニズムの課題は、婦人参政権の獲得に集約されるような、公的な政治のレヴェルでの男女平等の実現にあった。日本では、福田英子に始まり、平塚らいてう・与謝野晶子・市川房枝・山川菊栄らによって、主に明治大正期に運動が盛り上がった。

（2）加藤秀一・坂本佳鶴恵・瀬知山角編『フェミニズム・コレクション』Ⅰ・Ⅱ、勁草書房、一九九三年、井上輝子ほか編『日本のフェミニズム』全一〇巻、岩波書店、一九九四―九五年、溝口明代・佐伯洋子・三木草子編『資料　日本ウーマン・リブ史』Ⅰ・Ⅱ・Ⅲ、ウィメンズブックストア松香堂、一九九二―九五年、

『銃後史ノート8　全共闘からリブへ』インパクト出版会、一九九六年など。
（3）『大庭みな子全集』十巻所収の「主要著作年表」に付された自筆略年譜の、昭和四二（一九六七）年には、「夏、シアトル市ワシントン州立大学美術科に籍を置くが、主として文学部の講義を聴く。大学の寄宿舎で『虹と浮橋』を書く。その後アラスカに帰って『三匹の蟹』を書き、〈群像〉に送る」とある。
（4）一九六三年のベティ・フリーダンの『女性の神秘』（邦題『新しい女性の創造』三浦冨美子訳、大和書房、一九七〇年）はアメリカの第二波フェミニズム、ウィメンズ・リベレーションの出発点となり、文学領域でケイト・ミレットの『性の政治学』（一九七〇）を生み出す端緒になった。
（5）ル＝グウィン「性は必要か？」原著一九七九年、『夜の言葉』山田和子訳、岩波書店、一九九二年所収。ル＝グウィンは、このエッセイに対するフェミニストたちからの批判を受けとめ、一九八七年にこの問題を再論し、再論の方を定稿とすると言ったが、本稿で引用した部分には変更がない。訳者によってタイトルにズレがあるが、再論は次の通り。ル・グウィン「ジェンダーは必然か？　再考」『世界の果てでダンス』篠目清美訳、白水社、一九九七年所収。
（6）ル＝グウィンの訳者山田和子は、「ジェンダー」を「現在の社会における性」としているが、同書を通してみると、ル＝グウィンは現代社会の男女関係が性別による差別に貫かれているという認識をもっている。ジョーン・スコットは『ジェンダーと歴史学』荻野美穂訳、平凡社、一九九二年において、歴史を分析するカテゴリとしてジェンダーについての二つの命題をあげ、ジェンダーは性的差異の認知にもとづいた「社会関係の構成要素」であり、しかもそれは「権力の関係を表す第一義的な方法」（七五頁）である、という二重の意味を含ませた。本稿でも、〈性差による権力関係を内在させた性規範〉の意味で「ジェンダー」という言葉を使っている。
（7）同じく山田和子は、「セクシュアリティ」について「女であること」としているが、ル＝グウィンは「男であること」もそこに含めていたはずである。本稿では、〈現実生活のなかでじっさいに生きられる性的な行動〉を指す。
(8)『大庭みな子全集』十巻によると、「構図のない絵」の執筆は一九六二年、発表は一九六八年一〇月の『群像』、同じく「虹と浮橋」は執筆一九六七年、発表一九六九年七月の『群像』。
(9)『ふなくい虫』の発表は一九六九年一〇月の『群像』。
(10) 実在の作家とは異なり、テクスト内の登場人物や語り手、そしてストーリーなどがつくりだす時空を、テクスト内にあって統括しているものを、ウンベルト・エーコは「モデル作者」と呼んだ。ウンベルト・エーコ『エーコの文学講義――小説の森散策』和田忠彦訳、岩波書店、一九九六年。
(11) リービ英雄「解説・『三匹の蟹』ふたたび」大庭みな子『三匹の蟹』講談社文芸文庫、一九九二年。
(12) 三浦雅士「大庭みな子と隠喩」『群像』一九八八年八月号、のち「隠喩について」と改題、『小説という植民地』福武書店、一九九一年所収。
(13) 塚本瑞代「服飾の身体性」杉野正・小池三枝編『服飾文化論』放送大学教育振興会、一九九四年、七〇頁。
(14) 菊野美恵子「ぜいたくな時間」「月報5」『全集』三巻、一九九一年。
(15) 花田清輝「砂漠について」(初出『思索』一九四七年秋季号)は、砂に対する人間の向き合い方を、社会変革のアナロジーとして、イデオロギッシュに説いている。
(16) 同、『花田清輝全集』第三巻、講談社、一九七七年、三三三頁。
(17) 安部公房『砂の女』新潮社、一九六二年、一六三頁。
(18) アンドレア・ドウォーキン『インターコース――性的行為の政治学』原著一九八七年、寺沢みずほ訳、青土社、一九八九年、第二章「皮膚の喪失」は安部公房論である。『砂の女』の砂は、生命そのもの、また「性衝動」、そして「女」のメタファーであり、それらのものは人間が抽象的な精神や感情で接することを拒否し、

「完全に肉体の中、現在の中で生きることを、人間に強いる」と論じ、ハンミョウ採りの男は砂漠の中でついにその真実を会得したために、「幸福を得るチャンス」をつかんだと結論している。「砂丘の中の男だけが、女を強姦しようとして女に打ちのめされたため、報復に似た状態に最終的に辿り着く」と。

（19）溝口・佐伯・三木編『資料　日本ウーマン・リブ史』（注2の前掲書）参照。

（20）ウーマン・リブ運動のグループ「女性解放連絡会議（準備会）」（一九七〇）や「ぐるーぷ・闘うおんな」（一九七〇・九―七二）を主宰し、日本のリブ運動の主導的役割を果たした。

（21）「ぐるーぷ・闘うおんな」の第一メッセージ「なぜ〈性の解放〉か――女性解放への問題提起」（一九七〇・九）。以下ウーマン・リブの発言は、注19の資料による。

（22）「ぐるーぷ・闘うおんな」の発行したビラ「堂々勃起　リブ合宿」（一九七一・八）から。「おんなは来い。ガキつれて来い。」を含む全一六行の詩。

二 「三匹の蟹」着床の場(二)――一九六〇年代の文学状況とジェンダー

1　一九六〇年代のセクシュアリティ

前章に書いたように、江藤淳は評論集『成熟と喪失』によって、六〇年代の文学を「母の崩壊」として切り取った。江藤が選んだ作品は、小島信夫の『抱擁家族』(昭和四〇=一九六五)を中心に、安岡章太郎の「海辺の光景」(昭和三四=一九五九)、遠藤周作の『沈黙』(昭和四一=一九六六)、吉行淳之介の『星と月は天の穴』(同)、庄野潤三の『夕べの雲』(昭和四〇=一九六五)などである。

この評論集を出した翌年の一九六八(昭和四三)年、江藤は「三匹の蟹」を『群像』新人賞に推した文中で、「女の側から描いた『抱擁家族』」だと言い、二つの小説の近縁性を見抜いた。けれども『成熟と喪失』は男性作家の作品ばかりをライン・アップし、「女の側から描いた」六〇年代文学は視野に入れなかった。「母」の崩壊を悲しむ感傷のトーンを基調とした江藤の同時代文学批評は、当時の読者に大いにアピールしたが、しかし上野千鶴子が批判したように、六〇年代の文学が兆候として浮上させた世界を「母」の問題に一元化することはできない(1)。

江藤とは違う観点から「三匹の蟹」の前史を、断片的ではあるけれど、たどってみたい。試みに、倉橋由美子の「パルタイ」(昭和三五＝一九六〇)、小島信夫の『抱擁家族』、柴田翔の「されど、われらが日々──」(昭和三九＝一九六四)へとつながる一筋の道を追い、それらを「三匹の蟹」を迎える場として描いてみたい。

日本の文学でも、一九六〇年の安保闘争の敗北とともに、政治の季節は後景に退き、文学は急速に個人の日常生活の方へ内向していく。いみじくも倉橋由美子は、安保闘争後を見越すかのように「パルタイ」を書き、一人の女子大生の革命党との関係や、その集団内での自由な性行動を通して、革命党の指導下で組織化された家父長的な政治意識や、それと密接に関係している家父長的なセクシュアリティの感覚に、風刺の目を向けた。倉橋は、組織の上意下達の服従の原則に対して、サルトルの実存主義にもとづいた個人の自由意志と自己決定とを掲げ、入党上申書や妊娠に対しても、行動主体としての個人およぴ自己の「明晰さ」という原則を、女主人公に追求させる。そのようにして「パルタイ」は、「過去」や「必然性」という制度から自由に身をふりほどく女子学生を形象してみせた。

先の『砂の女』では、都会で暮らしていた頃の男は、同棲していた女友達の妊娠を極端に怖れており、彼の家族観は男女の役割分担で成り立つ、平均的な関係図をけっして逸脱するものではなかった。しかも、ほんの二年前に、倉橋の「パルタイ」が、そのような二分法を笑い飛ばすような画期的な女子大生を書いていたにもかかわらず、である。その意味では、小島信夫の『抱擁家族』は、倉橋が挑発的に展開した六〇年代の新しい女に、敏感だった。

『抱擁家族』は必ずしも特殊な家族構成を書いてはいない。が、そんな普通の家庭において、妻が婚外性行動をし、そのことによって動揺する夫をむしろ妻がたしなめるというぐあいに、近代に一般的だった家父長的な男女の力関係は逆転している。その妻は、夫や子供への家事サーヴィスには消極的で、多くを家政婦にゆだね、その結果家政婦は雇い主の主婦に対して、まるで女友達のような強い発言力をふるっている。家父長を頂点とする近代家族のヒエラルキーは、さまざまな面から崩壊を告げている。夫はこの崩壊を食い止めるべく、妻は夫の家父長意識の再確認を促すべく、文字通り「家」を新築するのだが、できあがった家屋は欠陥住宅で、妻は女の病気の乳ガンで死んでしまう。家族の再建は比喩的な意味においても、果たされない。

さらに柴田翔の「されど、われらが日々――」では、主人公の婚約者の女性は、結婚後に予想される家族への奉仕という女性の生涯役割と折り合いをつけることができず、自由を選んで婚約を解消する。

これらの文学に見られるように、家族のなかでの性役割《ジェンダー》に疑いを感じる女たちが、一九六〇年代を彩りはじめていた。妻母という家族役割だけでは自己をアイデンティファイできなくなり、自身で自己像を書き変えはじめた。この事態は、男性作家にも無視できない新しい動向として、敏感に受けとめられた。当然それに対応して、作中の男性たちが描く自己像も変化を避けられなくなっていく。

文学テクストで男女双方の関係性が流動するとともに、男女それぞれの自己像も変わっていく。昭和四三（一九六八）年に日本の文学界に登場した「三匹の蟹」は、そのような状況に着床した。

「パルタイ」以下の三作をジェンダーの視点でもういちど照らしてみる。「パルタイ」の「わたし」は、恋人のすすめで革命党への入党を準備中の女子大生である。党の下部組織の学生活動の一環として組合の調査に行き、そこで一人の労働者の筋肉質の身体に興味をもち、それだけの理由でセックスをし、妊娠する。それは相手の労働者にとってはただちに結婚を意味する事態にほかならず、彼は結婚したいと言う。彼女はそれを「簡潔」に断り、性行為や妊娠が結婚という生活形態に収まらなければならないという一般常識からまったくかけはなれた性感覚の持ち主であることを示した。

かれのことばはよくわからないし、わたしと《世帯》をもちたいなどという表現はわたしをすっかりまどわせた。子どもがほしいのだ、といった。それにたいしてわたしは子どもを生むことはできる。しかしわたしはそうするつもりはなく、処分しようとおもっていることを告げた。(2)

ほとんど平仮名ばかりで表記されているように、セクシュアリティに対する「わたし」のいつわりない感受性は、「わたし」独自のジェンダー感覚を育てていて、相手の労働者にわからせることはできない。彼女のセクシュアリティとジェンダーは孤立し、モノローグのようにしか語れない。

また『抱擁家族』の妻は、若いアメリカ兵と自分の情事を知ってパニックに陥る夫を前にしても、夫に対する罪悪感など少しもみせず、動揺もせず、その場の主導権を握っていることが、次のような場面からよくわかる。

「さあ、出て行くか、どうするんだ」
「これはわたしの家よ。わたしが苦労して建てた家よ」
「もうお前の家じゃない」(略)
「こういうときにあんたがわめいちゃ、だめよ」(3)

ここにはもう、家族の難局を家長として捌ける夫はいない。むしろ事を起こした妻の方が、家長的でさえある。

さらに、昭和三九(一九六四)年の芥川賞受賞以来、いまでも隠れたロングセラーを続けているという「されど、われらが日々――」では、自殺した元共産党系の学生活動家の、「俺は死ぬ間際に何を考えるだろうか」という問いを基底音としながら、六全協をめぐる政治の季節をくぐり抜けた若者群像が描かれる。それぞれに死の側から生を逆照射しつつ、自己像を創り出していく過程で、アカデミズムと手を結ぶか? しきたりにこだわって結婚をするか? 彼らはみんな迷う。

「パルタイ」でもそうだったように、「されど、われらが日々――」でも、政治的な実践活動には相も変わらぬ家父長的な権力関係が内在しており、これらの実践活動がはらむ問題は、男女間のジェンダー認識の違いと密接に綯い合わされてとらえられていた。この小説のヒロインでもある節子は、学生運動の活動家であった恋人との結婚が近づくにつれ、結婚をためらうようになる。彼女の言葉は、近代の家族に求められる女性役割への抵抗感を、過不足なく言い当てている。

「何故私があなたのために御飯を作るか、何故あなたが私の作った御飯を食べるか、その二つの何故が、同じなのか、別なのか、何かよく判らなくて、不安なことがあるってことなの」(4)

この疑問に対する彼女の答えは、「私は自分自身の何ものも持つこともなく、いえ、持とうとすることもなく、ただあなたの中にのみ何ものかを求め、それをそのまま私たち二人のものとして共有したいと願っていた……。(略)あなたの前にいた私というものが無であった」というように、あなたとの関係の中で消去されてしまう自己の立場を認識している。期待されている性役割から感じられるいわく言い難い不安を突き詰めてみると、女が自身のための自己像を形成することを教わらず、その結果女は何ものにもなれない無でしかない、という正体のなさが見えてくる。

「されど、われらが日々――」では、たしかに六全協後の男性知識人についていかにも贅を尽くして言及されているけれども、読む者しだいでは、それらは女の節子が自己像を描こうとして旅立っていくまでの、長い準備過程だったのだとも読める。

「パルタイ」も『抱擁家族』も「されど、われらが日々――」も、一九六〇年代のジェンダー・システムを破りはじめた女たちを出現させているけれど、「三匹の蟹」が現れたのはこのような文学状況だった。「三匹の蟹」の妻は、「パルタイ」のわたし、『抱擁家族』の妻、「されど、われらが日々――」の婚約者よりももっと確信犯的に、性規範を破ることになるだろう。文学テクストのなかの女性たちが、性規範を揺るがせたのが六〇年代文学のもう一つの特徴だったとするなら、「三匹の蟹」もこれらの流れとともに、やがて始まるウィメンズ・ムーヴメントの潮流をさらに勢いづけることになるのだ。

2　一九六八年のノラ

「三匹の蟹」は、冒頭部のあと、いきなり物語の時間軸を振り出しへもどす。

夕方、由梨は夜からのブリッジ・パーティのケーキをつくりながら、不快感にやりきれない。パーティの女主人役を放棄したいという申し出、夫から「傲慢」と言われる不満、娘に対するライヴァル意識、夫以外の恋人への心残り、夫婦で互いの婚外性行動を容認しあっているわだかまりなど、由梨の家族関係は、一九六〇年代後半の日本では、平均的な家族観からすると、放埒とみなされるほど逸脱し、破れた家族関係ということになるだろう。彼女の家族は、家屋という外側の箱によってようやく保たれている。

妻は夫の公認のもとに家を脱出する。ただし、ふたたび家に帰ってくる権利は当然のこととして確保しながら。興味深いことに、彼女の行動力を車の運転能力が支えている。一九六八年のノラは、一世紀前のノラ（イプセン『人形の家』一八七九の主人公）ほど悲愴ではない。家出は家からの永久追放ではなく、けろりとして帰還できる了解が夫婦の間には成り立っている。

家出と決まると、由梨はげんきんにも快活になり、化粧し、気に入りの衣装を着け、「今でも心を残している男友達」からプレゼントされた首飾りを選ぶ。化粧と身じまいは、もっとも好ましい自己イメージ（もう一人の私）を装着することだ。母でもなく、妻でもなく、一人の女になるという幻想。けれども鏡の中の由梨は、じつはパーティの客たちの陳腐きわまりない姿と切っても切れない関係にある。客の到着には必ず呼び鈴が鳴ったと報じられ、彼らが発話すると、そのつど「（だれだれ）は言った。」とうるさいまでに確認されるように、テクストはその場の陳腐さと画一性をいやが上にも印象づけようと、紋切り型の繰り返しにこだわっている。そしてわずかに生まれる透き間には、彼らがつかの間つくりだす三角関係が、それぞれの嫉妬・憎しみ・諦めといった、これもまた陳腐な駆け引きとして滲み出す仕組みである。

この場面の主役は、けっして個々の人間ではなく、対としての性幻想と家族幻想にとりつかれた人々の間から立ちのぼる、きしみのような抽象的な音だ。それは、冒頭の霧の海辺で水鳥たちがあげていた、きしむような鳴き声のようだ。

もちろん由梨自身もその同類にちがいない。そして客たちの陳腐さは、ほんとうは由梨の実体を写し出すもう一枚の残酷な鏡にほかならない(5)。化粧室の鏡に写しだされる自己像とはちがい、見たくもない没個性的な自己像が、まるで他人のように、厳然とそこに対象化されて映る。陳腐な自己からの逃亡とばかりに、由梨は鏡の中の幻の自己像をかざして、車を駆って家出したという図である。

日本の小説に自動車を運転する女性が現れるのは、このあたりがいちばん早い例かと思われるが、一九六八年当時の日本では、まだ女性ドライヴァーは少ない。「三匹の蟹」は車の運転技術が女性の生活空間とともに意識や行動力まで変容させる時代の到来を予告している(6)。けれども、これはまた別の課題である。

水田宗子は「三匹の蟹」の世界全体を「他者への違和感」と要約している(7)。またそのことを一歩進めて、小林広一はホーム・パーティの場面の魅力を機知に富んだ言い方で、「対話にならぬセリフのなかに、三匹めの蟹が出現する」と寸評した(8)。三匹目の蟹、いわば対関係の間に第三項が介入することによって、男女の安定した(と幻想されている)対関係が相対化されるというのだ。

場面が変わり、アラスカ・インディアンの民芸品の展示場では、ここの係員が桃色シャツと呼ばれているように、テクスト内のモデル作者は夏目漱石の『坊っちゃん』の赤シャツをあからさまにもじり、彼を風刺的に描いている。彼は、リービ英雄が述べたような、アラスカ・インディアンの血＝自然＝近代以前、といったような等式が成り立つような、「自然」な人間として由梨を惹きつけているのではない(9)。わずか四分の一のインディアンの血しかもたない桃色シャツの男は、退屈しのぎのカモとして、東洋の女の靴の皮の破れにつけこんだ押しの強い、アメリカ人の一人だ。また由梨は、その場だけで後を引かない気楽な憂さ晴らしの相手として、男の誘うがままに身をまかせたのだ。

由梨は、この平凡な男と時間をつぶしているうちに、自分の居場所など、家の中にも、アメリカという国にも、母国日本にさえないことを悟るが、もはやその頃には、ほんの数時間前に鏡を前に装った自己イメージなど、とうの昔にどこかへ消えはてている。

「女房稼業は大変なものだろうか」

桃色シャツは言った。

「さあ、亭主稼業と同じようなものでしょうねえ」

「あんまり楽な仕事はないんだな」

桃色シャツは言った。（「三匹の蟹」『全集』一巻、三九頁）

このやりとりは、桃色シャツとその妻の間に日常化しているであろう確執が、由梨と武や、パーティの客たちのそれとすこしも変わらないことを暗示する。

そうであれば、由梨の家出は、潜在的にはどの家庭の主婦の上にも起こってもおかしくない。もちろん彼女たちの家出は、リービがフェミニズムではないと主張するように、たしかに一八七九年のノラのような人形妻の拒否＝人間宣言の家出とはちがう。けれどもリービの確信に反して、由梨の家出は、まぎれもない新しいフェミニズムなのだ(10)。なぜなら、由梨は近代家族を支える妻母としての家族役割に窒息し、いかに成算のない妄動であっても、そこから脱出しようと何べんでも試みるのだ。そのような現象は一九六八年のもう一人の新しいノラの登場を告げ、やがてウーマン・リブの波となって盛り上がるだろう。

たとえば、田中美津らによって昭和四六（一九七一）年に呼びかけられたスキャンダラスなリブ合宿は、イプセンのノラから九〇年の後に、女たちに集団で家出するよう呼びかけた。スローガンは「女は来い。男殺して来い」だった。

3 「三匹の蟹」と『第三の性』

「三匹の蟹」の四年前、大庭みな子（昭和五＝一九三〇年生まれ）と同年代（昭和二＝一九二七年生まれ）の森崎和江は、『第三の性』（一九六四）を発表し、ボーヴォワールの対幻想を枠組みとした『第二の性』[11]を超える性愛論を展開した。「三匹の蟹」は不思議なほど『第三の性』と問題意識を共有し、けれどもそこからの立ち上がり方を異にしている。

森崎の発言は、日本のウーマン・リブを切り拓く精神的指標だった[12]。女や男がセクシュアリティを主体的に生きるとはどういうことか、女の立場からそのことを語った。この本の骨子は、女であれ男であれ、その個別性のなかに、類としての性が暖かくにおうようなセクシュアリティを生きることだ、という主張にある。

本のスタイルは、病気の女友達と筆者との往復ノート形式で全三一章、なかでも七章と二五章に詩人森崎の面目が躍っている。二五章は、恋愛結婚至上主義を謳歌した近代の性愛を、「バケツのなかの二匹のねずみ」にたとえ、「互いを貧しく」する関係でしかないと断言した。

近代的性愛か同志《ママ》的性愛か知らないけれども、（略）一面では存在の所有という観念と嫉妬心という情念の織りあわされた貞操帯のまわりで私怨をふかめていくでしょう。半面では孤立して現実とたたかう孤独な力を弱めさせるんです。性愛の基盤ともなる存在の自己凝集力を。前者をたたき後者を深めあおうとする相互の関係が愛として働きあわねばどうにもならない。外界へ対する孤独なたたかいからしたたりおちるしずくを共有していくようにしなければ、性は解放しないんです。(13)

これに対置した七章では、森崎が戦前に幼時を過ごした朝鮮での至福の世界感受の体験を語っている。それにしても、ここで披露される過去の至福体験は、何と「三匹の蟹」の由梨の過去そのものであることか。

わたしは幼時に、よくアカシアの下で遊びました。蜜をなめたり、葉っぱをじゃんけんでちぎったりしながら、そんな遊びをしているとき、ふいに緑にあふれるばかりにアカシアの群生がどこかに、わあっと茂っているのを感じてしまう。そしてわたしのなかが、その群生のいきれと交換《ママ》していることを、押しつぶされんばかりに実感する。（略）わたしにそれとの対応が湧き上がる。その波濤と夜光虫みたいに交換する感動なしに、わたしは育たなかったんです。（略）その感覚に重なって、じぶんと全身的に対応する何か全面的なものとして、男っぽさの総体がとらえられていったんです。人物をふくめた風物的集団へ対する、心身一体となった交換感覚とそのときの感動をとお

して、性感はなにかすっくとしたものとして形成されてきました。(14)

森崎は続けて、幼かった頃の自然との交換能力が、「いま男を知ってしまったから、それらの風物への感動が容易に透徹しない。どうも部分的な感じになる」という。異性愛の対関係を唯一正統とする近代の性感覚の影響下に男を知ることは、おのずからジェンダーの規範の浸透を受けることであり、そのために人は自然から遠ざけられるという。

もはや明らかなように、森崎の回想する、「人物をふくめた風物的集団」に対して「心身一体となった交換感覚」とは、「波濤と夜光虫みたいに交換する感動」だったのだ。この思いは、大庭みな子が「三匹の蟹」で、アメリカに住むヒロインに回想させた日本海の砂浜の体験と、驚くほど似ている。前章の引用箇所をもう一度ここに書き写してみる。

赤松と、贋アカシヤの繁みをくぐって、浜防風と、茱萸の原を裸足で歩いた。それから二人は真黒な海で泳いだ。暗い波は不気味で、化け物の口のような得体の知れない奥深さで、巨大な舌のようなな生暖かさでからだを包んだ。生ぬるく、吸いつくような、むせかえるような、大きな波であった。夜が白々と明ける頃、自分達は人魚のように美しい、と二人は思った。(「三匹の蟹」四八頁)

ここにいるのは異性愛の男女ではなく、同性愛に近い女学校時代の女友達だが、この違いは問題ではない。そこでは牛も人も闇のなかの海に包まれ、一つになり、自然と人とが交換しあっている。まちがいなくそれは由梨の体験した至福の原風景なのだ。けれどもその至福を二度と呼び戻すことはできない。由梨はそのことを確認するためにこの体験を思い出すのだ。アラスカ・インディアンの男と海を感じながらドライブしているときに、由梨はこの思いを噛みしめる。

森崎と大庭とは、近代のジェンダーとセクシュアリティを撃つ視点として、驚くような偶然で、自然との一体化という身体感覚を共通の原風景として提示している。森崎の方は、自然との一体化を積極的に押し出すかたちで理論化したことは、先に見たとおりである。もう少し森崎の考えを確かめておきたい。

小さなころからわたしたちはそれら不特定多数の異性の群れから（その性がおのずと放っているあたたかさから）無自覚な性感が養われている。養いあっている。風や嵐がわたしたちの情緒にかかわっているようにね。そのような無自覚にはなっている性のあたたかさを感じることがないなら、対外世界に対する感受性もまめつするんです。（略）

わたしたちは、類としての性のあたたかさを個体固有のそれとしてきちっと凝集させた一点に立とうとしますね。（略）そして互いの固有性をとおして類としての性自体を呼吸しあうんです。またわたしたち女に、実感しえない男性固有の自己否定や自己超越的意志が、固有性の背後に透視できるまで、その異性なるものを愛します。人類の男女が類としてもつ性の特殊性と固有性の、凝集

力を愛しあうんです。(15)

アカシアの花や葉群とのむせるような生命の交換は、本来異性に対する性感そのものだったのであり、性感には、個の固有性の上に、アカシアのような類としての暖かい生命が凝集していなければならない、という。

けれども「三匹の蟹」の方は、森崎が明るく言い切った論理的な展望を描くことはない。由梨にとって、日本海の原風景は回想することはできても、二度と蘇らせる希望をもつことはできない。そのようなアイロニカルな構造が「三匹の蟹」の根幹をなしている。原風景は近代のセクシュアリティを撃つための対立項として呼び出されはしても、だれ一人として、そのような自然との交換能力そのものを蘇らせることはできない。逆に、人の交換能力を失わせる状況の方へ読者の目を向けるように、テクストの伝達回路は束ねられている。

たとえば小説の最終行には、奇妙な注記がついている。由梨が行ったホテル〝三匹の蟹〟は、海辺にふさわしい丸木小屋だが、そこには「緑色のランプがついていた。」とある。そこは三島由紀夫が芥川賞の選評で、「最後の二行が巧い」と書いた箇所だ(16)。三島はただ「巧い」と述べているだけだが、それにしてもなぜ「緑色のランプ」なのか。

色彩にうるさいこの小説では、由梨がいちばん好きな色だといって身につけたワンピースは「青みがかったグリーン」。翌朝、由梨が眺めている海の色は「暗い藤色」。砂浜をはう人の顔のような蟹の甲羅も「暗い藤色」。そして未明の日本海は「真っ黒」。だがホテルのランプは単調な「緑色」だ。それはいかにも由梨の好きな海の色が一点に凝集したようでありながら、じつは似て非なる色だ。緑色のランプによって、海（自然）からの誘惑であるかのように由梨をひき入れたホテルは、海（自然）を人工的に偽装した贋の海（贋の自然）にすぎない。

この最後を締めくくる短い注記は、家出をした由梨の上に最後に訪れるであろうかんばしくない結末を暗示している。由梨を車で送ると約束した桃色シャツの男は、いつの間にか姿を消している。財布の中の紙幣とともに。

海を、生命の始源として、それゆえに無限に開かれた場として身体に招き入れ、それとの一体化を思念しても、近代ではもはやそれ自体哀れな幻想なのだ。同時代のセクシュアリティを問うエッセイの『第三の性』とは対照的に、それが「三匹の蟹」が小説のジャンルで選んだ表現戦略である。

とはいえ、わたしは、「三匹の蟹」のウロボロス的な円環構成をもって、由梨は家に帰るとふたたびケーキを焼き、またしてもパーティを脱出し、といったことをいつまでも不毛に繰り返すだろう、などとは思わない。

むしろ、あの冒頭部の海辺から第二場面（家の中）に移る境界におかれた三行文の空白に、ふと立ち止まってみる。冒頭部の海を包む濃い霧は、あの三行の空白部分にまで流れ込み、主人公にも、モデル作者にも、読者にも、五里霧中の謎のスペースとなるだろう。言い換えれば未決の部分として、テクストの内部に小さな破れ目を残し、それゆえいつまでもそこに外部を誘ってやまないだろう。そこはテクストに対する外からの入口、そしてテクストから外部に開かれた出口としての、小さな裂開になっている。

「三匹の蟹」は、近代の対幻想・家族幻想を内面化した人々が抱くジェンダーやセクシュアリティを裏側からあぶり出すスタイルで、一九六〇年代の文学状況に着床し、ウーマン・リブの先触れを果たしつつ、さらにはそれを超えて、いまなおやまない声を響かせている。

注

(1) 講談社文芸文庫版『成熟と喪失』一九九三年の「解説」で、上野千鶴子は「『近代が女に植え付けた自己嫌悪』や『自己処罰』という江藤の表現は、自虐的、自罰的な『苦しむ母』のイメージになじむ。だが時子のなかにあるのは、もっと直接的な欲望である。七〇年代になってそれが家庭の外へと『女』をあふれさせ」、女たちは「もはや受苦することを引き受けず、みずからの欲望を臆面もなく追求しはじめる」と述べている。

(2) 倉橋由美子「パルタイ」『われらの文学』二一、講談社、一九六六年所収、三四〇頁。

(3) 小島信夫『抱擁家族』新潮社、一九六五年、一九頁。

(4) 柴田翔「されど、われらが日々――」『われらの文学』二一、講談社、一九六六年所収、三九四頁。

(5) 「三匹の蟹」二八頁には、「彼女は女達の持っている、自分と同質の故に余りにもよくわかりすぎる媚態、貧しい計画、情感の無いささやかな享楽に対する憧れ、というようなものを感じとると、吐き気の為にめまいがする程であった。吐き気を催させる毒気というものは由梨が自分自身の中で製造しているものであったから、自分の胆か何かを切りとってしまわない限りどうにもならないものであった」とある。
（6）経済企画庁『国民生活白書』（一九九〇年）によると、昭和四五（一九七〇）年の女性の運転免許取得者総数は、四七六万六〇〇〇人。女性の一八％にすぎない。車を運転できる女性由梨は、生活風俗図譜としても印象的だった。ちなみに、平成元（一九八九）年には二一九一万五〇〇〇人まで増える。女性の三七％を占める（フォーラム女性の生活と展望編『図表で見る女の現在』一九九四年による）。
（7）水田宗子「作家案内」大庭みな子『三匹の蟹』講談社文芸文庫、一九九二年所収。
（8）小林広一「アンケート　私の選ぶ戦後文学ベスト3」『群像』創刊五十周年記念号、一九九六年一〇月。
（9）リービ英雄「解説」大庭みな子『三匹の蟹』講談社文芸文庫、一九九二年所収。
（10）同。「『三匹の蟹』は、イプセンのノラのように、夫の近代的自我に対して妻がもう一つの近代的自我を確立するたぐいのフェミニズムではない」とある。
（11）ボーヴォワールの『第二の性』は一九四九年に出版された大著。女性は、男性という第一の性に従属する第二の性に生まれたのではなく、生後において第二の性になるのだ、との観点から、女性の性をめぐる意識行動史を考察した。世界中の女性に、ジェンダーとセクシュアリティの革命をもたらした。
（12）森崎和江は、六〇年代から七〇年代初頭にかけて、福岡のリブ誌『無名通信』の寄稿者として活躍したが、リブ資料によると、森崎は、性愛論の理論的指導者の位置にあり、リブ運動の学習会で『第三の性』（三一新書、一九六五年初版、一九七一年改装版）はしばしば取りあげられたと記録されている。本稿で使用したのは、さらに後年推敲された一九九二年の河出文庫版である。
（13）森崎和江『第三の性』河出文庫、一九九二年、一八四頁。
（14）同、三五頁。
（15）同、一七七―一七九頁。

(16) 三島由紀夫、昭和四三年上半期第五九回芥川賞選評。

三　「三匹の蟹」の由梨

由梨は今夜自宅で開くブリッジ・パーティのためにケーキをつくっている。けれども気分がわるくてしかたがない。胃の奥が痛み、そこから悪阻のような不快感が湧き上がってくる。今夜やってくるメンバーの一人一人を思ってみると、みんな日ごろなじみの客ばかりなのに、自分もそこへ加わらなければならないのが苦痛で、吐き気を催すばかりである。

お客は、フランク・スタインというフォークナー論などを書くアメリカ文学の研究者、ロンダという女性の画家、物理学者の横田とその妻、ロシア人亡命者のバラノフ神父、そしてその妻で歌手のサーシャである。ここに夫と由梨が加わって、八人二組のパーティである。

由梨は、今夜はブリッジはしないと決心し、急に姉がやってきたので会わなければならなくなったと偽の口実をつくって、パーティから逃れる申し出を夫にする。夫はいやみを言う。由梨は怒りで涙が出そうになるのをこらえながら、「ある種のひと達は相手の気持がわからないし、また、あるひと達はわかっても無視しますよ。わたしは感傷的に出来ているから、わたしが包んでやったことに対して包み返してくれないようなひとは嫌いなのよ。」と応酬する。

自分の代わりに松浦嬢を頼み、とにかく逃げ出せることになると、由梨は鼻歌まじりで化粧と身じまいを念入りにすませ、お気に入りの青みがかった緑のワンピースと銀の首飾りで装った。首飾りには、由梨がいまでもまだ心を残している男友達との思い出がこもっている。

彼女は出かける前に、ひととおりお客を迎えて挨拶し、軽いお喋りに付き合う。この小説の一つの中心部は、由梨が、この場から脱け出していくことが決まった者の眼で、集まったメンバーの観察や批評をする部分である。書かれているのは、そこで交わされる会話・視線・ものごしなど、いずれもごく日常のありふれた現象ばかりだが、それらが、そこに集まった知識人層の私的な相互関係、およびその関係の質、ひいてはその人間たちの「根無草」的なありようを浮き彫りにする。

彼らの会話は、由梨の皮肉たっぷりな言葉を借りれば、根無草であるがゆえに、かえって無責任に「素敵な歌」を歌っていられるんじゃないかといったたぐいで、みんなアメリカに居住しながら、大統領選挙とヴェトナム戦争の話題だけは、用心深く避けている。個人の存在の根底を問い返すような大きな問題にはこぞって目をつむり、決してだれも「本当のことを言う者なんていやしない」。

どの話題もその場全体の話題にはならず、またどれ一つとして内容の発展するものはない。学会の話、徴兵のこと、先妻に託した子供のこと、離婚、催眠術、尺八、琴、カルメンなどと、脈絡もないことがらがこま切れに話され、しかも飛び交う言葉のすき間には、互いの意地悪い視線がパテのようにつまっている。

由梨はかつてフランクとねたことがあり、フランクはいまでも由梨に挑みかかるような目つきをするが、由梨は取り合わない。むしろフランクをロンダに近づけようとしている。どちらも離婚の経験者だが、ロンダはフランクとつき合いながら、もう一人別の道路技師にひかれている。サーシャは由梨の夫の「女友達」であり、フランクは内心で彼女のことを「共同便所」だと思っているので、少し食指が動いている。横田は取り澄ました見栄坊で、だから由梨はわざと横田をたぶらかしてみる。横田夫人は会話（英語）ができないから、派手な装いと女らしい媚びを武器に、男たちの気持ちを引こうと網を張る。バラノフ神父がそれにかかる。

このようなパーティはこれまでに何度も繰り返されたにちがいない。由梨はこれ以上の繰り返しに我慢ができない。

逃げ出す由梨を車のところまで送って出たロンダとの短い会話は、このパーティのなかでいちばん直截的に「本当のこと」を語り合った場面である。ロンダはフランクと道路技師と離婚した夫と、それぞれに対してそれぞれの意味で感情が揺れる自分のことを、由梨にうち明けている。由梨はロンダに答える。異性を相手にすることなら、存分に思うさまのことをしたとしても、あなたにはすでに子供があり、教師としての安定した職業と、フランクという男からの関心があるのだから、不安がることはないと励ます。しかしロンダは、「ユリ、淋しいのよ。そうでしょう。淋しいのよ。困ったことねえ」と訴え、どれほど望むものがそろっても、淋しいと言う。「どうにもならないわねえ。どうしようもないわねえ」と言い残して出かける由梨も、ロンダと同じように淋しい。彼女たちは女だから淋しいわけではない。

由梨は、パーティに集まった全員が、ほんとうは淋しいはずなのに、淋しさを他人に対する侮蔑と悪意で塗り隠し、性的な関心をかき立て、自分の目さえごまかそうとしていることに耐えられないのかもしれない。「包んでやったのに包み返してくれないような人は嫌い」だという由梨の怒りは、人間の淋しさはいたわり合う優しさによってのみどうにか耐えられるものなのに、彼らが日常のなかで淋しさを鈍磨させてしまっていることに嫌悪をおぼえるからにほかならない。

出かけた由梨は、パーティを逃げ出したからといって、何かが起こって淋しさが癒されると期待しているわけではない。由梨が車を止めたところは遊園地である。そこのアラスカ・インディアンの民芸品の展覧会に入って、管理人の桃色のシャツを着た男と連れになり、コーヒーを飲み、ジェット・コースターに乗り、ゴーゴーを踊る。由梨はその間じゅうぼんやりしているし、家のパーティの時とはうって変わって無口になり、相手の男の顔色も読まず、自分一人の世界に浸ったまま、「振りまわされる猫のような」「孤独」にひたっている。女に飢えているわけでもないこの男が肌をよせてくると、男のごまかしのない「虚しさと哀しさ」が由梨の「淋しい」気持ちと響き合って、由梨に「優しい和み」を感じさせ、男を受け容れさせる。

けれどもそれはその時だけの感じである。一回限りの偶然がもたらした出会いのなかで、互いに自分を偽る必要もなく、また包んだり包み返したりの責任もなく、それぞれの孤独を孤独のままに了解し合った、ただそれだけのことである。孤独が消え去るわけではない。

小説の冒頭部は、男との一夜のあと、霧が立ちこめた早朝の海辺で「うら哀しさ」をかみしめている由梨の姿で始まる。ちょうど円環型の構成だが、男の孤独も女の孤独も無限にめぐり続ける。家に帰った由梨が再びケーキを作っていてもおかしくない。

孤独は、現象としてはこの小説の登場人物のだれもが体験しつつあるような、〈家庭〉の崩壊、一つの時代の一つの人間関係の型の崩壊とも関係している。けれども、その崩壊の原因を問うことは、また別種の問題になるだろう。

四　「構図のない絵」——アメリカのなかの日本人女性、または人種・ジェンダー

1　日本の女性作家とアメリカ

日本の近現代文学史を通じて、日本の女性作家の目に映ったアメリカを想像してみることは、たいへん魅力的な作業にちがいない。

このテーマにそって浮かんでくる作品は、数え方しだいではけっこう多いのではないか、と勝手な推測をしていたところ、少し調べてみただけで、案に相違して、一九六〇年以前には事例が少ないことがわかった。

わたしの手元に集まったささやかなデータのもっとも古いところでは、木村曙がアメリカの実体験なしに書いた『婦女の鑑』（明治二二＝一八八九）がある。それからしばらく途絶えて大正時代になると、ようやく宮本百合子のようなアメリカでの生活体験をもった女性が、日本を外から眺める視座を少しだけもって書きはじめるようになる。宮本百合子のアメリカ留学から生まれた『伸子』（昭和三＝一九二

八）のほかには、田村俊子のように、アメリカに近接するカナダのバンクーヴァーで日本人植民者向けの新聞を発行した仕事も視野に入ってくるけれども、こちらは文学としての実りには直接結びつかなかった。

昭和になると、加藤シヅエがまだ石本静枝だった頃に、ニューヨークで英文で出版した *Facing Two Ways: The Story of My Life*, 1935（昭和一〇）(1) といった、体験録のような自伝的な仕事が現れる。けれどもこのあとはまた途絶えている。

ところが戦後になって、もはや日本は戦後ではないと『経済白書』がいうようになったころ、つまり一九六〇年代になると、事態は急に様変わりしはじめる。有吉佐和子『非色』（昭和三九＝一九六四）『ぷえるとりこ日記』（同）、大庭みな子「三匹の蟹」（昭和四三＝一九六八）「虹と浮橋」（同）「構図のない絵」（同）その他、倉橋由美子「ヴァージニア」（同）、森禮子「モッキンバードのいる町」（昭和五三＝一九七八）、木崎さと子「火炎木」（昭和五六＝一九八一）、米谷ふみ子「遠来の客」（昭和六〇＝一九八五）、「過越しの祭」（同）その他など、女性自身のアメリカ体験にもとづく作品が加速度的にふえてくる。

これらの小説をもう一度明治からたどりなおしてみると、明治憲法発布の年に木村曙が発表した『婦女の鑑』は、『読売新聞』紙上の連載小説として広く読まれた。当時としては最大限の国際感覚をもった日本人女性が、日本の社会で最先端の指導的役割を果たすという、想像しうる最高の女性モデルを書こうとしたものだった。才知に長けた日本の若い女性が、イギリスのケンブリッジ大学女子部で、本国の英国人女性と首席を争って卒業し、その後アメリカに渡って手芸工場で働き、優秀な技能を発揮して高い評価を受ける。やがて帰国後、貧民救済事業のために手芸工場を設立する、そんな気宇壮大なストーリーになっている。

このような筋書きの背景には、明治四（一九七一）年に開拓使派遣団として津田梅子らとアメリカに留学し、ヴァッサー女子大学を首席で卒業して明治一五（一八八二）年に帰国した山川捨松のような、具体的な事例が作者に思い浮かべられていたにちがいない。

けれども当時の日本の国家は、彼女たちが学んできた学識を活用するに足る近代化した女性文化の受け皿をもっていない。津田梅子や山川捨松らは自分の居場所を見出すために、たいへんな苦労を重ねたことが伝えられている。山川や津田がアメリカのホスト・マザーにあてた書簡が、最近になって広く紹介されるにしたがい、このような事情はよく知られるようになった(2)。それればかりでなく、日本は鹿鳴館の時代から急旋回して国粋主義へとリバウンドし、女子教育の指標を賢母良妻の養成へと一元化する時代に向かっていく。そのような転換期に、いや転換期だからこそ、この小説のように、才知にぬきんでた女性が、一人の独立した人間として貧民救済の事業を企て、社会的な理想と展望をもって果敢に生きる姿を描いた作品が、僥倖のように世に出る最後のチャンスをつかむことができた。

木村曙の想い描いたアメリカは、知性の国イギリスに対して、フロンティア精神に象徴されるような行動力と実業の国であり、そこでは開拓の担い手として女性の参加が大きな比重を占めていた。

それから三十年ばかりたって、宮本百合子は、建築家の父のニューヨークでの仕事にあわせてコロンビア大学に聴講生として留学し、そのとき知り合った年上の日本人留学生と自由に恋愛を進め、両親へのほとんど一方的な告知だけで結婚した。その経緯を含む『伸子』によると、宮本百合子は作家として仕事を続けていくことを結婚の条件として相手の男性に約束させたばかりでなく、書くという、極度な集中力を要求される特殊な仕事に専念するために、出産を避けること、つまり避妊の問題も話し合って合意を求めている。

そのような性の問題に踏み込めたのは、百合子が滞在していた頃のアメリカで、マーガレット・サンガーらが女性の自由のために避妊の必要性と意義を説く運動を推進していたことと密接に関わっている。小説のなかで、女性が堕胎ではなく避妊を問題化したのは、近代の女性文学ではきわめて新鮮な事例として注目される。

『伸子』は、アメリカという日本からはるかに離れた異文化空間で、自由な性を生きる女性の困難と試行錯誤を文学のテーマとして取り上げ、対象化することを試みた小説であった。近代女性文学として『伸子』は、新しく行動的な女性像を確実に作り上げている。

『伸子』の第一章は、大正七（一九一八）年一一月の第一次世界大戦終結の報に狂喜沸騰するニューヨーク市中の群衆を描いている。その祝祭のようなエネルギーは、世界大戦の和平に果たしたアメリカ大統領の国際的な役割を、国を挙げて謳歌するものでもあった。経済的にも政治的にも上昇してやまない時代のアメリカに、生来前向きな活力の持ち主だった宮本百合子が行きあわせたということは、いっそう百合子に自己開発的に生きる自信をもたせ、同時に日本の女子教育の賢母良妻養成という国家イデオロギーに、堂々と反旗をひるがえさせることになった。

だが『伸子』の後は、一九六〇年代までの五十年近く、アメリカが女性作家の文学の舞台になることはない。わたしたちは、有吉佐和子の『非色』まで待たなければならない。

一九四五年の敗戦によって日本に米軍が進駐してくると、日本人にとってアメリカは否応なく要求をつきつける占領国であり、当然の成り行きとして年を追うごとに両国の関係は深まっていく。また交通手段も船から飛行機に変わり、所要時間の短縮とともに身近さも助長される。アメリカがくしゃみをすれば日本は風邪を引くというジョークさえうまれた。しかしこれらの変化の恩恵に女性があずかるためには、戦後になって女性が参政権を得たこと、女性にも大学教育の門戸が開かれたことなど、女性の社会参加への有力な条件が整えられたことが前提となったことは言うまでもない。それらの状況の変化が、女性の意識や行動の自由を支え、またその成果が文学表現の領域でも具体的な実をあげるようになるのが、ようやく一九六〇年代になってからだった。

それを証明するかのようにアメリカに行った女性たちの時期と年齢に、特徴的な重なりがあるように思われる。昭和六（一九三一）年生まれの有吉は昭和三四（一九五九）年に渡米し、昭和五年生まれの大庭みな子が同じ年にアラスカに移住し、やはり同年生まれの米谷ふみ子が一年遅れの昭和三五（一九六〇）年にニューヨークに絵の修業に渡っている。彼女たちは、敗戦時にみんな女学校に在学中で、学徒動員の世代である。そしてGHQの指導によって敢行された革命的な戦後処理と国家体制の改革を見つめ、二十歳代の後半で占領国のアメリカにそろって渡るのだ。

この現象は、単に偶然の一致という以上に、なるべくしてなったという面があるのではないか。戦時下の日本でも、婦人参政権を得た戦後の日本でも、現実の裏側は女性抑圧的であることに大差はないけれども、かりに名目であっても、戦後は女性の権利が保障されるようになった。新しい時代の彼女たちは、女性が自由であるらしい本場アメリカに、自己実現の夢を託して行動を起こしたのにちがいない。

有吉はロックフェラー財団の招きで、ニューヨークのサラ・ローレンス・カレッジに留学するが、期間は昭和三四（一九五九）年一一月から翌年八月までである。長くもない留学体験だが、有吉のアメリカ認識は主として差別のテーマに向かった。

『非色』は、第二次世界大戦で敗けた日本に進駐してきたアメリカ軍の、黒人兵やプエルトリコ兵と結婚した日本人妻が、夫の母国アメリカに移住して知ることになる人種差別の現実を、正攻法でぐんぐん追っている。WASP、ユダヤ系白人、アジア系黄色人、アメリカの黒人、プエルトリコ人、アフリカ系黒人等々の、それぞれの間にある差別の関係は複雑に連環していて、そもそもの端緒を押えることはたいへん難しい。有吉は『ぷえるとりこ日記』とともに、いったい人が人種や民族を差別する意識の根源は何であるのか、という問題をアメリカから背負って帰ってきた。しかし近代の文学事典は、有吉のこのような方面を、そろって無視している。

この後には、倉橋由美子や森禮子、木崎さと子らが続く。けれども、やはり、有吉佐和子・大庭みな子・米谷ふみ子の伝えるアメリカが、日本の女性作家が本格的にアメリカと対決した原点なのだとわたしは思う。けれどもさらに厳密な意味でアメリカを生きた作家を絞るなら、大庭と米谷の二人が残る。

この二人のアメリカ行きには、自分たちの自己実現を受け容れない日本なら棄てる、という共通のモティーフがあったことが、当事者たちによって語られている。そしてこの二人の作品には、結婚相手の夫を自分の作品のパン種にするという共通点もある。これは、これまでの男性作家が妻を題材にし続けてきた手法が、ようやく女性作家のものにもなったということだ。妻が夫を表現の場で対象化しても、もはや自分たちの結婚の危機を意味しないような家族関係が、アメリカでなら受け入れられたということだろう。夫と妻とが対等に渡り合える家族を書く女性文学の到来は、まずはアメリカをバックとして日本に入ってきたのだ。

以上のように、近現代の日本文学のなかでの女性作家とアメリカとの交渉を、粗描してみた。次節からは、「三匹の蟹」をもってアラスカから発信してきた大庭みな子にとって、アラスカ（アメリカ）移住がもたらしたものは何であったのか、というわたし個人の関心に沿って照明を当て、アメリカを舞台とした初期作品「構図のない絵」（執筆一九六二）に焦点を絞ることにしたい。

日本の女性作家のみならず、日本文学の総体としても、アメリカに対する日本の位置関係は、大庭みな子によって初めて互角に描かれるようになる。大庭みな子の文学では、アメリカはたんなる旅先でお客様になる国ではなく、またたんなる情報や題材にとどまるような仮の滞在先・他人の国でもなく、その異文化空間のなかに棲む生活者として、日本人女性が自分の生き方を創り出していく闘いの場そのものであった。「構図のない絵」には、まさにそのようにしてアメリカの社会のなかで生きのびる日本人女性が、初めて日本文学のなかに登場してくるのだ。

2　大庭みな子のアラスカ

大庭みな子の年譜は、たいてい自筆年譜である。（本稿を執筆している平成三＝一九九一年の段階では）それは簡潔なものではあるけれども、作家自身が書くことによって、すでに表現の場へもちだされた自己像になる。

大庭の年譜には、まず第一に、放浪性または移動性という特徴づけがある。海軍軍医という父の職業によって、何度も重ねられた軍事都市への転居、その生活のなかで身についた移動的で非定着的な生活感覚。この傾向は、長じてのアラスカ移住、あるいはアメリカ大陸の長距離ドライヴ、マジソンやシアトルでの学生生活、さらには帰国してからも毎年行った長期海外旅行等々へと、脈々とつながっている。

たとえば、シアトルからホワイトホースへ、さらにヘインズまで延びる三〇〇〇マイルの長距離ドライヴがどんなスケールになるか、わたしたち日本人にはちょっと想像がつかない。この旅は、おそらくアラスカとカナダを結ぶハイウェイを利用したのだろうが、とにかく桁違いの距離らしい。三〇〇〇マイルはおよそ五〇〇〇キロメートル、日本列島に当てはめると、沖縄の南端から北海道の北端までがようやく三二〇〇キロメートルである。その一・五倍を車で移動したというのであり、その後のシアトル—マジソン間の往復となれば、もっと距離は伸びるのではないか。アメリカの居住者にとってはそれほど珍しい距離ではないのかもしれないけれど、日本国内でそのような大がかりな空間移動は経験したくてもかなわない。

それからもう一つ、自分を取り巻く時代状況に対する違和感という点での特徴づけもある。大庭は小学校の低学年から確固とした作家志望だったという点で、すでに十分周囲に対して異質な存在だった。だが彼女が誕生したときから日本は侵略戦争下にあり、国家は作家になりたいという女生徒の夢を容認しなかった。日中戦争から太平洋戦争へと続く国家総動員体制は、その総決算として、被爆した広島の学徒救援活動へ大庭を動員した。戦前も終戦直後も、大学に入るまでの大庭にとって、女子教育は決して楽しい思い出を残さず、ほとんど懲罰と孤立の時代として振り返られている。

しかし、こうした特徴づけをはかる自筆年譜のなかにあって、つとめて簡略化されているように見えるアラスカ移住の方へ、とかくわたしの関心は向きたがる。夫の大庭利雄が勤務したアラスカパルプや、大庭みな子が書いたものからうかがえるアラスカの風土や、大庭利雄と女性作家大庭みな子との絶妙なパートナーシップなど、それらすべてがわたしの興味をかき立てる。

株式会社アラスカパルプは（本稿の執筆時点において、わたしが活字から得た管見であることをことわっておく）、株式の上場会社の案内書『会社年鑑』(3)の、一九六〇年版から一九六三年版までは、毎年、〈製紙・パルプ・印刷〉の部門に簡単な情報が公開されている。各年のデータの中から、わたしが知りたい部分だけを拾ってまとめてみると、だいたい次のようである。

会社設立は昭和二八（一九五三）年八月、この業界ではもっとも新参の会社と思われる。同年一一月、アラスカ・ランバー・アンド・パルプ社設立。翌二九年七月、ランゲル・ランバー社設立。三四年一二月、パルプ工場操業。事業内容として、アラスカでのパルプ・製材事業への投資・融資、ならびにそれらの製品の輸入販売。パルプはレーヨンパルプ用、製材品は建築資材用。

この会社は、アラスカに存在する二つの会社（工場）に投資し、そこから製品を仕入れ、日本の安宅産業、三井物産をはじめ、多くの商事会社に販売している。大株主は帝人、東レ、倉レなど。初期には、職員数が男女含めて六〇名程度、と少ない。一九六一（昭和三六）年になると、アラスカのシトカ工場には四〇〇人を越す労働者がいると記されている。大庭みな子のエッセイ集『魚の泪』（一九七一）によると、ほとんどが現地シトカの住民であろうと思われる。当時シトカの町の経済がこのパルプ会社によって支えられていたとも書かれている。

この戦後になってから新設されたパルプ会社は、先にも書いたように、アラスカのシトカ工場を昭和三四（一九五九）年一二月から操業しているが、大庭夫妻の家族ぐるみのアラスカ移住はその一ヶ月前。アラスカパルプの生産部門はシトカ工場にあり、大庭利雄がその草創期からの技術指導者として、重要なポストを占めていたことが推察される。

「一九五九年に渡米したのは、わたしを相手にしてくれない故郷ならとび出してやれ、という気分だった」(4)と「H・Y・Gに捧ぐ」という文章のなかで、昭和四七（一九七二）年の大庭みな子は書いている。そうした日本放棄の気分は事実だったとしても、大庭みな子一人が飛び出して渡米したのではなく、夫の職場がアメリカに定まることが前提だったこともまた事実なのにちがいない。

ちなみに、一九六一年版の『会社年鑑』のアラスカパルプが載っているページの、反対側の広告ページには、「陸から　海から　空から　世界を駆ける黄色い顔！」というキャッチフレーズがでかでかと縦一行を占め、中央に巨大な地球儀の図がある。一九六一年版の発行は、一九六〇年一一月。日米安全保障条約の改定をめぐる全日本的な規模の、前代未聞の反対闘争が起こり、かつ敗退した年である。広告主は、聯合紙器株式会社（大手段ボール製造会社）。この一九六〇年に作成された広告のド迫力。わたしは日本の企業が海外進出、とくにアメリカに進出するさいにどれほどの意気込みであったかを、安保闘争の激しさと照らし合わせ、半分驚嘆しながらではあるけれど、十分想像することができる。

それにしてもそのアラスカとはどんなところなのだろうか。森林相手のパルプ事業は、アメリカ合衆国でもっとも人口密度の低い、さいはてのアラスカで展開した。そこは森と入江に恵まれた、美しくて幻想的な、年輪を重ねた自然を保っていたという。

アラスカのシトカの歴史的文化的な風土は、かなり複雑である。ネイティヴの北極インディアンと、最初の植民者であるロシア人と、ロシアからアメリカ合衆国が購入してから流入した多様なアメリカ人、といったふうに多人種・多民族による集合的な文化世界ができあがっている。このような太古の姿をとどめた自然と、その上に複雑な文化が混融した風土とが、「三匹の蟹」「火草」（一九六九）「幽霊たちの復活祭」（同）『海にゆらぐ糸』（一九八九）等々の文学の土壌になっている。

大庭みな子は前の「H・Y・Gに捧ぐ」のなかで、さらに日本やアラスカについて、こんなふうに書いている。

以来、わたしは日本を外側からぼんやりと見つづけ、自分自身を日本という共同体からはじき出された人間として感じつづけて来た。わたしは数年ごとに休暇で日本に帰るたびに、自分の中から日本が遠のき、自分が異邦人になっていくのを感じていた。もちろん、アメリカでもまたわたしは異邦人であった。（略）

わたしはアラスカのシトカという小さな海辺の町で、寄るともなく集った一種の世捨人ともいうべき幾人かの友人を得たのである。彼らは決して前衛的でも戦闘的でもなかったが、言いあわせたように古い生まれた場所を捨てた経験を持つ人たちだった。彼等はいわゆる立派だと思われているものに飽き飽きした人々だったのである。（略）彼らとわたしは自分が長い間考えつづけ、哀しんできたものを分かち合えることに気づいた。（略）

わたしは日本にいたとき、思うことを滅多に口に出して言ったことはなかった。不用意に言ってしまったときは必ず、いじめられたような記憶を持っている。或る意味で私は外国で暮らすようになって初めて素直に自分を表現する機会を得、話し合う相手を得たと言ってもよい。

日本には言いたいことを言える自由がなかった、と大庭は言う。日本にまつわる血族、地縁、制度などをいったん振りきることによって、見ず知らずのアラスカに住んでみたら、自分のような、すすんで母国を脱出するような人間の寄り集まった土地だったことを発見する。そして自分を日本に対してもアメリカに対しても「異邦人」「流れ者」だと名づける。大庭みな子は好んで自分を「異邦人」とか「根無し草」と呼んでいるけれど、そのことは別の角度からみれば、どこの国にも帰属しないことによってかえって手に入れることができる偏見のないコスモポリタン性をもち、型にはまらない混沌を受け容れることができ、また相対的な視点を徹底させることに成功した人、を意味することにもなる。

そしてまさしく、大庭みな子がアメリカで最初に完成させたと年譜に書いた「構図のない絵」には、その最初の実りが輝いている。黒人や女性や学生たちがこぞって「吠え」(5)はじめた一九六〇年代のアメリカの沸き返るような時代の渦にもまれながら、したたかに生きのびる日本人女学生は、そのようなアメリカだからこそ、かつて日本文学には存在しなかった魅力にあふれた女性になり得たのである。

3 「構図のない絵」——一九六〇年代初めのアメリカ

「構図のない絵」は、昭和三七(一九六二)年に大庭みな子がウィスコンシン州立大学大学院美術科に入ってマジソンに住むようになってから、その翌年の昭和三八(一九六三)年に執筆された。数年の間をおいて、今度は昭和四二(一九六七)年夏にワシントン州立大学美術科に在籍したときには、シアトルの寄宿舎で「虹と浮橋」が執筆される。これら二つの小説は、一九六八(昭和四三)年六月に「三匹の蟹」が群像新人賞と芥川賞を受賞した直後に、連続して矢継ぎ早に発表される。そして一九七〇(昭和四五)年九月発表の「蚤の市」とともに三部の連作として、『青い落葉』の総称のもとに講談社文庫に収められる。

大庭みな子はアラスカに移住してから四年後には、もうアラスカを離れ、アメリカ中西部の大学に入っている。一九六〇年代のアカデミズムの真ん中に身を置き、美術制作に打ち込むとともに、小説「構図のない絵」も完成させた。その「構図のない絵」は、アメリカ北部にあるW大学大学院で油絵を修業している日本人留学生森田サキを主人公とし、彼女の国際色豊かな人間関係をとおして、絵画論や人生論を展開しつつ、アメリカや日本を批評する方法をとっている。

時代はJ・F・ケネディ治下の六〇年代初頭。アメリカは黒人の公民権運動やキューバ危機に揺れている。大学院生たちは、そうした政治や社会の動向、そのなかで発生したビートニックの風俗やフリーセックスの風潮を敏感に受けとめ、それぞれのアイデンティティを開花させようとしている。ベティ・フリーダンの『女らしさの神話』（一九六三）は、すでに五年間の調査を終えて出版され、爆発的な関心を呼んで、ウーマン・リブの波は嵐のように高まっていた。この小説では、アメリカの女性解放運動に直接言及するような言葉はないものの、ヒロインの森田サキの行動や問題意識自体が、ウーマン・リブの時代を体現している。

修士課程の修了期をむかえて、サキを取り巻く大学院生の間では、母校の助手のポストが最大の関心を集めている。それを決める教授陣は、アメリカ社会の差別性や管理主義を象徴するような意識の持主である。決定権をもつ側への院生の反応の違いは、それぞれが描く絵の「構図」の違いに重なっている、とサキは感じる。彼らの絵は彼らの人生の「構図」を映し出しているのだ。

森田サキは日本にいた頃、自殺したくなるほどの苦い失恋を味わった後、アメリカの大学に留学したのだが、大学では評判になるほどの浮き名を流す学生に変身している。

サキを初めとして、サキの周りの学生たちは、たいていだれもが、アメリカで生きるにはハンディを背負っている者ばかりである。南部のミシシッピー出身の黒人のエド（エドワード）、ユダヤ系のダニエル、アフリカ出身の黒人のアンナ、メキシコから来たアントニオ、何系だかわからないがビートニックに感染したテッドなど。もう一人、日本人の浜名岳《ガク》は、日本の大学で日本文学科を卒業し、アメリカで文学の研究をしている博士課程の院生である。大学で日本語を教えるアルバイトを与えられて、経済的には好条件の学究生活を送っているけれども、本来の研究分野でのステイタスは、日本人なのでアメリカでは助教授以上は望めない。

そして彼らとは異なり、南部の大地主の娘なのに公民権法を支持するナンシーや、彼女の恋人でそのルーツにはふれられていないディックのように、ハンディのない正統なアメリカ人として裕福な学生生活を保障されている者もいる。さらにこのほか、エジプトやヨルダンからやってきたやはり裕福な学生もいる。

教授陣には、彫刻の教授ヴィクター・ボウマンがいる。しかし彼は、髪の黒いシシリー島出身の妻をもっていて、彼女は、プエルトリコに何らかの関わりがあると囁かれている。

このような人間関係（力関係）の中で、サキは南部出身の貧しい黒人のエドに対し、絵の上では一目も二目もおいている。他方、絵でもセクシュアリティでもサキともっともきしみ合う位置に、ユダヤ系のダニエルがいる。教授のヴィクターは、小市民的で安全な男に見え、彼の妻がサキに示した非礼への報復の意図もあって、サキの方から誘惑して現在愛人関係にある。そのため、ヴィクターは妻から離婚を迫られている。ダニエル、ヴィクターのほかに、サキの三人目のボーイフレンドに加わるのは日本人のガクである。アメリカでも母国日本でも大学のポストの見通しがないので、彼は虚無的になり、暇さえあれば釣り竿を持ってキャンパスを歩いている。

小説のプロットは、これら三人のボーイフレンドとエドの中心に視点人物のサキがいて、サキと四人の男性とのそれぞれに異なる関係性を描くことによって成り立っている。

4 エド――黒人男性の構図

サキはエドの卒業個展で、彼が権威ある賞をとった油絵「ミシシッピーの焦点」の前に立って感動している。「陰気な七色が今にもめらめら燃え出しそうにゆらめいて、煙った黒い一つの点に集」まり、それが「キャンバスの上でマゾヒスティックにのたうちまわる生き物に似て」見える。サキはエドに直接感想を伝え、「黒い塊が、大きくなっていく、という恐怖がある」と言う。

サキばかりでなく仲間たちから才能を高く評価されていたエドは、助手のポストをねらっていた。公民権運動にも無関心な態度をあえてとり続け、共産主義のシンパと思われないように言動に細心の注意を払ってきた。にもかかわらず、仲間たちの予想に反して、助手のポストはアカデミックな正統派の絵を描く優等生のダニエルに決まる。

大学という枠をとり払っても傑出したエドの絵は、「抽象的な表現派、行動派」の方法を駆使した見事な「構図」をもっている。絵の構図は、描き手の人間性を象徴するものとして、絵画においてはもっとも重要なものだ。

けれどもエド自身の言い分では、その絵は「故郷のない浮動性」を画面に溢れさせているのだという。仲間には、エドの絵が彼自身の深い内面の欲望を吐き出しているように思われたとしても、エド自身は、イデオロギーに対してニュートラルを装い続けた偽りの自己を露呈した、曖昧な絵だと思う。

しかし「ミシシッピーの焦点」は、アメリカの日本人、それも女性であるサキ自身の不安と呼応し、「恐怖」感を誘い出す。エド自身は抑圧しているにもかかわらず、表現されたエドの絵は、黒を基調とした色調と激しい動きを迸らせる抽象的な構図によって、じっさいには人種の問題性を訴えかける力をもっている。そのことが、アメリカにいる日本人の女性サキに自身の身の立て方を問いつめる。この絵は、怒りや不安を抱く人間に対しては激しく迫ってき、まさにそのことが災いして、アカデミックな組織から忌避された。

助手のポストにつけなかったエドの自負心は、故郷のミシシッピーに帰って短大で働くであろう自分を容易に受け容れることができない。黒人であることを承認して南部に帰ることは、白人社会への参入という彼の描いた人生の構図を逆転させることにほかならず、そのためにはこれまで以上に途方もないエネルギーをかき立てなければならない。エドが被ってきた偽りの仮面をはぎ取り、黒人が黒人であるという出発点に立ち返るためには、自分のなかにマゾヒスティックに抑え込んできた欲望を、抑圧と同じ激しさで、サディスティックな残虐性としてどこかに発散しなければならない。

　エドは、大学から自分の住む物置小屋に帰るまでの道中で、黒人街の同胞の少女から売春まがいの強請の手口を見せつけられ、彼女が黒人であることを強く憎むが、その憎悪は自分に跳ね返って自身を憎悪する感情になるほかない。少女と自身への憎悪はふくれあがり、小屋に帰るといきなりそれは、いたいけな黒い雌猫に指し向けられる。だれの目もない小屋の中で彼の憤怒は嵐となって爆発し、雌猫をなぶりになぶって殺してしまう。言うまでもなく、黒い愛猫プリンスは、つまりはスカートをまくり上げた五歳の黒人の少女であり、また助手のポストをほしがって白人に媚びたエド自身である。いたいけなものを時間をかけて血祭りにあげ、それとともに、売春婦のように白人に媚びた自分を葬り去ろうとしたのだ。

　だが小説のなかで、黒い存在に対する嫌悪と憎悪に衝き動かされた、自虐と残虐の狂態を目にするのは、殺された愛猫だけである。そしてその経緯を語るのは語り手だけなのだ。他の大部分ではいつもサキがそこにいて、サキが視点人物と語り手の役を兼ねた伝達役をつとめているので、よけいにこの場面の語り方は特別な印象を残す。テクストでは、主要な男たちはたいていはサキと関係があり、彼らが白人の場合には、サキは彼らから黄色人種と侮られながらも、彼らの表裏を見通し、彼らの絵や彫刻のヤワさ加減について挑発的な批評を行うことができた。それなのに、エドの狂気をサキは知る立場に置かれない。むしろ知らないような位置に作者がサキを置いた、というべきなのだろうか。

　サキは黒人のエドに対しては、彼の絵の水準にはとうてい及び難いと思い、批評することさえできない。また彼の孤独な心については感じることはできても、近づいていたわることはできない。それほどエドの絵もエドの孤独も、サキには近寄りがたいのだろうか。

しかし反面、サキがエドの孤独に直接関わらないということは、エドの方からもサキの孤独に関わらないということでもある。サキの孤独とエドの孤独は、交わることができないほど深くて、別種の孤独だということだろうか。

エドの孤独は黒い肌に淵源し、キャンヴァス上に黒い炎を描いて自分を燃え上がらせることができる。が、サキの孤独は、日本人であることとともに、女であることに由来しており、ちょうどサキの絵が、「叫び出すより、沈んで行ってしまう」といわれるのと同じように、くすぶって沈んでいく。大学のそこここで浮き名を流しながらも、けっして自分の前途を拓くことを断念しないサキは、恋人の教授ヴィクター・ボウマンから、「アメリカの女よりもずっと強い女」と皮肉られるが、じつのところは、人生の構図すなわち絵の構図をまだ発見できない。時には無力感に陥り、結婚に身をゆだねて安らぎたいと思う。

このように黒人であることによる孤独と、東洋人でしかも女であることによる孤独という二つの孤独の違いを、小説は鋭く見定めている。

男が黒人であることの孤独は、すでに公民権運動という自己正当化のパラダイムがあり、エドはそれをあえて避けてきたのであり、それゆえ、まだしも獣じみた叫びをあげて自分より弱いものを対象にして、憤怒を発散することができる。憤怒を中心にして世界を構図化することができる。けれども東洋の女の孤独や怒りを支えるパラダイムは、それこそまだ公民権を得てはいない。自己を立て直すための言説・言葉はまだどこにもない。サキはエドとは違って、無力感に萎えるしかない。

5　サキ――貪欲な構図へ

別の見方をすると、エドは当時のビートニックの精神を、キャンヴァスにおいても、サディスティックな暴力行為においても、程度の差はあるとしても表現したのではないか。彼こそが管理主義のヒエラルキーにNO!と怒る者たちの一人なのではないか。ボロ服で、ビートニック・パーティに身をやつす裕福なディックやダニエルたちは、ほんとうはちっともビートではない。だいいちこれらの男たちには、自分たちの内面を構図化してみせられるような、怒りが欠如している。

気力の萎えたとき、サキが女の宿命かもしれないと観念し、結婚しようかと思ったとしても、教授のヴィクターの結婚のイメージは、プエルトリコ人の妻から、エキゾチックな日本人の妻に乗り替えたにすぎない。サキは教授のあまりの低俗さに興醒めする。

結婚は、気がつくと自分の中でいつも広がっている不毛な画面を幻想で彩る努力なのだ、とサキは思った。幻想は時として構成の不毛を誤魔化すものだ。サキは沢山のスケッチの中に座りこみ、構図の未完成なままに色彩をいそいでいた。色彩の中からレンズの焦点で太陽が燃えはじめるように命がおきあがってくるのを希んでいた。

線だけが多すぎて、はっきりしない線だけが多すぎて、パレットから流れ出した色だけが溢れていて、少しも絵にならない——、サキは苛立ちと共にあのダニエルと同じ眼つきで不意にエドを憎んだ。エドの絵には音を立てて燃える炎があり、その炎が火柱となって噴き上げる凄まじさがあった。(「構図のない絵」『全集』一巻、一四四頁、傍点筆者)

繰り返して言うなら、エドの怒りや屈辱は公民権を目指すことができる。だがサキはというと、人工的なレンズの力を借りてにせの「焦点」を作り出してでも、自分を沈ませないで燃え立たせたいと希望するほど、無力なのだ。あくことなく男たちにすり寄って、幻想の「焦点」を作り、幻想の火柱を立ててみたくなる。それがサキの考える、女にとっての「結婚」なのだという。このようなとき、サキの男に対する態度は、エドの白人に対する態度とかぎりなく似ている。権力から遠ざけられている者が、自己をアイデンティファイしようとする時の、権力把持者に対する屈辱感。

幻想を抱いては幻滅し、その繰り返しのなかでサキは自分のための構図を模索している。「構図のある絵」を。焦点のある絵を。焦点を定めた構成的な生き方を。

ヴィクターもダニエルも、サキに結婚制度のなかの妻を求め、一人の自由な女としてのサキ、絵を通して自己表現したいサキを無視する。

ダニエルの絵はエドと対照的に古典的な具象画である。エドが抽象画によって自分の内面を、あたかも生命が躍っているかのように表現できるのに対し、ダニエルは自分の内面を表現することを、打算によって避けている。彼は表現の対象を自分の外部の形あるものだけに限り、それらの具体的なものの形の蔭に自分を隠蔽する。アカデミズムでの不利な立場を避けて、身を守るのだ。

そんなダニエルだから、結婚観もまた古典的で、サキを独占し、所有しようとする。だからサキはダニエルを否定する。

散々耐えて生き残った森田サキなのだ。もうふりをするのは沢山だ。ダニエル、あなたも耐えなさい。女の私ですらやりとげたことなら、どうしてあなたにできないことがあろう。（同、一二五―一二六頁、傍点原文）

この世の中のジェンダーの仕組みは、女が自分の力で自分の生き方を決めることを妨げるようにできている。しかしまた、その危険性を避けては男たちの魅力に接近することもできない。男たちの魅力との触れ合いなしに、女が燃え立つこともありえない、というのがサキの考え方である。

いつまでも自分の人生を断念しないサキは、ガクのようにアメリカでの生活に疲れ、虚無的になっている日本人の男には、驚嘆に値する女である。むしろガクには自分が捨てた執念の名残りをサキにこそそぎこむような思いがある。だからサキはガクからは、ヴィクター・ボウマンやダニエルのような拘束感を受けない。そんなガクとなら一対一を誓わないで結婚できるかもしれないと思ったりする。ガクと一緒に暮らしながらダニエルと会い続け、そのほかの出会いがあればそれもよしとするような「結婚」を、ガクに承諾させられるかもしれないと口説いてみる。そのくせそんな自分を「淫らな女」だと思わないでほしい、とサキはガクに言う。

ガクはそんなサキを「淫らな女」だとは思わない。サキは淫らなのではなく、女にも「生きのびる権利」があると思い続ける貪欲な執念がそう言わせるのだ、と容認する。いわば「友人」のような、多形倒錯のようなセクシュアリティ、脱ジェンダーの貪欲で奇妙な結婚がガクとサキとの間に予感されて、この小説は幕になる。

＊＊＊

だからといってサキの前に「構図のある絵」が見えてきたわけではない。いやむしろ、ここでは絵画の伝統的な構図観、一つの焦点に絵画の空間を統合することをよしとする構図観とは異なる、多形倒錯的な無定形の構図観が予感されているのではないか。サキは、対幻想を超えて多形倒錯的なセクシュアリティを生きることによって、お定まりのジェンダー、お定まりの力関係に沿った人生の構図を超えるとともに、絵画の構図観をも超えるのではないか。

「構図のない絵」は、小説自体の構図としては、黒人エドの世界、日本人の女サキの世界を両極的な孤独としてもっている。ビートニックの時代に生まれついて、叫ぶべき焦点のある黒人の男性と、あまりに長い歴史において沈黙を強いられて自己表現の方法を見出せない日本人の女性とを、もっとも濃い二本の描線でかたどりながら、それらに絡むように六〇年代アメリカの混沌を配置している。その結果、この二つの極は決して対立する関係ではないことを、読者は読み取ることができる。このようなアメリカの六〇年代初頭の混沌は、やがて日本を沸き立たせる混沌を誘発することになるだろう。

注

（1）この本は、船橋邦子訳『二つの文化のはざまから』青山館、一九八五年、によって、近年知られるようになった（のち不二出版で一九九四年に再刊。さらに大空社から原書を一九九六年に復刊、山崎朋子が解説を書いている）。

（2）久野明子『鹿鳴館の貴婦人大山捨松――日本初の女子留学生』中央公論社、一九八八年、大庭みな子『津田梅子』朝日新聞社、一九九〇年、のすぐれた評伝が相次いで世に出た。

（3）『会社年鑑』は毎年日本経済新聞社が出版している。『年鑑』の年度は、じっさいの作成年より一年先をタイトル年度にしている。

（4）新鋭作家叢書『大庭みな子集』あとがき「H・Y・Gに捧ぐ」、河出書房新社、一九七二年。このエッセイは『大庭みな子全集』に収録されていない。

（5）代表的なビート詩人アレン・ギンズバーグの「Howl 吠える」（一九五六）は、ビート詩の運動の象徴的な詩作品である。片桐ユズル訳編『ビート詩集』国文社、一九六二年に、片桐ユズルが訳出。

五 「火草」の世界——ネイティヴ・ジェンダー・セクシュアリティ

1 シトカ地誌

「火草」（昭和四四＝一九六九、『文学界』新年特別号）は、アラスカ州シトカの先住民の民話に取材して書かれた中編小説である(1)。大庭みな子の初期の仕事のなかではたいへん重要な作品だと思われるにもかかわらず、これまで踏み込んで読まれた例をわたしは知らない。もっとも、大庭みな子が昭和三四（一九五九）年から一一年間暮らしたアラスカについてその土地固有の歴史や文化に取材して書いたものは、エッセイ類は多くても、小説では「火草」のほかにはあまりないのも事実ではあるのだが。

たぶんその事情は、作者が「三匹の蟹」で日本の文壇に登場した昭和四三（一九六八）年の頃は、アラスカという場所にまつわる風土や歴史、また現状について日本ではまだよく知られていなかったので、異文化圏のアラスカ情報をたんに事実として日本に伝えるという次元でなら、書く側の心理的負担は比較的軽くて書きやすかった、というあたりにあるのではないかと思われる。しかし、ひとたびジャンルを変えて「火草」のようなアラスカの先住民の文化史に密着したフィクションを書くとなると、作者が抱える課題は否応なく大きくならざるをえないのだろうと、わたしたちにも容易に想像できる。作者は、アラスカの先住民が経てきた近代の戦争の歴史や文化の変容の問題のなかへ、踏み込まずにすますわけにはいかなくなり、広い視野をもった批評的な想像力を求められたにちがいない。

シトカの先住民には、北アメリカ大陸北部のたいていの先住民たちと同様、白人に征服されて今日に至った歴史がある。そのような歴史の名残をとどめる土地に、大庭みな子は、創立されて間もない日本企業のアラスカパルプの指導的なエンジニアであった夫に同伴して移住し、長期間住んだ。その小さな町では日常的に先住民の姿にふれたばかりでなく、大庭はもっと積極的な関心をもって彼らの文化や歴史を学ぶために、専門の研究者を招いて夫とともに個人教授を受けたのだという(2)。

大庭みな子もエッセイでふれているように、シトカはさいしょ毛皮の産地としてアラスカ全土に着目したロシアが、シトカに上陸して先住民たちを征服したのち、アラスカの中心地と定めて繁栄した町である。だが、利益を上げられなくなった一八六七年、ロシアは領有権をアメリカに売り渡す。シトカはそのときの調印式が行われた場所でもある。シトカはその後アラスカをにぎわすことになるゴールドラッシュの僥倖には遭わなかったものの、さきにもふれたように、第二次世界大戦後の一九五九年には、日本の企業が森林資源への関心をもって進出することになる。現在（一九九九年）では人口八七〇〇余(3)の小さな町ながら、その土地の上にはこれまで国際的に多種多様な足跡が踏み重ねられてきたのだ。

いまでもこの町では、毎年アラスカデーと称し、アメリカがロシアからアラスカを格安で買った日を記念して、かつて調印が行われたこの町の海辺の砦の上を舞台に、昔の譲渡の儀式を再現し、パレードをして祝っているという。わたしは一九九九年の夏にシトカを再訪し、そのセレモニーについて書いてあるパンフレットを、当時シトカ在住だった角田淳郎氏からいただいた。それによると、かつて一八六七年のオリジナルの譲渡式にはネイティヴたちも列席したという史実をうけて、いまでは毎年、民族衣装で盛装したクリンケットの人々がネイティヴを代表して立ち会っている、そうパンフレットには書いてある(4)。

ちょっと横道に逸れるけれども、その記録写真を見たときわたしは、東洋人の一介の旅行者の第三者的な立場から、不可解な感じを抱いたのだった。先住のネイティヴたちにとっては、本来自分たちが住んでいた土地の上で、それを奪った白人同士が彼らの頭越しに譲渡の儀式をおごそかに挙行し、その場面に彼らはただ黙って立ち会わされているだけではないか、とそんな図が浮かんで仕方がなかった。もちろんパンフレットに書かれたわずかな記述と一葉の写真とから、世界制覇の優勝劣敗的な原理だけを図式的に単純に読むのは、いかにもせっかち過ぎるというコメントもあるにちがいないが。

話をもとにもどすとして、大庭みな子の文学を考えるときに、シトカにはもう一つ別の角度からの目を向けなければならない。そのような歴史をもつ土地に戦後経済復興期の日本企業が進出したことであり、大庭みな子はそこに連なる日本人の一人だった。しかも進出にあたっては、日本人のなかに沸き起こった国民意識には独特な昂ぶりがあったように思われるのだ。

大庭利雄氏の話によると、アラスカパルプは、日本の政府が一九五九年に、日本はもはや戦後ではないとばかりに世界に向けて進出しようとする企業を、強力にバックアップしたケースのうちの一つだったということだった(5)。このパルプ工場は営業開始とともに、当時これという産業のなかったシトカの住民を吸収する一大労働市場となり、三十年以上にわたってシトカ市の経済を支えた。けれども、アラスカパルプが海外進出に乗り出した頃の日本人の、その国民的なアイデンティファイの仕方には、どう考えてもいまのわたしたちには信じられないほどの壮絶さがともなっていたようなのだ。

そのことはもう「構図のない絵」の章でも紹介したけれど、もう一度繰り返しておきたい。この頃の『会社年鑑』を見るとアラスカパルプの見開きのページには、まるまる一ページを使った他社の広告があって、そこには「世界を駆ける黄色い顔!」(6)という、大ゴチック体のコピーがページの右半分を縦一行に占めて、感嘆符が太い杭のように打ち込んである。

日本経済が敗戦後の焼け野原から再出発して十数年、やがて迎えるであろう高度経済成長期に先立つ時点で、世界に羽ばたこうとする自身の身構えを、あえて「黄色い顔」と自虐的にアイデンティファイしたこのフレーズは、当時の政財界がもっていた国民意識を象徴しているのではないか。アラスカという異境において、その多民族的な舞台での日本人は、けっして被征服者としてのネイティヴには属さないが、かといってネイティヴを征服した「白い人」でもない。両者のあわいに第三の場所を開拓しようという彼らの意気込みが、「黄色い顔」の強調になったのだろうか。それとも、あくまでも「白い人」に肉薄し、あるいは「白い人」を追い越す決意を秘めた、世界経済における「黄色い顔」をした熱い国家的野望をここに読むべきなのだろうか。とにかくこの広告はなんべんみても胸が痛くなる。

もっともそのような自己規定は、たいていは進出の先鋒としての男性企業戦士たちの意識の問題であっただろう。彼らの背後に控える妻たちが、同じようにアグレッシヴな「黄色い顔」意識を共有したのかどうかは、わたしには疑問である。とくに大庭みな子は、アラスカばかりでなくアラスカを超えた世界全体を眺める眼、それも女性として眺める眼、男性とは異質な眼を、アラスカ移住以前にすでに詩や小説を書きながら培っていた(7)。

このような時代に、このような歴史を抱く場所において、このような国民意識をもつ日本人男性の妻である一人の日本人女性が、その地の先住民の世界を書こうとするなら、当然シトカという場所と歴史とが招き寄せる人種・民族・ジェンダーという、それこそ今日的な焦眉の課題に、好むと好まざるとを問わず、巻き込まれずにはいられなかっただろう。これは書く主体にとっては重い課題だ。

書かれる対象の定義し難さは、書く主体の立場の複雑さと相乗して、当然ながら作者に主題・構想・修辞などの方策を吟味し鍛えることを迫る。それら表現面での工夫はこの中編小説にはたっぷり盛り込まれている。読者には、それらの方策を初めとするさまざまな局面からのテクスト解読の楽しみが、「火草」から約束されている。

2　火草という意味空間

「火草」の舞台となった土地の名は特定されていない。けれども、アラスカの先住少数民族が、白人の文化に触れてまだ間もない頃に時代を設定してあることだけは、あらためて説明するまでもない。「火草」という小説の物語内容を、かいつまんで要約すると、だいたい以下のようになる。

登場するのは鴉族と鷲族という二つの氏族からなる先住民。彼らの伝統的な母系親族制度は、とくに鴉族において、西洋の「白い人」のもたらした近代的物質文明とのささやかな交渉がきっかけとなって、ほころびが見えはじめている。その典型的な事例として、鴉族の族長の若い妻である火草の、押しの強い、タブーの恋の追求が生まれることになる。

火草は鷲族の生まれ、族長の父に溺愛されて好き放題に育てられたが、ひそかに奴隷を情人にしていることが発覚した。父は怒り、奴隷の方は海辺で石打ち刑によって殺され、火草は沢の奥へ放逐された。火草は自然の生きものや草の実を食べてたくましく生きのびるうち、鴉族の族長である雷鳥に拾われ、彼の二人目の妻になった。けれども老人の雷鳥は、夫として火草を満足させることができない。

その鴉族には、雷鳥の甥の鵜がいて、族内の最も優れた狩猟者・知恵者として、次期族長を約束されている。その鵜の子を火草は身ごもっている。もちろんタブーの侵犯である。火草は鴉族から二人して抜け出し新しい家をつくろうと鵜をそそのかすが、鵜は最後の決心がつかない。

ある日、すべてを見通していた雷鳥は、鵜が一族のために残留することを願って説得工作にでる。雷鳥は一族のために鵜をとり、かわりに妻の火草を殺す決心をするのだ。

＊＊＊

アラスカの先住者たちの宇宙感覚は、文化人類学などの報告(8)にあるように、原初の人類の意識の古層をいまだ生き生きと留めている。彼らはヒトというイキモノとして自分たちの存在を自然現象の一部と感じていて、それぞれの部族は聖なる動物の名をもち、さらにそのなかの一人一人は自然界の動物や植物あるいは場所の名で呼ばれる。けれども同時に、彼らの氏族内部では、婚姻や財産相続をめぐる伝統的な母系的親族制度が揺らぎはじめており、そのこととかかわって男女の性行動（セクシュアリティ）には掟破り、タブーの侵犯が兆している。彼らの社会は危機的な境界期を迎えていた。

けれどもそのようなテーマ／ストーリー系がたどる方向に対して、詩人でもある作者大庭みな子は、初期の多くの小説を散文詩に近い情景描写を核にして構成している例にもれず、「火草」でもまたテクストの隅々まで濃密なメタファーを用いることに、強い快楽を見いだしていたと思われる(9)。ときにはそれは過剰さを呈し、作者は自然の現象と人間のいとなみとを修辞法で綴じ合わせる作業にのめりこんでいるのではないか、と思わせるほどだ。だがそうだからこそ、テーマ／ストーリー系はあやうく修辞系の鮮やかさに目を眩まされそうになりながらも、それと競合することを通してテクストに緊迫感をもたらしているのだ。

そのために、火草の恋の消長を追うストーリーの主軸の周囲には、多種多彩なイメジャリが織り込まれて、読者の想像力はいやがうえにもそそられる。

その仕掛けの一端としては、物語の季節を「夏の終わり」に設定した点がある。しばらくその問題の周辺にとどまってみたい。

まず、若い女主人公の「火草」という名づけについて。この名はアラスカの夏の到来とともに全土を彩るファイアウィード fireweed という野生の紅い花の名に由来している(10)。この花は、テクストのなかで言及されている姿からだけでも、火草という名をもつ女の情の深さ、生命力の強さを視覚化して余りある効果をもつ。

作者は、若い男女の恋の情熱と妊娠という一連の性現象を、メタファーによって生々しく表象しようとするとき、そこに鮭の死をかけた凄絶な産卵・受精の季節を招来するが、その結果、ほんらいは秋の季節に最盛期を迎えるといわれる鮭の産卵が、火草の咲き残る夏の終わりへと繰り上げられる。たしかにこの時期にあり得ないことではないのだが。同じように北極圏に特徴的な秋から冬にかけての空中の神秘劇オーロラも、火草と鵜の恋のとらえがたく移ろいやすい情動を、あたかもオーロラの空がうながしたかのように語って、やはりいささか時期尚早の、晩夏に繰り上げて出現させる。

ふつうなら、火草とオーロラと鮭の産卵とが全部そろって同時期になることはかなり奇蹟的なことではないかと思われるけれど、作者はそれらをあえて同時に出現させることによって、人の感情や意識や行動が自然の現象と渾然一体となって発現したかのように描いている。そのようにして、すでに近代主知主義の人間が忘却して久しい人と自然との未分化な生態が、メタファーをふんだんに使って語られる。アラスカの季節の巡りを知らないで読む者は、これらの自然現象と、恋する若者の疲れを知らないいいとなみとの同時進行を、作者が語るままに素直に信じるのだが、じつはそれらは作者が虚構した華麗で妖しいメタファーの自然なのである。

もちろんこのような作者の作為を解読するのは、まちがいなく読み手の快楽でもある。たとえば読者はこの物語が送り出す火草のイメージを通して、まだ見たこともないその花の風情を想い、花の魅力にとりつかれるだろう。ところがわたしは、この花の名がほんとうは作者自身の独創的な名づけだったことを、つい最近まで知らなかった(11)。大庭みな子が他のエッセイ類でもこの花を「火草」の名で通している(12)ために、わたしはこの名が日本での公式名なのだと信じていた。だが知る人ぞ知る、日本名では「やなぎらん」だとのこと(13)。

「火草」という小説が読者を惹きつける原点は、何よりもまず、小説のタイトルにも選ばれたこの〝火草〟という一つの単語が、場に応じて派生させる多彩な含意にある。アラスカじゅうの夏を紅く彩るファイアウィードを、英語名そのままに「火草」と翻訳命名したのは、ほかでもない大庭みな子の言語感覚の卓抜さであり、書き手としての大庭は、その命名によってテクストのなかのあらゆるポイントに、人の上であれ野山の自然であれ、「火」のイメージを飛散させる。そして「火草」という言葉はそれが落下したすぐその場所で燃えては、喩の力を炸裂させて野火のようにさらに燃え広がる。

同じ一つの花が、異なる環境では異なる生態を見せることがあるとしても、この花の場合は花を見る側の観点の違い、花から何を感じとるかの違いが彼我の国の命名に現れている。もしも物語がヒロインの喩として日本風に「やなぎらん」の命名の方向をたどったとすれば、そこにはまるで別種の、楚々とした物語が繰り広げられていたにちがいない。

＊＊＊

小説の「火草」は、山火事の後にまっ先に群生して咲くという強い生命力をもつ実在の花によって、氏族の性の取り決めを破り続ける異端の若い女を視覚化してみせる。そして火草という言葉が、花の名でもあり女の名でもあるという名づけの効果をふんだんに駆使した次のくだりを、いっしょに読んでいただきたい。大庭みな子のもっとも得意な修辞法の一つだ。

あたり一面火草①だった。夕やみのなだらかな丘の荒地をなめる炎のようにそよいでいた。鶫は火草②を追って火草③の繁みに追いこんだ。火草④はきゃっきゃっと声を立てた。彼女の声はひと里から離れるとけたたましく、つやを帯び、妖しいゆらぎで鶫を誘いこんだ。彼女は唇に赤い野苺の汁と野やぎの脂をねったものをぬっていたので、彼女の輝いた顔の中でその赤さが吸いつくようなぬめりで彼を煽り立てた。貝殻のように光った白い歯がこぼれ、火草⑤は笑いをのどにつかえさせて手をひろげた。鶫は火草⑥を抱きしめて、そこらじゅう噛みつきながらゆれている火草⑦の中に押し倒した。火草⑧のあかい炎が火草⑨の頰と額の上で揺れ、空の青さが眼の中に映っていた。(「火草」『全集』一巻、三一五頁)

全集ではわずか七行分なのだが、この間に「火草」は九回使われている。それも草の花の火草と女の名の火草の区別がつかなくなるような書き方が故意になされている。この箇所だけ読むと、「火草」の①が草の花だということは推測できるが、次の「火草」の②はどうだろうか。ここはひとまずパスするとして、③は「火草の繁み」とあるので①と同じ草の花と見当がつく。そして②に戻ると、「火草を追って……追いこんだ」とあるのだから、これは人か動物か、とにかく生きものらしい。そして⑨まで読み進めると、「火草」は野の花にも女にもなり、両方の境界が渾然と入り交じり重なり合う。

しかもこの直前の行では、火草の恋人の鶫がりんどう色のオーロラに見とれながらこう言っている。「では、動物の話をやめて、空を見よう。空にいっぱい、一面に火草がそよいでいるよ」（同、三一五頁、傍点筆者）。火草は空にも燃えてオーロラになる。

このように火草という女は、自然と融合した魔術的な力で、男の鶫を惹きつける。そのようなネイティヴの女の性的牽引力を、同じネイティヴの男の感性を借りて、日本人の女性の作者が書いている。

＊＊＊

ちなみにさきに抜粋した火草と鶫の熱情的でセクシュアルな場面は、わたしに一九一七（大正五）年の有島武郎の「カインの末裔」の一場面を想起させたのだが、二つの場面を並べると、「火草」のねらいがいっそうきわだってくる。「カインの末裔」では、「茲に一人の自然から今掘り出されたばかりのやうな男がある」(14)という作者の自作広告文があるが、その主人公平岡仁右衛門に対して性的な牽引力のある佐藤の妻が配され、二人が神社下の草むらで逢い引きするところが次のように書かれている。

　ふとある疎藪《ぼさ》の所で彼れは野獣の敏感さを以て物のけはいを嗅ぎ知つた。彼れははたと立ち停まってその奥をすかして見た。しんとした夜の静かさの中で悪謔《からか》ふやうな淫らな女の潜み笑ひが聞こえた。（略）

　叫びと共に彼れは疎藪《ぼさ》の中に飛び込んだ。とげ〳〵する触感が、寝る時のほか脱いだ事のない草鞋の底に二足三足感じられたと思ふと、四足目は軟いむっちりした肉体を踏みつけた。彼れは思はずその足の力をぬこうとしたが、同時に凶暴な衝動に駈られて、満身の重みを夫れに托した。

「痛い」

　夫れが聞きたかったのだ。彼れの肉体は一度に油をそゝぎかけられて、そゝりたつ血のきほいに眼がくるめいた。(15)

　屋外の自然のなかで、男の性の欲望（セクシュアリティ）が「野獣」の粗暴さをもってサディスティックとマゾヒスティックの交錯した爆発ぶりをみせているのだが、書き手の作者はそのような性のかたちが自然だと見なしているかのようだ。ここで一対の男女がおかれているとげのある疎藪という実在の自然は、書き手によって人間の性を暴力として表象するための単なる手段にとどめられているのではないか。それはそれなりに、たしかに自然と人とがメタファーによって一体化されているにはちがいないが、性行動に対する書き手の否定的な視線が、自然をもまた凶暴なものとしてとらえさせているのではないか。

すでに言ったように、「火草」では、男の鶫の目を通して女の火草の性行動が眺められるかたちだったが、火草と鶫の性行動は、女の火草をメタファーを通して花の火草に一体化する構図のなかで、魅惑的な美しいものとして肯定的にとらえられていた。いうまでもなく、このテクストではそれは書き手の作家大庭みな子自身の視線でもある。

3　ヒトと自然との関係性

ところでここで少し焦点を移動させ、このような男の視線を通して女を自然化するという認識方法について、言い添えたい。このように女性を自然化することは、しばしば男性主導の文化表象の最たる徴表で反フェミニズムの視線だ、と非難されかねないだろう。

だが「火草」の場合、杓子定規にそう決めつける必要などない。この小説では男たちもまた自然化された存在なのだ。男たちは雷鳥、鶫、キツツキ、懸巣などと、動物の鳥の名をもち、それぞれの鳥と一体化した動物的な自己像を抱いている。族長の雷鳥などは、雷鳥の羽でつくった上着を着、枯れたはんの木を山から持ち帰ってはその木口から冬の雷鳥の斑点模様を削り出し、木肌をなでながら老いた自分をそれに転移して慈しんでいる。

このように男女ともに自然化されているのは、これが先住民としてのネイティヴに伝統的に受け継がれてきた世界観だからだ。このことからさらに論を進めて、現代の作家がネイティヴの自然性を特記することは彼らを原始的で野蛮だと貶めることではないか、と非難するとしたら、それもやはり当たらない。またこの逆に、小説は彼らの自然性を、西欧近代が失ったものとして懐古したり称揚している、と評するのも見当違いだ。小説は言葉を最大限に尽くして、人が自然のイキモノだと語り続けるが、彼らが伝承してきた民話に少しでも触れたことがある読者なら、彼らの宇宙がまさにそのように語り継がれ、生きられてきたことを、ただちに理解できるのではないだろうか(16)。そしてそのような民族の長い生活史を支えた彼ら自身の世界認識の仕方に、小説「火草」のネイティヴ観の基盤はおかれている。

むしろ大切なのは、そのような民族史にもかかわらず、彼らが西洋の「白い人」の文明に触れた瞬間から、彼ら自身の宇宙観を一義的に生きることが不可能になったという、その危うさに対する作者の視線であろう。その危機的な刻《とき》を、これまで自然と一体化して生きてきた彼らが、男女それぞれにどのように受けとめて、新しい次の刻へと自己変容しつつ生きのびていくのか。テクストはそこに現れる彼らの多様な生を書き留めるために、新しい表象を探っていることに対して、わたしは注目したい。

＊＊＊

たとえばヴェトナム系アメリカ人のトリン・ミンハは、自身を国際政治地図の上で位置づけるとき、東南アジアという第三世界で生まれ育った人間で、しかもそこでの女だと自己規定している。アジア系の第三世界は、今日の地球規模での白人主導型権力構造のなかでは、被支配的な位置にあり、その第三世界のなかの女性たちはさらにその世界のなかでの差別的なジェンダー関係に取り込まれている。だがトリン・ミンハは、ポスト・コロニアルの立場から、第三世界が「生き残るためには、〈第三世界〉は否定的意味と肯定的意味の両方を、かならず持たなければならない」(17)と発言している。

このような両義的な視座の必要性を第三世界に求める発言は、第三世界の女性に対するときにはもっとぴったり適合するだろう。そして第三世界という考え方のなかには、シトカの先住者も含めてよいだろう。

トリン・ミンハは、西洋的な超産業化社会のパラダイムに対比しつつ、第三世界が生き残るには、自分たちの現実面での否定的な位置と、反対に西欧的超産業化社会が生み出した否定面に自分たちが関与しないという意味での彼ら自身の肯定的な位置、その両方を認識する眼が求められると言っているのだ。もちろん後者の方が重要な観点なのにちがいない。彼らは西洋的なパラダイムに属していないという意味で、自分たちをそこへの「非加入」者として自覚的に位置づけるべきであり、そのことにより超産業化した西欧社会の論理を撃つことができると、そうトリン・ミンハは考えている。

ところでわたしは「『三匹の蟹』着床の場(二)」の章で、森崎和江の「第三の性」という考え方を紹介したのだったが、森崎はボーヴォワールの「第二の性」の枠組みが異性愛の対幻想に取りつかれていると批判し、「第三の性」という衝撃的な性愛観を展開した。それは性を第一であるとか第二であるとか差別化する以前の、たとえて言えば春先にアカシアがいっせいに葉群や花群を芽生えさせて匂い立つような旺盛な生命現象それ自体、それを人間の性行動の根源としてとらえ返すことだった。いわば太古的な生命感覚を蘇らせることによって、近代のジェンダー構成を一挙に解体しようとしたのだった。

大庭みな子が「火草」に書いた先住者たちの自然感覚は、森崎の幼時の身体感覚に根づいているという性愛観にかぎりなく近く、またトリン・ミンハの語る、肯定性も否定性も含めた第三世界の力もまた示唆している。

4　女の恋・男の恋

「火草」のなかでは、もはや後戻りできない歴史の新局面を迎え、新しく出会った西洋文化を自覚的にせよ無自覚的にせよ取り込んでいる先住民たちが幾人か登場する。女では火草の恋の一面に、男では火草の恋人の鶫の生活技法や、氏族制度に対するイデオロギッシュな態度において、そして老いた雷鳥にさえそのような文化的な変容に対する了解がうかがえる。

しかしそれとともに、新たにもちこまれた問題も発生している。火草をめぐる雷鳥と鶫の駆け引きにみちた行動学を通して現れているのはジェンダーの問題であり、さらにセクシュアリティに関わる典型的な局面としての男の政治学である。ネイティヴの共同体にも、すでにセクシュアリティの制度が内在しており、若い世代では否定と侵犯の兆しが見られるものの、男女によって異なる対応の仕方がある。そしてセクシュアリティの問題は、共同体内部の権力の座をめぐる男たちの政治学と密接に関係する。

小説の冒頭で読者は、鴉族の男たちが雨の中を黙って歩いているのを見、彼らが向かう先は死んだ火草の通夜の場だと知らされる。じつは作中での火草は、かなりの部分を幾人かの男たちの記憶と回想のなかで語られるのであり、冒頭で男たちが独り言のようにもらすわずかな発話と、それぞれが潜める孤独な追想とから、火草が、族長の妻でありながら複数の男性を相手に性行動をとっていたらしい、といち早く読者は知る。

彼女の死因について、男たちはお互いに異なる推測や認識をもちながら、火草との関わりの程度に応じてそれぞれに浅く深く悲しむなか、とくに夫の雷鳥が甥たちに向かって「火草は山火事の焼け跡に一面に咲く火草のような女だったよ」と声に出して言った言葉と、もう一つ黙って胸に畳んだ思いとが異なっている。それは、どことなく火草の死に対して彼にうしろめたい分裂した心理があることの、たいへん巧みな伏線である。「鶫に子供をつくらせて、啄木鳥にゆりかごをつくらせ、この雷鳥に産屋をつくらせる、——火草はそういうふうに徹底すべきだった」と彼は沈黙のなかで気弱に追想するのだ。

しかしこの追想は、族長としての自身の誇りをなだめつつも、彼が次のように考えていたことを表している。老いた夫として火草の欲望が充たされていなかったことを認めざるを得ないが、共同体のタブーに触れるはずの族内での女の共有を、役割分担方式で火草自身に実行させておけばよかったと。そうしていれば火草が死ぬこともなかったという述懐だが、これは雷鳥の事後的な欺瞞に満ちた言い訳にすぎない。別の族の男に対してなら一人の女を複数の男が共有してもよい、というのが彼らの母系制親族制度だと語り手は注釈しているのだから。

彼は表向きには「火草は山火事の焼け跡に一面に咲く火草のような女だったよ」と、甥たちにほめ言葉を聞かせるけれど、じっさい火草は、族長を無視してもっと良い男を夫に選び、族から出奔して二人だけの新家族を創出することを鶫に要求し続ける反逆精神の持ち主であった。同時に老いた族長への性的な不満を、共同体の掟破りと知りながら、族内の従兄弟たちをそそのかしては秘密裡に解消する放埒な行動力があった。しかし彼女が、生前に公然と男たちを機能別に分有するなどというのはタブーなのだから、もともとあってはならないことだし、加えて決定権のない火草を責めるのは、夫としても族長としても責任転嫁というものだ。

また肝心な点は、仮に族長の雷鳥がタブーに目をつむって、火草と甥たちの関係を黙認したとしても、こんどは火草自身がそのような共有関係を欲しない女だということなのだ。通夜の席での火草の実兄の思い出話によると、火草は共同体のセクシュアリティの制度を逸脱する性的指向を娘の頃から露わにしていたというが、鴉族に来てからの彼女の逸脱は単なる放縦ではなくなっている。火草が望んだのは、自分一人で鶫一人を独占し、共同体とは別の場所で彼と一対の男女関係を創始するというもので、このような形は彼らの共同体の親族制度にこれまでなかったものであり、どこか西洋的な恋愛願望と新家庭への夢に似通っている。

通夜の場で火草の兄が偲ぶように、死者の娘時代は、禁忌の恋ゆえに沢の奥へ一人で放逐されたほどの激情から想像がつくが、雷鳥に救われて雷鳥の家にきてからの火草は、単なる多情な娘ではない。雷鳥の老いた妻の「沢の女」のように生涯炉端に座り続けて煙で目が開かなくなるという鬱屈した女役割は拒絶したいと思うところに、彼女の新しい生の展望を見せている。鶫に対して鴉族からの離反を迫り、共同体の外での徹底した対関係を夢見る。それはこれまで共同体には見られなかった女の新しいライフイメージである。

＊＊＊

火草その人は、彼らの共同体に伝承された宇宙観とセクシュアリティの制度に対し、異質なセクシュアリティを接合しようとしているのだが、彼女の願望は内部の男たちの共感を得ることができない。それはなぜなのか。

あらゆる意味でしたたかな政治家である火草の恋人の鶫は、先に見てきたように彼らの恋を、火草が咲く野原や鮭の産卵する場所で、あるいはオーロラの光によって照り翳りさせながらも、彼自身が自然との一体化のなかに酔いしれるようなことはけっしてなかった。彼はその頑丈な体躯に似合わず、火草の要求に対して用心深く確答を先送りし続ける。雷鳥の後継者としての次期族長の座に執心し、むしろ族長の若い妻との関係によって共同体から抹殺されたり放逐されることの方を怖れている。つまりはどれをとっても共同体そのものへの執着である。

共同体の取り決めにしたがうなら、男の鶫は妻以外の女の楽しみも幅広く許されており、火草が望むような対の関係は、むしろ鶫にとっては一人の女に束縛されることにほかならず、進んで受け容れられるようなものではない。鶫にしてみれば、複数の女とやがて譲り受ける家の財産と諸権利の魅力は、火草一人の魅力に惹かれて失うには勘定が合わなさすぎる。

鵜の理由の整いすぎた用心深さが火草に対する情のうすさであるように彼女は彼を責めていた。鵜の用心深さは火草を保護するためのものではなくて彼自身を保護するためのものでしかない、ということを火草は敏感に感じとっていた。奇妙なことにそういう時、火草は動物の愉しさを忘れて、群になって棲息する動物達の偶然のぶつかり合いが生んだ絆のはかなさを不安にいら立たしく思うのである。（略）彼女は鵜に執着し始める自分を怖れていた。（「火草」三二八頁）

鵜の用心深さが、つまりは彼自身を守ることを第一にした自己保存願望にほかならないことを、火草は見抜いている。彼の最大の関心は二人で純粋な対関係の家庭を創りたがっている火草のうえにはないらしい。近代の性行動を特色づけてきたテーマは、白い人の文化の洗礼を受けた同世代でも、男女ではこれほどに受けとめ方が異なる。

かつて芥川龍之介は、「西方の人」のなかで、「永遠に守らんとするもの」を女に、「永遠に超えんとするもの」を男に、それぞれのキーワードとして貼りつけ、男のロマンティシズムにナルシシスティックな思い入れをしていたけれど(18)、半世紀後の女性作家が書いた「火草」は、そのようなジェンダー観に対する立派な反証であろう。

5　男たちの政治学

鵺は、ある朝ついに族長との対決に打って出る。殺されるくらいならその前に殺す。だが妥協策があるかもしれない。

この後は冒頭部と同じく、語り手が、山に向かった二人の男の息詰まるさぐり合いから、族長による火草毒殺という結末までを語りおさめる。

鵺が現在犯しているタブーは、かつて若者だった頃の族長自身が踏んできたタブーの繰り返しだということを、族長はたとえ話にして鵺に聞かせる。これは昔の族長たちの制裁に比べると、明らかに曖昧な態度だ。一世代前の、まだ白い人との接触をもたなかった族長たちは、共同体の禁忌が破られたときは、若者時代の雷鳥や娘時代の火草が受けたような、共同体からの放逐という厳罰を例外なく実行していた。だが老いた雷鳥は、若い頃自分を処罰したために前の族長の家が衰退したという理由から、彼自身の家を維持するためには、白い人の文明を取り入れて豊富な生活資材を調達できる有能な鵺を、ぜひ引き留めなければならないと深慮遠謀する。族長は掟通りの処罰は避けなければならないと思案している。ここには、彼らの共同体の掟が、火草の奔放な恋とは別の角度において、すでに守りにくくなっている事態が明かされている。

二人の男がともに生き残ることを解決策とする族長のほのめかしは、頭の良い鵺によってただちに逆襲され、揺さぶりをかけられる。彼は火草との出奔を決行するつもりはなかったのに、その必要がなくなった今だからこそ、逆に出奔を言い募ってはったりをかけてみせるほど、頭も度胸もよい。族長は反逆者たちへの怒りを女の火草一人に向けてすり替える。このすり替えこそジェンダーの実態である。

火草は白日の下で裸の素肌を自分以外の男に見せ、男としての自分を侮蔑した。抹殺されるべきは女である。共同体にとって有能な男はかけがえがないが、女はいくらでも代替できる。そう決意した雷鳥は、火草のために、きつねのてぶくろ(19)が妊娠のむくみに効く薬草だと鶫に解説しながら摘み取り、火草の食事に混入して食べさせる。野草の好きな火草は猛烈な食欲を見せつけながらこれを食べ、族長の企み通りその最中に息絶える。

だが鶫が火草の死を毒殺死と認識しているのかどうか。雷鳥がきつねのてぶくろを妊娠した火草のために摘むのを見ながら、それが薬草でもあるけれど毒草でもあると解説されながら、その花を「無関心な眼」で眺め、雷鳥の言葉を「きき流した」とわざわざ付記されている。けれども火草が食事中に急死したというニュースは、鶫に山で目にした雷鳥の薬草摘みを想起させないはずがない。であれば、鶫が冒頭から、通夜の席にいたるまで、火草との日々を悲しみのうちに回想しながらも沈黙を続けているのは、火草が族長に毒殺されたことを知っていたからにちがいない。そうだとすると、火草の抹殺をめぐっては二人の男の間に暗黙の了解があったとする以外、このテクストを読み解くことはできない。雷鳥も鶫も男の論理を軸に、同じ利得や権力をねらって駆け引きしているにすぎない。

テクストはそのようにして、男と女が恋にかける重さの違い、男の野望に対するうとましさを、じつにひそやかに織り込んでいる。

語り手は、これが母系制の共同体の物語だとテクスト中で説明を入れているけれど、じっさいには、白い人との接触によって共同体の掟にほころびが生じるようになると、もともと共同体において決定権を独占していた男たちは公正さをすてて男性中心にふるまい、女が犠牲に供されるという実態を洞察している。ここにおいて彼らは、父系制の家父長制と何ら変わるところがない。ネイティヴの母系制が内包するセクシュアリティの掟は、白い人との接触によって、彼らが組織として生きのびることを目的としたとき、いっきにジェンダーの矛盾を顕在化させたのだ。

火草は、どのようにしたら鶫に雷鳥から自分を奪い取らせることができるか思案に暮れ、男たちの戦いのなかでは「力と知力のある者が勝ち、弱くて阿呆な者が負けるのを眺めているのは清らかで、雪の山にのぼる太陽になったような気がする」(三二九頁)などと考えていたが、それはいかに甘えた見方であるか。白い人の脅威が迫る時代、ネイティヴの男たちは暗黙の同盟を結び、そこから女の火草が排除されて敗者になったのだった。

アラスカのネイティヴたちが生きてきた生命そのもののような自然の舞台では、西洋近代に触れて生きのびるために、彼らと西洋との文字通りの死闘が始まったばかりでなく、彼らの内部に男と女の新たな差異化(ジェンダー)の構築が始まったことを、「火草」の作者は鋭く洞察したのだ。

やがて彼らは男も女も白い人の敗者となり、西洋近代の合理主義に同一化せざるを得なかったわけだが、そこにいたる動乱期には、古い男も新しい男もグルになり、さらに古い女も加わって、新しい女を巧妙に排除し抹殺した。テクストはプロット全体をあげ、火草の旺盛な生き方が、共同体の暗黙の策謀によって消去されたことを悼んでいる。

注

（1）小説「火草」をもとに後年書かれた「詩劇　火草」（『潭』三号、一九八五・八）の末尾には、「一九六八年だったと思うが、アラスカにいた頃、その地の民話をもとにして『火草』という小説を書いた」とある。ただし小説の「火草」がどの程度民話に依拠しているのかは不明である。本稿では民話とは別の独立したテクストと見なして考察した。

（2）アラスカ生活を中心にしたエッセイ集『魚の泪』中央公論社、一九七一年、二五頁による。

（3）アラスカパルプの企業閉鎖の残務整理のために、当時アラスカ在住だった角田淳郎氏が作成されたシトカレポート"Community Profile of City & Borough of Sitka", 1999によると、一九九八年現在総人口八七七九人。そのうちネイティヴは二一％である。

（4）アラスカデイのためにシトカで発行された小冊子*Alaska Day*, edited by Kathy Kyle, p. 6参照。

（5）大庭みな子氏の夫、大庭利雄氏の談話によると、この前後、アラスカパルプのほかに、アラビア石油、ブラジルのウジミナス製鉄所の進出があったとのことである。

（6）『会社年鑑』日本経済新聞社、一九六一年版、九七六頁。

（7）大庭みな子は小学生の頃から作家を志したと言い、詩集『錆びた言葉』所収の詩作品や小説の習作が書かれていた。

（8）たとえば文化人類学者の原ひろ子のカナダ北部のヘヤー・インディアンのフィールドワーク『ヘヤー・インディアンとその世界』平凡社、一九八九年や『極北のインディアン』玉川大学出版部、一九七九年、中公文庫、一九八九年などを参照。
（9）三浦雅士「隠喩について――大庭みな子論」『小説という植民地』福武書店、一九九一年が大庭みな子のメタファーに注目して大庭文学を論じた。
（10）一九九九年夏に、大庭みな子氏から直接このことを聞いた。
（11）注2のエッセイ集には、「火草、ファイアウィードは、アラスカに一番よく見られる花で、地域によって数種あり、八フィートもあるかなり丈の高いもの、地を這うように低いものもあります。四片の薄い紅の花びらが可憐で、長い柄のまわりに下の方から次第に花をつけ、見渡す限り密生してそよいでいるさまは、原を這う炎を思わせます。乾燥した季節に、この地方によくおこる山火事の後に最初に生える植物がこの火草です。」とある（「火草とエスキモーたち」一二三頁）。
（12）同。
（13）宮澤賢治は「オホーツク挽歌」や「サガレンと八月」などで、一面に咲くやなぎらんの光景を描いた。
（14）有島武郎「自己を描出したに外ならない『カインの末裔』」（一九一九・一）。
（15）「カインの末裔」『有島武郎全集』第三巻、筑摩書房、一九八〇年、一〇四―一〇五頁。
（16）Alice Postell and A.P. Johnson, *Tlingit Legends*. Sitka: Sheldon Jackson Museum, 1986; Mary L.Beck, *Heroes & Heroines: Tlingit-Haida Legend*. 1989; Velma Wallis, *Two Old Women : An Alaska Legend of Betrayal, Courage and Survival*. Harper Perennial, 1994; Carolyn Servid, ed., *From the Island's Edge: A Sitka Reader*. Graywolf Press, 1995; Frederica de Laguna, *Tales from the Dena: Indian Stories from the Tanana Koyukuk & Yukon Rivers*. University of Washington Press, 1995.

（17）トリン・T・ミンハ『女性・ネイティヴ・他者』竹村和子訳、岩波書店、一九九五年、一五八頁。
（18）芥川龍之介『西方の人』（一九二六）。
（19）ジギタリスの一種、「詩劇　火草」ではこの草の花を「きつねのてぶくろ」と明記。火草と同じ夏の花。

第Ⅱ部　内からの視座——日本の近代を超える　その二

第Ⅱ部六章から一一章まで、日本の国内に大庭みな子の小説の舞台は移される。

作者自身が、外から日本を眺めてきた体験を基盤に、いよいよ、本来の主題に、満を持して挑戦する。とくにヒロシマと新潟という、被爆と小作争議に結びついた、日本の近代史上特別な意味をもつ場所は、作者自身にとっても格別因縁が深いのである。以下では、そのように作者との因縁浅からぬ場所を舞台とした『ふなくい虫』と『浦島草』を中心に、読みを進めていく。

六 『ふなくい虫』と『浦島草』のあいだ

1 ありについて

一九七七（昭和五二）年三月に講談社から出版された書き下ろしの『浦島草』には、作者大庭みな子と野間宏との対談が折り込みの「付録」でついていた。対談のなかで大庭は『浦島草』と『ふなくい虫』（一九七〇、初出一九六九・一〇）の関係にふれ、長い間「『浦島草』のイメージが漠然とあって、初めはああいう形で出た」と、『ふなくい虫』について言っている。

作者の言いたかったことはそれ以上に詳しくは述べられていないので、厳密なことはよくわからない。けれども発言の意味していることは、『ふなくい虫』をそのまま延長した線上に、八年後の『浦島草』がすんなり接ぎ木されているというのではないだろう。二つの小説は、ある種の連作にちがいないし、じっさいまた共通の題材を入射角にしているのだ。けれどもその展開のさせ方、つまり出射角は異なっている。『浦島草』は、『ふなくい虫』の骨格をなす中心的な題材を踏襲しながら、しかしそれらの重心を大幅にずらしている。なによりも二つのタイトルがそのことを象徴している。

フナクイムシという虫は、小説のなかで説明されているように、流木の奥深くへ穴を掘り進んで単独で棲み、一生他の虫に出会うことがないという。もちろん人間関係のディスコミュニケーションの状態を表象する。ウラシマソウの方は、赤黒い花の色によって人間の憎しみの情を表象しながら、同時に別名に「仏焔苞」をもつと紹介されている。花は先端から浦島太郎の釣り糸のように長い糸を垂らし、「夢を釣る」ようだとも書かれている。「仏焔苞」や「夢を釣る」という言葉は、暗い色をした浦島草の花が、よく見るともっと別の情感や開放性につながるイメージも合わせもつ、という含意にちがいない。

両方の小説で大切な役割を果たす「あり」という女性について、具体的な比較検討を進めてみよう。ありは、双方の物語において、いわば絵画でいうところの消点のような位置を占めている。農地解放によって一気に没落した桐尾家直系の最後の女地主だが、結婚しないまま女王のように「異母弟」との近親相姦を続ける、三十歳を越した女性として、異彩を放ちながら現れる。けれども最後に別の男性と婚約し、妊娠して縊死を遂げる。

このようなありは、『ふなくい虫』の空間ではブラックホールのように強力な磁場を形成し、物語を何回でもこの暗い一点に呑み込む。小説の発端では、ありと近親相姦を続けた「異母弟」（ありの父親が女中に生ませた子。固有名はない。「花屋」と呼ばれる）が、ありの自殺後、ありおよび近親相姦の呪縛からの解放を求めて出郷する。彼は郷里からはるかに遠いところ、この地球上のどこともしれない寒冷地の温泉ホテルに、花の温室の世話人として雇われるのだが、ついにありの虚無という呪縛から自由になることはできなかった。

花屋は、雇われたホテルの女主人と初めて対面したとき、女主人が自分の影の人格であるかのように、傍らに置いた人形に腹話術を使って裏の心を喋らせながら、人形に「アリちゃん」と呼びかけるのに驚き、自分の異母姉ありの名の由来を女主人に聞かせる。

「――ぼくの故郷《くに》の方には梨畠が沢山あって、梨の実を、ありの実というんです。なしというのは無いことで、実のなるものに不吉だから、昔のひと達がありの実と呼んだんです。だから、ありというのはなしということです。――その姉は首を吊って死んでしまいましたよ。(「ふなくい虫」『全集』二巻、三〇頁、傍点原文)

花屋こと異母弟は、「ありというのはなしということです」と、まるで『マクベス』の魔女たちがコーラスで「きれいは穢ない、穢ないはきれい。」(1)と唱ったのを思い出させるような両義的な言い方をする。ありについての花屋の解説は、結局はありの縊死＝自己否定に行きつき、つまりは「あり」は梨の実を指すよりも、「無し」を意味することの方を、前景化している。

ところで花屋とありとは過去七年間、お互いを一対にして墓の穴に埋め合うような閉ざされた関係を続けたあげく、ようやくありが別の男性と婚約して、閉塞を解くチャンスをつかんだ。しかしありが婚約者の子を妊娠したあとになって、その相手こそが実は異母兄だったことが判明する。ありは衝撃を受けてふたたび異母弟（ではなかったことになるらしいのだが）のもとに戻り、医学部の学生で堕胎術が巧かった彼に手術を頼んだ。このときまでありと花屋は、自分たちの関係こそ近親相姦と信じていたので何度も堕胎手術を繰り返していた。ありは婚約した相手との性関係が真の近親相姦にあたるとわかって、結婚することを諦めて堕胎手術を「異母弟」に頼むのだが、聞き容れられない。妊娠期間が経ちすぎているという理由で拒まれたありは、自殺してしまう。

ここにいたってありは、かつては生（性）と死、存在と無を一身に体現した両義的な存在から、死＝存在の否定＝無、の側へ一義的に傾斜する道をとったことになる。そのようなありの自己否定は、『ふなくい虫』の多くの人物たちをとらえているニヒリズムを、否定性の一点に収斂させて物語を閉じるのだ。

ところが『浦島草』になると、ありの位置づけはいちじるしく変化する。ありは依然として一つの消点であることにはちがいないけれども、それは『ふなくい虫』のように強力な磁場を形成しはしない。理由は、『浦島草』がいくつか別の磁場を創って、ありを相対化することに成功するからだ。

『浦島草』でも、妊娠したありの自殺は秘密のヴェールをかぶったまま、何度も意味深長に暗示されてはいる。『ふなくい虫』では、ありの死と直接格闘するのは異母弟の花屋ただ一人で、しかも男性の視点で行われた。これに対して、『浦島草』になると、もはや異母弟の花屋は登場せず、遠い彼方の噂話の人物へと希薄化されてしまう。彼と交代するのは、『ふなくい虫』でありを妊娠させたと推測される婚約者（名前をもたなかった）である。その人物は菱田森人《もりと》という名を与えられ、『浦島草』のもっとも主要な人物へとクローズ・アップされる。

そしてさらに新しい視座につく人物として、ありの同郷者で、ありよりも一世代若く、長いアメリカ体験までもっている菱田雪枝、すなわち森人の異父妹が登場する。雪枝によって、ありは時間的にも空間的にも十分距離をおいた視座から存在を測られることになる。ありの死については、寡黙な森人ばかりでなく、麻布龍も、冷子《りょうこ》も語り、郷里の洋一の妻にさえ立派な一家言があるほどだ。『浦島草』ではみんながそれぞれじつによく語る。コミュニケーションを行うという意味で語るのだ。

そして、彼らの意見をぜんぶ聞き収めるのは雪枝一人であるが、読者は雪枝とともにありの死を、さまざまな人の声に重ね、多元的な関係性のなかで相対化することができる。

しかしこの相対化を完全に遂行するには、じつはもう一人の人物の登場が決定的な役割を果たしている。『ふなくい虫』が織りなす「なし」＝無しの世界は、『浦島草』でも、たしかに自殺したありを消点的な磁場の極として残存させてはいるものの、さらに『浦島草』では、あり本来の両義性をめざましい存在感で継承する人物が、新しく発明された。自閉症の黎《れい》である。

黎は、本来のありが体現した「あり」と「なし」とを同時ににになう。言葉をもたず、夏生以外にはだれとも交流することができない黎は、いかにも闇と光のあわいに蠢く存在のようだ。しかしこの黎の位置こそが、『浦島草』が『ふなくい虫』のニヒリズムから離陸するために、もう一度立ち返ることを試みなければならない原点なのだ。黎は『浦島草』の人物群のなかで、唯一人語らない人である。しかも内面を洩らす言葉がないから、「語り手」でもなく、「映し手」にもならない。シュタンツェルによれば、

「語り手」はテクスト中の人物と読者に物語内容を媒介する役割をもち、いわばコミュニケーションの媒介者である。しかし「映し手」は『ふなくい虫』の花屋のように、コミュニケーションはしないけれども、読者はその人物の内面を覗き見ることはできる(3)。

冷子と菱田森人との間に、広島への原爆投下を機縁として誕生した黎は、原子爆弾の落とし子として、人間の破壊本能＝死の本能の生き証人として、人間の虚無性を象徴するように人々の前に現れる。その誕生をだれからも望まれなかった彼の生命は、それでも生命それ自体の力によって生きのびる。そうした生命力それ自体の喩としての黎の存在は、人間の生きのびる能力を、善悪を超越した裸形によって露わに表象してみせる。

それゆえ黎の名は夏生が雪枝に紹介したように、「黎明の黎」を指向した名付けであるとともに、語呂合わせのようだが「零《れい》」の意味でもあろう。零《れい》・ゼロという数学概念は、両義性としてのプラスとマイナスの境界、有と無との接するところ、そしてそのどちらでもなく、その両方でもあり得る。そのような抽象的な位相を、小説の構図のなかにもう一つの消点として導き入れたことが、『浦島草』の壮大にして不気味、ダイナミックな世界を可能にした。

『浦島草』は、ありに対して最後まで被害者意識を捨てきれなかった『ふなくい虫』の花屋を消去し、代わりにありに囚われないない強靱な意志の人・森人へとバトンタッチする。そしてありを超える新しい世代の女性たちを登場させ、究極として、ありが担っていた本来の主題のまっとうな後継者に黎を据える。このようにさまざまな角度から、ありを取り巻く虚無の構造に革命的な仕掛けをほどこしたのだ。

2　ウロボロスの呪縛――『ふなくい虫』

大庭みな子の初期小説群の目立った特徴に、イメジャリの過剰さがある。

田邊園子の『ふなくい虫』論(2)は、この小説が世に出たとき、どれだけ文壇の男性主導筋から無理解と酷評とをもって迎えられたか、皮肉をこめて紹介した上で、新しい時代感覚と言葉に対するすぐれた感度をもって、女性読者ならではの行き届いた理解を示し、『ふなくい虫』を高く評価した最初の発言になった。『ふなくい虫』というテクストの、それぞれのブロック間の言葉の連携のあり方、イメージのなりたち方や意味作用など、この論文ほど丹念に吟味した仕事はない。

けれどもそのこととは別に、イメジャリの観点からこの小説を眺めてみると、小説の冒頭から始まり、その後も繰り返される蛇のイメージを初めとし、コウモリを喰うフクロウや、瑪瑙の眼をした水鳥、黴の花、桐の花、梨の花、くちなし、かたつむり、のうぜんかずら、べゴニヤ、カクタス、折れまがった太陽、さなだ虫、そしてタイトルのふなくい虫などなど、どれをとっても、人間という存在の意味を問うて、肯定と否定のシーソーゲームに関与していないものはない。とりわけ蛇のイメージの果たす役割は大きい。

「ある朝、目が醒めると、すみれ色の海の底で、自分の尻っぽを自分で呑み込んで環になった蛇の中で、裸で坐っていたのよ」とありが言った。ありの裸の膝小僧や乳房には橙色の黴の花が無数の小さなひとでのようにはりついていた。（同、九頁）

『ふなくい虫』の書き出しの部分である。自分の尾を呑み込む蛇の図像＝ウロボロスは、ホテルの女主人がディナーショーで蛇を操りつつ述べ立てる口上にもあるように、「永劫回帰の輪廻、初めも終りもない世界そのものの姿」、あるいは「その環《たまき》の中の空。めぐりめぐって終ることのない虚しさ、そのやすらかさ、彼と是との是も非もないこのまろやかな自然のさま」のメタファーである。女主人は「この美しさにまどろむことこそわたくし共の幸せの鍵でございます」とまで言っているが、まさにそのとおり、ウロボロスはその円環の図像によって永劫回帰や永遠性、完結性のイメージとされているが、反面、空《から》、あるいは虚しさのメタファーでもある。しかし女主人の口上にはないけれども、自分の尾をくわえる蛇には、図像学的には、排他的な自閉と自己破壊の含意もある。

さきに引用した冒頭部の蛇は、ホテルの女主人がとうとうと述べ立てるようには「やすらかさ」や「まろやかな自然のさま」のメタファーのようには読めない。むしろ思い切りグロテスクで、自閉と腐敗のイメージから、テクストは出発したのだ。

ウロボロスは、その閉鎖的な円環の内側に近親相姦のありと異母弟を閉じこめ、女を妊娠させる恐怖で不能になって久しい異母弟の、歪んだ欲望が積み重なり、その生活空間は黴の花でおおわれていた。のちに花屋になった異母弟は、そう回想している。もちろん『ふなくい虫』のストーリーの全過程が、その男女一対の自閉共同体のウロボロスを解縛できるかどうかを探る試みだった。

ありは、これを破って新しい外部を求め、婚約するが、婚約者の子を妊娠したあとから、その婚約者こそが同父異母の兄だったと判明する。血縁をたどれば、花屋が地主の当主を父としてありと異母弟であることと、婚約者が地主の番頭を父としてありと異母兄であることとは、じっさいには両立しない。ありは地主の当主と番頭との二人を同時に父とすることはできないからだ。ありの異母兄と異母弟とは、どちらかがありに対してアカの他人でなければならない（この問題については、次章に「曖昧さを味わう（作者への返信に代えて）」をもうけた）。そのときにはありの躰は堕胎不可能な月数になっていて、医者の卵である異母弟はその手術に手を貸すことをことわる。彼自身もまた、たとえ彼らが近親相姦でなかったとしても、七年間の関係を再開することよりも、自閉から脱出することを願ったのだから。

ありの妊娠は、新しい血に出会えないで、あり自身に連なる同族の血を宿したことになり、またしてもウロボロスの自閉世界に囚われたことになる。脱出に失敗したありの死は、出口のないニヒリズムを表している。

では花屋＝異母弟の方はどうなのだろうか。「気がついたとき、彼は指先こそはいそぎんちゃくの花びらのように動かせたが、長い絹糸のようなありの髪で織った精巧な蜘蛛の巣に捕らえられた虫であった。（略）何処か見知らぬ遠くの町で全然違う生活を始めたい、という気分だったのだ」とあるが、ウロボロスは身をほどき開くのだろうか。

花屋が移った町は、何年来というもの子供が生まれないことで有名なところなのだとホテルの女主人はいう。女主人は花屋が不能者だということはむしろ安心材料だという。「子供という理不尽なものを押しつけられて、脅迫されたりすることが決してない」と、このときは子をもつことに対して嫌悪を示している。しかしこれは女主人の表の言葉であって、すかさずアリ人形が彼女の本音をさしはさむ。

「だって、子供が無くちゃ古いものを壊すことができないじゃないの。古いものがまだ役に立つことばかり考えていて、突拍子もない役立たずの遊びを考えつく子供がいないなんて。お墓の建築ブームでみんなが食べていくなんて」（同、三三二頁）

女主人は子供が生まれない町で、自分も子供をもつ気がないと公言してはばからないが、本音ではそのことに疲れ切っている。少し前のところで、脈絡もなくアリ人形が突然、「早くしなくっちゃあ。いつまでもこんなふうにしていたって、らちがあかないんですもの。それ以外に方法なんかないわよ」と口走るのは、子供を産まないからいまの生活がらちのあかない不毛さなのだという女主人の焦りを語っている。虚しさから脱出するには子供をもつことだ、という思いが女主人をそそのかし始めていることを、告げている。

やがて女主人は産む決心を固め、花屋はその女主人によって不能から回復するだろう。そして蛇が動きはじめたかにみえる瞬間がたしかにあるのだ。しかし、男と女の孤独からの逃走戦略は、ここでもジェンダーの仕組みに取り込まれ、必然的に男女の力関係を暴露するだろう。このことを、テクストは批評的な視座から冷徹に見通している。

子供を忌避する女主人。女主人の愛人であって子種のない黒い肌の手品師、不能の花屋、ヒッピーを気取る優柔不断なエゴイストの王太子、王太子から卵管結紮の手術を知らない間に施された踊り子あがりの王太子妃。彼ら一人一人がふなくい虫さながらに孤独な荒野をかかえ、他人とのコミュニケーションも、世代間をつなぐコミュニケーションも回避する。たとえそれらがほしくても、「億劫」で「めんどくさい」。

「こんなに沢山のふなくい虫が一本の木を喰い破って棲家をつくっているけれど、この沢山の穴は、不思議なことに決して隣の穴とぶつかることはないのよ。（略）そして一生、だれとも会わずじまいなの。ほら、白い、ひらひらとした乾いた死骸が見えるでしょう。穴を掘るにつれ、自分のからだも長く成長しますけれど、結局はそんなふうにひらひらとした薄い紙になって残るだけなんです。もっとも、ふなくい虫は水の中では生きられませんから、どっちみち、喰いつく木を探さなきゃならないのよ。」（同、二四頁）

子種のない手品師は、卵管結紮を施術された王太子妃とともに、この町から逃亡する。二人に子供は期待できなくても、不毛の地にとどまって立ち腐れるよりも、いっそ流れ者になって絶えず新しい水にさらされる方を好もしいと思うのだ。彼らはウロボロスの世界から脱出することに成功した唯一の例だ。

手品師に逃げられた女主人は、花屋に言い寄って拒まれるとすぐさま、妃に駆け落ちされて茫然としている王太子を籠絡し、まんまと妊娠に成功する。

女主人は子供によって救われると信じているわけではない。ただ「自分を確かめ」、自分を肯定したいために、自分の血で結ばれた子供・他者という重荷を求める。「しかたがない」という消極的な選択である。たとえそうであっても、妊娠した女主人の姿は、花屋の目には「高慢チキな女神のようにふんぞりかえってい」ると映る。

女が自分の身体のなかに他者を宿らせ、母に変貌すると、男＝花屋は不安を感じる。「女のぼんやりと漂う眼」は、「海の底深い岩の上に強靱な根を張った、海藻」のように、「棲みつく場所」を決めて安定を得たかのようで、母という存在証明《きりふだ》を握りしめた女は男を疎外しているような脅威を男に感じさせるからだ。女をその腹の中の胎児に奪い取られたような孤独感で、女を妬み、憎む。そのねじ曲がった感情が逆に花屋のなかに女主人に対する執着を芽生えさせ、その心理的効果が長年の彼の不能を回復させる。すると男は女主人への征服欲にかられ、彼女の腹の中の胎児を邪魔者として排除しようと考える。

もちろん女主人は花屋＝男よりも子供を選び、花屋の要求する堕胎を拒む。女に拒絶された花屋は憂さ晴らしにモーターボートで湖上に乗り出し、彼の眼は湖面に大きく蛇がうねる瞬間を幻視する。孤独と自閉のウロボロスが、妊娠した女の躰を通して一瞬身をほどき、新しく宿った生命と女主人の古い生命とがリンクして、花屋の不毛な征服欲を撃ち壊すまでに力が拮抗した瞬間である。

しかし、女主人は花屋に逃げられたと誤解した。戻ってきた花屋が、女主人に血のつながった子供をつくり、三人で疑似家族ならぬ通例の家族をつくろうと持ちかけると、女主人は家族幻想に惑わされて、男の言うままに堕胎を受け容れる。花屋は手術に失敗して女は死に、男だけが生き残る。女の腹は「脱ぎ捨てられた手袋」のようにへこんでしわが寄り、「白い半透明の薄い紙のようなふなくい虫の死骸」さながらになる。女の命と胎児の命とを吐き出して、ウロボロスはふたたびしっかりと自閉する。

3 開く力――『浦島草』

『ふなくい虫』の不毛のウロボロスは、アリ人形に本音を語らせるホテルの女主人の妊娠願望を通して、人間肯定へと開かれるかにみえて、けっきょくは無惨な虚無へふたたび回帰した。その一部始終を見、映し出すのは、ありの「異母弟」＝花屋である。

「異母姉」あり（なし）から女主人（アリ人形）へと、花屋がたどったのは、いままで見てきたように、閉ざされた近親相姦（血縁というよりも戸籍面で）から、新しい他人に自己を開く始まりだったはずだった。

『ふなくい虫』から八年後に完成した『浦島草』が、人と人との関係においては話し合う意志を、男と女との関係においては次世代を産み出すことを、課題にしたのは当然のことだった。

『浦島草』では、自殺したありを直接知る主要人物は、まだ小さい子供だった頃の菱田雪枝を除いては、菱田森人だけである。しかし森人は、ありと花屋が共にした自閉空間についてはまったく知らない、という設定である。その代わり、森人自身のまわりにも、ありとの婚約に先だった彼自身の別の虚無的な自閉空間がある。麻布龍と彼の元の妻冷子、そして冷子と森人との実子である麻布黎、さらに黎の子守の娘ユキイが朝鮮戦争に出征したアメリカ兵との間に遺した戦争孤児菱田夏生、これらの五人がつくる疑似家族の共同体があった。長い間、この疑似家族集団では、いっぱんに夫と妻、親と子、男女のカップルがつくる世上の常識はすべて守られず、一人一人がきしみ合い、孤立していた。その中核に、自閉症の黎が位置していた。今度は黎が、彼を取り巻く一家の大人たちの自己中心的なエゴイズムと孤独とをぜんぶ合わせて吸い込むブラックホールである。

龍と森人は冷子をめぐって敵対し、男たちはそれぞれの優越を確かめる方法を見つけるけれども、その方法は、女の冷子が人間らしい「意識」(誇り)を失って(捨てて)、たんなる「生きもののうごめき」と化して男たちに「媚び」、彼らを「賛え」続けることによって、ようやく成り立っていた。冷子は、龍がそんな冷子に慰撫されて黎に対する憎しみを和らげると知ると、黎の母であるよりも一人の女になり、黎が消えていなくなることを妄想しはじめる。大人の男女の競争原理がもたらす一時的な安定は、女という存在を男のプライドを維持する装置であるかのように道具化して得られたのであり、それは女を非在化することだ。

森人が郷里のありと婚約したとき、すでに森人自身は三十五、六歳、黎は十二、三歳だった。冷子の母親能力は狂い、黎は、そのころ七、八歳になっていた夏生とだけ躰の接触を通してなじんでいる。一つ屋根の下の疑似家族は家屋という箱によってのみ守られ、この空間では、エゴイズムの蛇が絡まりあい、ウロボロスの集合体を形成していたわけだ。

この段階でありが呼び込まれるのは、物語作法としてたいへん理にかなっている。ありとどう対決するか、それが『浦島草』の正念場でもあるから。

森人とありの婚約は、この不毛を打開する可能性を託されている。そしてありの自殺は、皮肉にも、彼らの疑似家族を組み替える決定的な機縁をつくった。

森人にとってはありの自殺の理由はまったく問題にならない。虚無をして虚無を去らしめよ。ありの自殺は花屋を長らく呪縛することはできても、森人にとりつくことはできない。森人には障害児の実子黎がすでに存在し、生きている黎を守る保護者としての自覚が、ありの死を論外だと思わせる。龍との優越争いより、黎の保護者としての位置をいっそうたしかに選び取って、森人は冷子のもとへ帰る。

ありの死からさらに一八年ほどたって、アメリカから帰った雪枝に、森人は遺言のように、生きることを肯定する言葉を伝える。「自分で自分の命を断ったりする奴は、どっちみち正常じゃない。最後まで生きつづけるやつは、その生きつづけるという行為だけで、正常だ」と断言し、そのあとひそかに「たとえ、黎だって」、とつけ加える。が、その部分は「自分に言い聞かせた」のである。

このように、まずは森人によって、『ふなくい虫』がみせた次世代への生命の存続・継承への疑念や否定は振り払われた。

ここまで『浦島草』を追ってくると、小説のお終いに近いところで、夏生が黎の子を妊娠し、産むことを意志的に選んで、森人や冷子、雪枝やマーレックに出産を宣言する布石はもう十分整えられている。

夏生が森人に続いたのだ。

夏生の体験的な解釈によると、黎は関係者たちから「ない」ことを望まれながら「あり」続けなければならなかった人間である。彼は在り続ける上で、他人の同意や協力や肯定のどれもが得られないことを知っている。だからその反作用のように、他人を理解する意志も、他人を理解しようという欲求ももちあわせない。自分の生命を自己保存本能によってひた押しに、自己中心的に生かすだけだ。

しかしひるがえって、もともと生命体としての人間をつきつめていけば、相互理解などからはるかに離れた盲目的な次元に存在基盤をもっているのではないか。そこに立ち返れば人間の欲望や信念などたちどころにたわいない幻想と化し、黎こそが人間の原型ではないか、と夏生はさらに主張する。

とはいえ、そのように黎の存在をきびしい見方で理解する夏生が、なぜ黎の子を産むと決めたのか。黎の子を産もうと決めたのは夏生であって、それは黎の意志とは無関係である。黎の自己中心的な生命の営みそれ自体が夏生の躰に生命現象としての妊娠をもたらすのだが、夏生はこれまではそれを避けてきたのに、いまなぜ「意志」して引き受けるのか。

ここで黎と夏生の違いが現れる。夏生は、人間相互の「理解」なんて「妙な幻想」だと断言することによって黎を正当化したが、またそのようにして生きもののように黎と躰をふれあうことに安らぎを覚えながら、それでもなお夏生は人と人とが「理解」し合う、という「幻想」なしでは生きられない人間なのだ。

黎の存在は、普通の人間が盲信している「幻想」を撃つ存在ではあっても、しかし普通の人間は「理解」し合うという「幻想」をもたずに生きることはできないこともまた真実である。夏生もその点では普通の人間だ。夏生は言葉をもっている人間だから、言葉のない黎を相手にする限り充たされることのない欲望、言葉をもって話し合う相手を欲しいという欲望をもっている。夏生がもっている言葉を操る能力が、他者と言葉でつながりたいという新しい他者関係を求めさせ、「幻想」を育む。

夏生は、黎が表す人間という生命それ自体の原型といったものへの共感と、もう一つ、人間の根源的な能力である言葉を介して他者と理解し合うというコミュニケーションへの欲望、普通の人間たちの「幻想」をあわせもっている女性である。

相反する二つのものを自分のなかに受けとめ、やがてそれらを錬金術にかけるようにして新しい生命を生み出すことを、少なくとも小説の『浦島草』は、全テクストをかけて期待している。

注

（1）シェークスピア『マクベス』『新潮世界文学』Ｉ、福田恆存訳、一九六八年、四八一頁。
（2）田邊園子「作品の評価について―大庭みな子『ふなくい虫』の場合」『目白近代文学』一号、一九七九年六月、のち、田邊園子『女の夢　男の夢』作品社、一九九二年所収。
（3）Ｆ・シュタンツェル『物語の構造』前田彰一訳、岩波書店、一九八九年。

七　曖昧さを味わう（作者への返信に代えて）

――『ふなくい虫』の「異母姉弟」をめぐって

1　作者からの手紙

『浦島草』が出たとき、『ふなくい虫』と『浦島草』には同一人物がいるのに、ずいぶん小説の輪郭が変わったという印象をもった。それから何年もたってから、そのとき受けた感じを思い出しながら、前章のような読み比べをしてみた。

さらに数年たったいまでは、二つの小説の時空は連作のような関係にあるというよりも、バルザックやゾラの「叢書」風の世界、特定の人物や出来事から物語の時空が次々と連鎖状にふくらんでいく手法の始まりだった、そう考えた方がわかりやすいと思っている。『ふなくい虫』系は、『浦島草』のあとに『王女の涙』（一九八八）を加えて、いっそう豊かさを増した(1)。

以下でわたしが書こうとしていることは、じつは前章で書いたもの（「『ふなくい虫』と『浦島草』のあいだ」）を、一九九三年に作者の大庭みな子さんにお送りしたことによって宿題をもらい、一九九八年のいま、ようやく遅まきながらお応えしたいという微意によるものだ。

拙論に対して、一九九三年九月二八日付で、作者の大庭みな子さんから予想もしない毛筆のゆかしい手紙をいただき、わたしはそのことにまず驚いた。そこにはわたしの誤読の指摘があり、それから『ふなくい虫』の作者としての意図が記され、最後に、適切な機会に「補足」を希望するとの文言が書かれていた。わたしはもう一度びっくりした。

指摘された誤読は、ありの婚約者が「異父兄」である、と一ヶ所だけまちがって書いたことで、これはわたしの点検ミスなので、すぐにも「異母兄」と訂正しなければならないことだった。

お手紙のもう一つの趣旨は、『ふなくい虫』の「花屋」なる人物とありの婚約者とが、じっさいにはありとどのような血縁関係・戸籍関係をもっているか、そして現実面での彼ら男性人物たちの奇妙な囚われの意識・行動を通して、執筆当時の作者がどのようなことを書きたかったのか、という内容だった。

それにしても、このように丁寧に読んでくださったうえに、懇切な返事までいただいて、わたしは未熟な読解力とつたない表現力とを恥じ入るばかりだった。

ところで、書簡では「補足して説明を」、という言葉も明記されていた。ここでわたしがへたに勝手な要約をするよりも、大庭さんのお許しを得ているので、その一節をそのまま紹介する方が公正だと思う。


自分の古い作品のことをとりあげて下さるものを読ませていただくと照れてしまいますが、嬉しうございます。そのときの昂ぶっていた気分が蘇って来て、時間が逆流した感じが致します。
論文中三八九ページ四行目の彼女の異父兄は異母兄の間違いかと存じます。その後の説明ではそうなっているようです。つまり、作品の実作者、私としては、血のことを、法を信じて悩んでいた当人、異母弟花屋、は実は血縁関係はなく、平然と結婚を申し込める立場にあった森人の方こそがありと血のつながりを持っていたという、滑稽さ、矛盾を（この世のさまとその奥を見つめるとき、）言いたかったと記憶しています。テキストがどうなっているか、実作者としてももう一度読み直してみないとわかりませんが、江種さんのような方にそのことを補足して説明していただけたらと存じます。

作者ご自身の言葉によれば、「花屋」はありの「異母弟」ではなく、じつはありと血縁などない他人なのだ。それなのに花屋は、ありとの関係を近親相姦だと思い、その囚われから自由になれなかった、その「滑稽さ、矛盾」を言いたかった、ということだった。

作者からこのような手紙をいただくということは、それこそ作家ご自身が、読者のわたしに誤読されている現実を知ってびっくりされたからにちがいない。

わたしはたいへん恐縮しつつ、また困惑もし、すぐにお礼を述べ、だいたい次のような返信を認めた（作者からの手紙はもちろん大切に保存してあり、わたしからの返信も控えがある）。

思いがけないお返事をいただき、ありがとうございました。今回のお手紙はまさしくその人はツボを刺激されると、しばらくは痺れたようになるものですが、お手紙をいただいてアッと驚いたまま、それでした。作者の意図と読者の読みとはとかくずれ易く、ようやく少しずつ事情が見えてきました。毎日頭の中にそのことがあって、ようやく少しずつ事情が見えてきました。

読者が一つの読み方を作者に提示し、作者から強力な、けれども思いがけないヒントが返ってきて、再び読者を刺激する、このような過程は、それ自体今日的な文学研究の課題でありますが、今回の経緯は、遠くない時期に文章化する心づもりです。

さしあたって思ったことを急ぎ記しますと、
まず読者は『ふなくい虫』をページにしたがって読み進めます。花屋が、ありの父親と女中との間に生まれた子だという早い段階での記述から、花屋とありとは異母姉弟の近親相姦だという思い込みを読者はもち、この認識はいったん植えつけられたらよほど明瞭な否定材料が提示されない限り、なかなかそこから自由にはなりにくいのです。

後になってから提示される別の情報、ありと番頭の息子の方が実は同じ父親による異母兄妹（かもしれない）という、必ずしも確定的ではない別情報は、花屋とありとが異母姉弟だという最初の情報と桔抗したまま、折り合うことなく共存し続けます。

少なくとも私は、どちらの関係が本当の血縁なのか判断に迷いつつ、けっきょく作者の意図とは違って、花屋とありとの血縁を打ち消せないままに読み終えました。

血縁がないのに、近親相姦の意識に取り付かれつづけた花屋の「滑稽さ」、という作者ご期待の毒の効いた読みは私にはできなかったわけです。

もちろんおっしゃるような読みは、言われてみるとコロンブスの卵です。『浦島草』の人物設定から溯って逆探知すれば、番頭の息子（『浦島草』で菱田森人の名が付く）とありとが異母兄妹であって、『浦島草』では影も形もなくなっている花屋は、ありとはアカの他人だったのだということが納得されます。でもそれは、『浦島草』という、『ふなくい虫』とは別のもう一つの小説の援護がなければ、はっきり断定できない事柄かもしれません。（後略）

このように再検討の約束はしたものの、雑々の日々に押されていたのと、この迷路から抜け出す手掛かりが見つけられないのとで、思い切りの悪い堂々巡りばかりしていた。ありと花屋との血縁の有無については、わたしも人脈図などを作成したりして、さんざん迷いながら論じた経過があった。そしてある日、ある本のこんなくだりに出会って、思わず声を上げて笑ってしまい、そこに黒々と傍線を引いた。

作家が自作について語った言説は、文学研究の方法にとってどれほどの影響力をもつものだろうか。とくにそれが、作品の創作過程そのものに触れた根幹にかかわる証言である場合。作者自身の言葉というものは、当然のごとく特別の権威をもってわれわれ読者や文学研究者に迫ってくる。われわれの述べることはあくまで作品の外側の他者のディスクールであり、いかに受容の視点の重要性を強調しようとも、創造の場からの内部の声には、それら諸解釈を一気に妄説たらしめかねない真正さが込められているように思われるからである。どのような理論をわれわれが用意しようとも、作者の側からの「自作語り」とでも呼びうるこの種の言説をも取り込めなければ、それはつねに、われわれの主張を無に帰さしめる鶴の一声として、文学研究者の潜在的脅威でありつづけるであろう。[2]

ここで取り上げられているのは、ジッドの『贋金つかい』と『贋金つかいの日記』の関係のようなメタ・ディスクールの問題だけれど、『ふなくい虫』の場合でも、小説の生産者としての作家から一読者に届けられた自作の意図表明は、やはり「鶴の一声」のように重かった。

けれども、作者と読者との間にもちあがったこのようなくいちがい体験は、あれから数年たって冷静になってみると、小説の普通の読者に対しても、研究的な読み手に対しても、いろいろのことを考えるように促し、じつはたいへんおもしろい出来事だったのだと、心底から思えるようになった。そしてもう一度、『ふなくい虫』の「花屋」と「異母姉」あり、そして番頭の息子をめぐる記述がどうなっているか、という点に注目して読み直すことにした。

2　彼＝花屋の言語地図

『ふなくい虫』の語りの構造は、発表当時としてはきわめて実験的だった。語り手が作中人物の外側から、語りを時々支配することがあるほかは、語り手は主人公の彼＝花屋の視点に重なっていることが多い。けれども、ありや彼、ホテルの女主人や王太子やその妃による、それぞれに幻覚的だったり独白風だったりする一人称の長い語りも、たくさん含まれている。

このようななか、ありについて、およびありと彼との「近親相姦」的な関係については、ほとんど花屋の回想によって読者に伝えられている。前章でもふれたシュタンツェル(3)の物語論の流儀でいえば、「彼」（花屋）は「映し手」としての機能をもち、時に語り手は明らかに彼の外部にいて物語の映し手としての彼を批評している。「映し手」を、シュタンツェルはいみじくもこう特徴づける。「彼はコミュニケーション的状況の中にはいない」。

ではテクストは、「彼」（花屋）の視点を通して、彼または語り手が、ありと花屋と番頭の息子という、これら三人の血の関係と戸籍の関係とをどのように語っているのか、わずらわしいようだけれど、全例を確認してみる。この問題をめぐる花屋の言語地図というべきか。

『ふなくい虫』の全体は一五の断章から成っている。かりに1から15までの章番号をつけることにする（表1）。

3　語りの周期

各章の用例を整理すると、一種の周期があることがわかってもらえるだろう。2―4章のあいだ、9―10章のあいだ、そして13章、といったふうに、三回にわたって、周期的に打ち寄せる波のように、ありとの関係への言及が、彼＝花屋（ときに語り手も含んで）によって行われている。

そこには、その彼のメンタルベースとして、基本的に、ホテルの女主人にありを重ねて眺めることとの強い関連が認められる。彼がありとの関係を血縁とみるか、戸籍上とみるか、三つの波はその都度形を変える。

まず2章では、旧家の退廃と乱脈が生み出した、血縁の「異母姉弟」関係として、過去を回想している彼がいる。

しかし3章になると、彼はアリ人形を使う女主人を相手に、ありを「戸籍上の異母姉」だと語り、血縁のない他人に仕立てて話題にしている。もちろん年齢三十から三十五歳という女主人は、アリ人形を腹話術のマスコットにしているという点だけでなく、年齢的にもありを代理表象する役割を負っている。彼がその女主人にありを他人として語るということは、彼の旅立ちの目的が、ありとの自滅的な関係からの脱出としてすでに提示されていたことを思えば、彼がありからの解放を願って女主人の方へ身を乗

	⑪彼は**姉**の腹の中で自分の子供を殺害して以来（不能になった）。（略）自分を酷使し，**姉**を痛めつけた。（略）彼はある一時期，自分と**あり姉**との間に或る伝達があったような幻想を抱いた。	計3 「姉」　2 「あり姉」1
10章	ホテルの女主人のベッド（女主人は不在）で彼が考えること。ありの父の死によって幻想から醒めた2人のこと。とくに，ありの死までのいきさつを省察。	計8 「異母姉」1 「あり姉」1 「姉」　2 「きみの兄貴」 1 「弟の彼」2 「たった1人の肉親である彼」 1
	⑫この気位の高い**異母姉**は彼が物心ついたころから執拗な挑発を餌に，彼を下僕として ⑬**あり姉**の喪服の白い下着の袖口から（父の火葬の後） ⑭ありが死んだとき(略)。**姉**の骨箱はその許婚者の男が ⑮**きみの兄貴**は結婚をせきたてているんだろうし ⑯ありの結婚に関して**弟の彼**が手伝ってやれることは ⑰他に身よりのないありのために**弟の彼**がしてやれること ⑱**たった1人の肉親である彼**が，**姉**にしてやれることは	
11章	女主人の首尾よい妊娠，自足の体。それを見つつ，彼の心中語もなんとなく明るい。「いや，何も，ふなくい虫にならなくったって。世界にはさまざまな生きものがあるじゃないか。」	0
12章	女主人に押しかけられていた間の思いを，王太子が独白。	0
13章	自足した女主人への嫉妬，不能からの回復。血縁による家族つくりを餌に女主人に堕胎を迫る。「未だに彼はありの筋書きをのみこめないままでいる。ありが読んだという（略）ありの母の日記は何処からも出てこなかったし，（略）ありを妊娠させたありの兄かもしれない男は狐につままれたような顔をして」	計8 「あり姉」3 「姉」　1 「弟」　1 「兄」　2 「異母姉」1
	⑲**あり姉**に昔の番頭の息子との縁談が起こったとき ⑳**あり姉**は首をふって呟いた。 ㉑「あんたはひとりで（略）できないわよ」**あり姉**は嘲笑った。 ㉒「きみは，ぼくに責任を感ずる必要はないよ。**姉**だからと言って」彼は**弟**として，しかし，家の男子相続人としての誇りをもって言った。 ㉓「だってあのひとはわたしの**兄**だったんですもの」 ㉔女は，何だって妊娠するんだろう，彼はしらじらしく**異母姉**をみつめて ㉕ありを妊娠させたありの**兄**かもしれない男は狐につままれたような顔をして	
14章	堕胎を決心した女主人。ありとの「伝達」という性幻想だけを女主人に転移する花屋。彼は女主人をそれとなく脅し，欺いた。	0
15章	手術の失敗，女主人の死。	0

表１　『ふなくい虫』の彼（花屋）・あり・番頭の息子をめぐる語り

章	概要と語りの内容	用例数
1章	「彼」の意識内を占拠している〈ありのテーマ〉が，散文詩風に提示された短章。	0
2章	ホテルの花屋の募集に応じ，未知の土地へ飛ぶ彼（あり，およびありの死からの解放）。家族関係や，ありと堕胎医の卵だった彼のことなどを回想。	計７ 「異母姉」５ 「あり姉」１ 「異母弟」１
	①彼の家は奇妙な構成をもっていた。**異母姉**のありが廃人である父を黒い僧衣のように身にまとって女主人の座に坐っていた。名家の出であるありの母が死ぬ何年か前から小間使いとして同居させられていた彼の母を，ありは生母の死後も召使としてしか扱わず，**異母弟**の彼をも下男としてしか扱わなかった。 ②というのはこうである。まず第一に，彼の父が狂死したと思ったら，**異母姉**が首を吊ったのである。 ③**異母姉**のありが首を吊った。 ④その２，３日前，彼は**異母姉**と一緒に泉水のほとりで ⑤あの女の歯の先はぎざぎざだ。**あり姉**がそうだった。 ⑥**異母姉**ありの白い腕がのびてくるのをさけようとして	
3章	ホテルの女主人との会話。	計２ 「戸籍上の異母姉」１ 「姉」　１
	⑦「アリというのはぼくの**戸籍上の異母姉**の名前なんです」「その**姉**は首を吊って死んでしまいました」	
4章	ホテルの彼の部屋で。ありにした堕胎施術のこと，ありの婚約のこと，ありの母の日記から婚約者が実の兄だったと判ったと言うありの言葉などを回想。	計６ 「戸籍上の父親が‥‥赤の他人」１ 「あの男と兄妹」１ 「ぼくと姉弟でなかった」１ 「あの男がきみの兄貴」　１ 「弟」　２
	⑧「きみとぼくの**戸籍上の父親**が，あるいは全く戸籍上の父親にすぎなくて，**赤の他人**だったとしたって，（略），きみのおふくろの日記によれば，きみの父親らしい男を小作に殺させた（略）」「ぼくは，近親相姦を少しも罪悪だとは思っていないよ」 ⑨「きみが**あの男**（婚約者）**と兄妹**で，ぼくと**姉弟でなかった**としたって，それはぼくのせいじゃないぞ。」 ⑩「**あの男がきみの兄貴**だとわかったからと言って，そしておれに泣きついたって（略）おれは**弟**だ。七つも年下の**弟**だぞ。」	
5章	手品師と女主人とのマンネリ化した関係。	0
6章	ホテルのディナーとディナーショウ。	0
7章	王太子妃の独白。	0
8章	手品師から花屋への語りかけ。	0
9章	手品師と王太子妃の出奔。女主人は王太子から子種を掠め取ることを決心した。	

り出し、そのことによって、ありを他人として遠くへ突き放せるだろうと期待する気持ちが働いているからだろう。ここはそんな展開と読める。

3章に引き続き4章は、ありの母の日記という秘密資料によって、彼らの戸籍と血縁とが問題になった頃のことを、きわめて感情的に反芻している。彼の回想は終始仮定法の語り口で行われ、日記という秘密資料に対して全面的に信頼しているわけではないことを匂わせながら、たとえ血縁がなかったとしても戸籍上は「おれは、七つも年下の弟だ」と立場の弱さを主張し、当事者責任を免れようとしている。このような彼の一連の回想のトーンに対する語り手のコメントは、「彼はそのとき、恥知らずにもこう言ったのだった。」(傍点筆者)と、花屋を「恥知らず」だと非難する口調である。ここでは、語り手は花屋に対して明快な距離をとっている。

(5、6、7、8の章は物語の現実レヴェルでの進行に合わせ、他の作中人物の上に焦点が合わされているので、この論点への言及はない)。

9、10章は二つめの波。番頭の息子はありの「兄貴」であり、けれどもありは依然として彼(花屋)にとって「異母姉」「姉」「肉親」であり、彼自身は「弟」なのだと自ら訴えている。花屋と語り手ともどもに、彼らが語る言葉は矛盾して、読者はどれを信じればよいのかわからない(ありが番頭の息子と異母兄妹であることと、女中の子の花屋と異母姉弟であることは両立しないのだから)。

(11章の回数ゼロには特異な意味がある。女主人が意識改革を積極的に実行に移し、妊娠して満ち足りている姿に彼がインスパイアされている。彼もまた未来につながる可能性を感じ、ありとの自閉的な過去から自由になれそうな気分を、テクスト全体を通じ、例外的に味わっている。12章のゼロは花屋と無関係な王太子の独白だからだ）。

13章では三つめで最後の波が寄せる。

二つめの波と同じように、彼らの関係づけは依然として矛盾したままだ。しかしありが、父の死後、番頭の息子と婚約し、その子を妊娠してから母の日記を見つけ、こちらのほうが本当の「近親相姦」だったと主張して彼（花屋）に堕胎を頼む。そのうえ、いまや他人となった彼との関係を蒸し返して、公式な関係として社会に認知してもらおうと提案する。しかしそれを彼に拒絶されて、ありは縊死した。

4章でのように、ありの一連の行動について回想する彼は、回想の時点でもなお、「未だに彼はありの筋書きをのみこめないままでいる」という。彼にとっては、母の日記なるものを後ろ盾としたありの主張は、信じるに足りないのか、信じたくないのか。けっきょく彼は、あり／彼／番頭の息子、の血縁関係の解明を、不可知論ないしは制度への反逆論によって、一気になしくずしにする。

このあたりには、手品師と王太子妃とが手に手を取って、新しい風につねに当たっていたいと駆け落ちした実行力に対し、花屋を優柔不断、立ち上がる決断のない後ろ向きの男として性格化しようとしている語り手の意図が、あきらかに働いている。

彼はありが縊死したことについて、「未だに彼はありの筋書をのみこめないままでいる」し、「結局、何もわかりゃしないんだから。つまり、紙に登録してなけりゃ、何一つわかりゃしないんだから。また、嘘を登録すりゃ、何一つわかりゃしないんだから。考えてみれば、おれ自身だって、あの、スピロヘータ・バリダの為に死んだ男の子かどうかなんて、わかりゃしない。そして、出どころのわからない嘘っぱちという荒縄でがんじ搦めに縛られて（略）」と、不可知論の藪の中へ、自ら好んではまっている。後ろ向きの人物像が浮き上がって見えてくる場面だ。

（14、15章では用例0。生活力のある、行動的な、家族役割を果たしてくれる父親は必要ない、という女主人、彼にとっては他人である女主人に対し、かつてありとともに「近親相姦」と信じながら味わった、「伝達」という濃密な感じ合いの関係を再現したいばかりに、彼は思うさま詭弁を弄し、血縁で結ばれた平凡な家族幻想を口約束として掲げ、欺いて女主人に堕胎を合意させ、手術に失敗して死亡させる）。

4　メタファーとしての近親相姦

いかにもくだくだしいたどり方だったが、花屋がありの「異母弟」なのか「他人」なのか、少なくとも彼自身は明快な断を下していないように、わたしは思う。彼がそう考える最大の理由は、ありのあげた証拠の日記を彼は見ていないから、というものだ。さらには、日記も戸籍も、書いたものだから信じられない。つまりは、書かれたものであれ話されたものであれ、言葉というものは偽ることができるという不信感である。しかしこれは、ありとの関係の魅力を「近親相姦」であったからこそだと考えて、その閉ざされた関係に対する執着が言わせた詭弁なのではないか。

けれどももう一方で、彼がありとの関係を、全くの他人である女主人との関係でも再現しようとしている事実から、血の関係とか戸籍の関係とは別のことが、考えられないだろうか。彼の求めているようなな、言葉を超えたところで性的に感得された「伝達」のその相手は、血縁のない女性でもかまわないということである。つまり彼のこだわる「近親相姦」の関係は、一つの比喩として彼の思念をとらえているにすぎないのではないかと、思わせる面があるということなのだ。

たとえば13章では、妊娠した女主人を傍らに感じながら、彼のなかに新しく浮上してくる欲望が報告されている。すなわち、近親相姦だと信じていた頃のありとの間には、時に美しい「伝達」があった。その「伝達」の感覚を別の女性によってもう一度繰り返したいという欲望である。その「伝達」が他の女性との間でも期待できるものならば、もはや二人の関係は血縁であろうと、他人であろうと、どちらでもよいということになる。これは大切な点だ。

もともとありと彼との関係の始まりは、双方の母の死を前提とし、二人の共通の父と目された男親を嬲るような背景のなかで演じられ、つまり父親は生きながらにして二人の子によって日々否定され、殺されつつあり、しかも二人の関係がもたらした妊娠した子も堕胎（抹殺）される。彼らは、父親を殺す快楽を滋養としながら、あるいは梅毒で崩壊しつつある父親の衰えた視線だけを鏡として彼らの姿を映し、そのほかに彼らが見つめ返さなければならない他者はどこにもいない世界にいた。

この状況は、まさに対幻想の究極に通じる構図ではないか。他人を排除する対幻想の究極はしばしば心中に至るほどであり、当事者らは、父母を捨て（殺し）、兄弟を捨て（殺し）、子供を捨て（殺し）、世間に壁をめぐらし、自閉したあげく、ついには自死に至る。その意味で、近親相姦は対幻想の極致のメタファーだったのだといえよう。

このような見地に立つと、花屋にとっては、自分がありの血縁の異母弟であっても、戸籍面だけの異母弟の他人であってもかまわない。むしろその両方の間で限りなく曖昧に揺れつつ、その曖昧さの振幅のなかで、「近親相姦」という特殊な状況を、近代の対幻想的な恋愛の閉塞した状況へとパラダイム・シフトしていることになるのではないか。

花屋は、最初は近親相姦という特殊な状況からスタートし、ついには恋愛という対幻想の、近代を圧倒する異性愛幻想の根幹に行き着く。こうした花屋の歩みは、対幻想という近代のセクシュアリティ神話の呪縛が、その芯にぽっかりあけた空洞・虚無を解き明かす過程でもあった。『ふなくい虫』のテクスト世界全体は、そのような認識への歩みを見事にたどりきったのではないだろうか。

5 『浦島草』の予感

作者の大庭みな子さんからの手紙をもとに、ここまで書いてきたことは、自己弁護にこれ努めたという誤解を招くかもしれない。何度読んでも読み落としがあることに気づいてがっくりしながらも、『ふなくい虫』の物語としての構造の尽きないおもしろさを少しずつ発見できたことを、幸せな体験だったと思う。

その結果として新しく気がついたことは、わたしの問題は、「異母弟」の血縁と戸籍の問題のほかに、もっと別のことがあったのかもしれないということを、最後に言っておきたい。

与那覇恵子の先駆的な大庭みな子論(4)のように、『ふなくい虫』から『浦島草』に至る間には、人間が次世代を産むということについて、否定的な立場から肯定の立場の発見へと移行する、そんな展開がテクストにあると思われてきた。けれどもそれは少し違うのではないか。

『ふなくい虫』は、男性に焦点化して語られた物語である。男が映し手になるとき、近代のセクシュアリティは、彼の目にどのように映るのか。ホテルの女主人のように、産むことを選ぶ女が『ふなくい虫』には現れるのに(もちろんそれも母子関係というもう一つの対幻想に陥りかねないけれど)、それを妨げるのは男の対幻想神話だった。

ここで重要なのは、このような物語構成を採用したのは作者だということだ。作者の大庭みな子さんが、花屋は「滑稽」な男と言われるのは、このようにみてくると、とても理解しやすくなる。彼は自分の欲望だけを追って女を殺し、結果的に自分自身も象徴的にではあるが殺してしまうのだ。ここにおいて、近代のセクシュアリティに深く浸透した、ジェンダーの構造が浮き彫りされる。

だからこそ『ふなくい虫』から『浦島草』に移ると、物語を映す視点人物が男性から女性に変えられたということだったにちがいない。『ふなくい虫』の花屋(男性)から、『浦島草』の雪枝という若い女性に変えられる。たしかに『浦島草』でも、人々はあいかわらず血縁と戸籍上の関係との食い違いを生きているのだが、彼らはみんなそれを壮絶に生きる。中心的な視点人物を、映し手の男性から語り手の女性に変えると、世界の見え方がいかにラディカルに変わり得るかということが、この変更によって明らかになる。

そして産むという問題についても、じつは『ふなくい虫』以来女性人物が送ってきたメッセージは、一貫して肯定を目指していたのである。わたしは、このことを本稿によって確認することができた。

注

（1）この章の執筆段階では、まだ「七里湖」の連載は始まっていない。「七里湖」は、『ふなくい虫』系の最近作。第一部が一九九五年一月から一二月まで、第二部が一九九六年七月から九月（中断）まで、『群像』に連載された。

（2）鈴木啓司「自作語り」大浦康介編『文学をいかに語るか――文学論とトポス』新曜社、一九九六年、四六四頁。

（3）F・シュタンツェル『物語の構造』前田彰一訳、岩波書店、一九八九年。シュタンツェルは、物語構造の二大要素として、語り手的人物と映し手的人物をあげる。後者は、以下のように定義される。

「外界の事象を己れの意識の中に反映する。そして知覚し、感じ、記憶に留めるが、しかしそれらはつねに沈黙のうちに行われる。なぜならば、映し手的人物は決して『物語る』ことがないからである。すなわち、彼は己れの知覚、思考、感情を言葉に表わさない。というのも彼は、コミュニケーション的状況の中にはいないからである。見受けるところ読者は、映し手的人物の意識の中を直接のぞき込むことによって、その意識の中に表われている事象や反応を、いわばじかに知るのである」（一四三頁、傍点筆者）。

（4）与那覇恵子「大庭みな子論」『現代女流作家論』審美社、一九八六年、一二〇頁。

八　『浦島草』の物語系

1　『浦島草』へ

「三匹の蟹」から約十年後、昭和五二（一九七七）年三月に『浦島草』が完成した。書き下ろし長編だった。ここには大庭みな子が作家として書きたかったはずの主題群のほとんどが流れ込んでおり、同時に大庭みな子の作家としての技量も出つくしているといってよいだろう。

大庭みな子の最初の単行本として出版された『三匹の蟹』（一九六八・一〇）には、表題作のほかに「構図のない絵」と「虹と浮橋」とが入っていた。二冊目の単行本は『ふなくい虫』（一九七〇、初出一九六九・一〇）だったが、収録されていたのは表題作一作だけだった。それから続いて、以前に『三匹の蟹』に収められた「構図のない絵」と「虹と浮橋」が、その後に書かれた「蚤の市」（一九七〇・一〇）と合わせて連作三部作として改編され、『青い落葉』（一九七二）という総題のもとに出版される。これらの初期作品群は、作者自身の自作解説をまつまでもなく、のちに完成されることになる『浦島草』

に向かって強い絆で結ばれていくのである。

『浦島草』が出たとき、本には挾み込みの付録がついていて、野間宏との興味深い対談が載っていた(1)。大庭はそこで、『ふなくい虫』を書いていたときにはもう「『浦島草』のイメージが漠然とあって、初めはああいう形で出た」のだと言っていた。『ふなくい虫』と『浦島草』との間に血のつながりのような縁が通っていることを作者自身が告白しているのだが、たしかに二つの小説の間には、登場人物の面でも出来事の面でも反復と連続性が認められることには、だれもが一読するだけで気づく。

大庭が述べているように、『ふなくい虫』の時点ではやはりいまの『ふなくい虫』のように構想する大庭みな子がいたのであり、当然そのときには『浦島草』が展開するようなプロットは存在していなかった。時を隔てて、『ふなくい虫』の人物や出来事が『浦島草』のなかにもう一度呼び込まれたときには、それらは『浦島草』の物語空間の異質で壮大な関係性のなかにおき直され、ほとんど別世界をつくりだす結果になった(二つの小説の関係については、前々章で読みくらべたところである)。

このような、大庭みな子の初期の仕事から『浦島草』までの経緯にもう少し立ち入ると、『青い落葉』三部作との関係での『浦島草』は、人物や事件の重なりこそないものの、「蚤の市」が主題とした〈産む〉ことをめぐる主題は、まちがいなく『ふなくい虫』を淵源としながら、『浦島草』にいたるまで脈々と連なっている。また『浦島草』以後になると、ラジオ・ドラマに仕立てられた脚本の「浦島草」(一九八五)が、小説『浦島草』に対して(とくに黎に対する夏生の行動において)、微妙ではあるけれど、無視することのできないヴァリエーションを示している。『王女の涙』(一九八八、初出一九八七・

一―一二）はこのラジオ・ドラマに橋渡しされて、新しく枝分かれした世界を描いている。

このような一連のテクスト群の展開を眺めると、『浦島草』の占める位置は、だれよりもまず作家自身にとってどれほど重要であったことか。

川西政明は、『大庭みな子全集』第五巻（一九九一）の「解説」で、大庭の創作の流れは『オレゴン夢十夜』（一九八〇）で大きく変化したと述べているが(2)、これはおそらく大庭みな子自身が『オレゴン夢十夜』以後から、のびのびと自在に書けるようになったと言っている(3)のを受けての発言ではないかと思う。この指摘が、『オレゴン夢十夜』から軽やかに私語りを紡ぎはじめる大庭みな子の文体の転換を言っているのなら、わたしも同感である。だが大庭みな子が初期からかかえ続けたいくつかの主題に対する取り組み方を中心に置くときには、変遷の軌跡は違ってみえてくるのではないかと思う。わたしには『オレゴン夢十夜』よりも『浦島草』こそが、大庭みな子という言葉の大河が潜在させていた多様な水脈を集め、そこからもう一度新しい別の水脈を生み出す、流体力学的な意味での転換の場だったようにみえる。

そこはあたかも深い淵のような光景であった。水面の静謐さの底に激しい変革の力を隠しもっていた。淵は静かな青い水をたたえていながら、じっさいにはその下で激しい渦を巻きつつ、新しい流れを力強く生み出すおそるべき力を秘めたトポスだったのだ。

2　わかりにくさ

『浦島草』は、それ自体のなかに何種類もの物語の系を綯い合わせている。その題材の多彩さ、撚り合わせ方の複雑さに読者は眩惑される。編まれたテクストのなかから、まとまりのあるパターンや図を浮き上がらせることは、なかなか骨折り仕事だ。

ただ、ストーリーのつなぎ方において、菱田雪枝という若いアメリカ帰りの女性をどの場面にも登場させ、彼女自身の独自なキャラクターのほかに、もうひとつ狂言まわし、すなわち語り手の一面をもたせているおかげで、わたしたちはこの物語空間全体に、とりあえずの統一的な印象をもつことができる。

雪枝は中学校在学中に日本を離れてアメリカに留学し、アメリカで大学を卒業して、数年間働き、あわせて一一年間をアメリカで過ごした（作者大庭みな子のアメリカ滞在と同じ年数である）。雪枝には年上のアメリカ人の恋人がいるが、結婚問題が浮上したのを機に、日本人として、女として、選択を迫られることになった。

小説は、彼女を昭和五一（一九七六）年という物語内の現在時（作者がこの小説を執筆していた現在時でもある）におき、彼女が日本の人間について、歴史について、文化について考察を迫られる諸場面に直面させ、自分の力で解読し直す作業を課している。少女時代まで日本で暮らした雪枝の日本体験は、まだ子供だったという意味で受動的であり、続く留学時代は、一方的な模倣モデルとしてアメリカが圧倒的な影響力をもっていたという意味で、やはり受動的だった。そんな異文化のなかで結婚問題が迫ったとき、彼女はどうしても自身のアイデンティティを確かめてみなければならないと思う。とにかく日本に帰って自分の根っこの絡みを見つめ、そのなかで判断することにしようと決心して、日本に帰る。物語はそこが出発点である。

そして雪枝という名は、雪枝の出生地新潟の白い雪を体している。またそれ以上に、これから彼女が出会う場面をこのうえもなく鮮やかに受けとめることができる純粋さを表している。けれども、そんな雪枝の上に降りかかって影を落とすあれこれ盛りだくさんの話題は、読者にとっては錯綜そのものというほかない。『浦島草』が難解だという感想がよく聞かれるのは無理もない。

たとえば菱田雪枝が異父兄の菱田森人に羽田に迎えてもらって、まっ先にたずねることはありのことだ。いきなり説明もなく切り出される「あり」とはいったいなんだろう。森人はけっしてそれにまともに応えたりしないから、「あり」という単語は宙に浮いたままで、それでもときどきは無理な脈絡に強引に割り込んでくる。なにやら面妖な女性のようだという印象だけが雲のようにふくらむばかりだ。また、三十歳も離れたこの異父兄妹は、自分たちがかつて暮らしたことのある郷里の人たちの消息をたずね合い、子供の頃の遊びの共通体験を思い浮かべては、お互いの根っこを確かめ合うのだが、わたしたちは二人の会話に強い興味を引き出されはするものの、会話が意味している情景をしばらくの間はあやふやなまま我慢して追い続けなければならない。

しかも作者は、ときには作中人物たちと語り手との境界を無視して、語り手に好きなときに好きなだけ作中人物になり代わってしゃべらせたり、説明させたりする。そのために人物の輪郭や、人物相互の境界、作中人物と語り手との境界がはっきりせず、いったい、しかじかの時のしかじかの場所で語っているのはだれなのか、不明な場面があって、読者は面食らう。

もちろんこのような点だけが『浦島草』のわかりにくさの原因ではない。物語空間として設定されている東京、新潟県蒲原、広島という三つの極がどのような物語系として絡まり合っているのか、よほど根性を入れて読まないと、『浦島草』の世界はバラけてしまう。

というわけで、とりあえずは場所ごとの大まかな整理から『浦島草』に入って、小説空間の構造をさぐってみよう。

3　三つの極——蒲原・ヒロシマ・東京

一つの極には雪枝一族の郷里蒲原があり、次いで森人と冷子《りょうこ》が縁を結んだ被爆直後の広島＝ヒロシマという極、そして森人・冷子・龍が三位一体の生活を三十年いとなんだ東京という第三の極がある。それぞれの極がそれぞれの系列の物語をもって綯い合わされて全体の物語が立ち上がり、雪枝がその系のいたるところをたどりながら、頂点に到達する、ひとまずそのように考えておきたい。

蒲原系の物語は、森人の婚約者ありの自殺（昭和三四、五年頃だろうか）をトピックにもち、さらにそれ以前の過去に遡上する先には、明治時代に勃興した中級地主としての桐尾家と、その家の番頭をつとめた自作農の菱田家との複雑な主従関係に加え、両家の間では番頭をめぐって妻と愛人との女の闘いが演じられている。背景となるのは、大正末期から昭和にかけて日本全域で起こされた小作争議の場である。桐尾ありの自殺後には、桐尾家は滅亡してしまい、それと交代するように新興の菱田家が繁栄を誇る。そこには権力の興亡史を鮮やかな絵巻にした時間が流れている。

またそこでは、日本海に面した砂丘が消えてなくなるという自然の変化、または日本の高度経済成長がもたらした生活地図の変貌があり、すなわち、原子力発電所の建設の陰で往年のひなびた桐畑や桜桃の畑が消え、美しいチューリップ園はゴルフ場や遊園地に変わるのである。道は舗装されて新建材の家並みが軒を連ねる。雪枝が一一年ぶりに帰ってきた郷里で、浦島太郎のような心境になる激変現象がある。

ヒロシマの物語系は三層構えになっている。昭和二〇（一九四五）年八月のヒロシマがその第一の層であり、そしてそれこそがヒロシマ系の基盤にほかならない。第二次世界大戦中に、冷子の夫麻布龍が会社の仕事で広島に赴任し、そこから戦争に出征した土地である。龍の出征後、龍の母と冷子とが疎開を兼ねて東京から移り住み、八月六日には冷子は買出しに行っていて、龍の母だけが被爆死した。冷子は、その生前に憎み続けた姑の死を確認したい一念で、燃えるヒロシマに姑の遺体を探して歩き回り、そのために体調を壊して、夫の教え子であった森人に救援を求める。日ならずして迎えた終戦とともに、冷子は森人の子をはらんでいる。ヒロシマの申し子である。

ヒロシマの第二の層は、昭和四七（一九七二）年の夏、冷子と森人が再訪したヒロシマ。もう原爆はヒロシマでさえ忘れられようとしている。そして三番目の層のヒロシマは、昭和五一（一九七六）年、すなわち物語の現在時、雪枝と恋人のマーレックが訪ねたヒロシマ。いっそう原爆は遠のき、雪枝にとっては自分とマーレックとの間に決定的な亀裂があることを知らされた因縁の場所となる。

　最後の第三極としての東京は、菱田森人、麻布龍、（もと麻布）冷子、麻布黎（森人の実子）、黎の子守だったユキイ、菱田夏生（ユキイの実子で森人の実子ではない）が敗戦直後から暮らした場所。戦前の東京の名残をとどめ、コンクリートジャングル化する東京のエアポケットのような、冷子の先祖が住み継いだ生家を拠点にしている。ここで彼らは、血縁と戸籍とが乖離した二組の親子関係が入り組んだ疑似家族をいとなむが、そうなった機縁は二つの戦争である。人を殺す戦争を機縁にして集まった大人たちと、彼らから誕生した子供たち。疑似家族の構成員たちは、親の世代も子の世代も、お互いに家族構成員に対する執着だか憎しみだか判然としない暗い情念の塊をだいている。そして、その暗い情念の力ゆえに、お互いから離れることができない。

＊＊＊

　戦争——国家規模で人間の破壊を目的とした集団殺人行為——は、戦時下の人間に死の恐怖を遍在させる。死の恐怖に囚われた人間は生への執着を性に託して追い求める。だれからも誕生を歓迎されなかった黎も夏生も、そのような過酷な人間性の生き証人なのである。黎の自閉症、夏生の孤児根性はそのことを表象している。夏生が黎を弁護して雪枝に言う言葉、「ないことを望まれている生命が、ありたいと思えば、他人の思惑を無視するしかない」とは、『浦島草』の底から立ちのぼるもっとも暗い声だろう。

黎の自閉性と夏生の過剰な社交性は表裏の関係にある。「ないことを望まれている生命が、ありたいと思えば、他人の思惑を無視するしかない」、の二つの現れ方だ。彼らは、一時的に森人の婚約者だったありが、ありという存在を意味する名をもちながら、自ら生を否定し自殺した事件とともに、人間にとってあることとないこと、生きることの肯定性と生きることの否定性の両面を背負っている。そして彼らの生きる姿は、特定の人物のケースを超えて、人間だれしもの生きる意味の考察へ開かれている。

ここまで見てきて気づくことは、東京には蒲原の物語もヒロシマの物語もすべて合流しているが、それは蒲原、ヒロシマ、東京の三極をすべて生活の場として生きた体験をもつただ一人の人物、菱田森人がそこにいたからだ、ということである。となれば、さきにわたしが小説の全体構造として雪枝が三角錐の頂点に立つ、とした見取り図は少し修正しなければならなくなる。一つのピラミッド型にわかりにくい構造を単純化しようとすることにすでに無理があったのではないか。

森人は、森人らの世代を代表する総括者として、かつて自分の存在を自分で否定した桐尾ありとは異なり、冷子や黎や夏生のような、影を背負った存在をも肯定する軸として、立たされているにちがいない。

そうすると雪枝は雪枝なりに森人らの世代を引き継ぎ、しかも自分自身が生きるための物語を紡ぐ過程で、彼らの傍らにもう一つ別の物語空間を新たに立ち上げていくのだ。

4　女たちの連鎖──「あり─冷子─夏生」

こんどは、これまでの三つの極という見方を少しずらし、『浦島草』は三つの時間がつくる物語だという切り方で読んでみる。ここでは広島の極が三層の時間をもっているというのとは別に、全体の世代構成をいうのである。雪枝や森人らの父母が生きた大正から昭和にかけての世代、森人を中心とする昭和一桁生まれの世代、そして黎や夏生など戦後生まれの世代。それぞれの世代はまぎれもなく日本の歴史とともにあり、しかもそれぞれに戦争に侵されている。

けれども見方を変えると、『浦島草』はこのように、国家間の戦争に象徴されるような、それこそ歴史の表側の国家的な政治社会史を闘ってきた男たちの存在の背後に、彼らとは別種の闘いを闘いぬいた女たちを、生き生きと語り続けてもいる。

桐尾家のおふゆさまと菱田家のせつとの闘い。それから麻布龍の母と嫁の冷子との闘い。その冷子の、若さの喪失とともに深まる夏生との暗闘。そして夏生にとっては同世代の雪枝の登場による敵対関係も生まれる。女が抱く憎しみとは相手を否定し、征服したい願望である。その点は男たちのする戦争とさほど違っているわけではない。

女の闘いを語る糸口として最初に招き入れられたのはありである。ありは菱田せつの目には、自分の夫を奪った桐尾冬の二代目として、その代理表象の役目をになっている。ありの名は、梨の産地である新潟県蒲原の土地の慣習に由来している。梨の花の季節に誕生した子に、梨にちなんで名づけるべきところを、梨＝無しの縁起の悪さを避けるために、無しを反転したありの実から、ありと呼んだのである。だからありの名を口にすれば、そこにはいつも潜在的に梨＝無しが含意されてしまう（作者の大庭みな子は『ふなくい虫』以来、この名前の両義性にとりつかれていたにちがいない。ありとなし、存在と無、を同時ににになうマジック・ワードとして）。

やがてありは森人を介して冷子につなぎ合わされる。森人は冷子との間に自閉症の黎をもち、そこに加わった冷子の前夫龍との共同生活を続けていたが、一度だけそれを解消しようとした。もう三十五、六歳にもなって彼は桐尾ありと婚約した。けれどもありは森人と婚約中に、妊娠したまま縊死する。胎内の子は森人の子かどうか曖昧な部分をあえて残しているが、ありにとってはただ妊娠をしたという隠れもない事実が、彼女の自殺の理由になる。新しい生命が開くはずの時間を肯定できないありは、胎内の子供＝未来を否定するために、自分＝現在を否定した。

こうしてみると、森人という一人の男をめぐって二人の女の妊娠が語られ、ありは妊娠して自殺し、冷子は出産するけれども生まれた子は「こわれている」。冷子は、こわれものとしての黎を母らしく引き受けたことはない。しかしそれは冷子の人間的な欠陥であるよりも、むしろ黎という存在がありふれた母性神話をうち砕くような、母でさえも拒絶する子供として設定されている点を、わたしたちは見落としてはならない。それでも、子を産んだ冷子は、産むことを拒否して死んだありを、産むという主題の水脈において引き継いだ存在である。のみならず冷子は、複数の男たちとの関係性の中で生きのびたため、異性愛の男女非対称、すなわち、ジェンダーの構造に肉迫せずにはすまなかった。

後年、森人と二人でヒロシマを再訪した冷子の次のような自省は、もう一つの世代の連鎖が、女たちの闘いの物語の向こうに、新しく生まれそうな予感をもたらしている。

冷子は、自分が今、誰一人、友人を持たず、したがって、人間というものを局部的にしか見られず、肥大した性のイメージだけが、不気味にふくれて崩壊しかけている癌細胞のように脳皮を覆っていることに気づいた。(略)

彼女はあのとき以来、他人というものを拒絶してしまったのだ。辛うじて、彼女をどうやら普通の人間に見せかけていたのは、森人と龍がいたからだったが、彼女はこの二人を城壁に、自分の世界に閉じこもることしかできなくなっていた。

銃眼から外を覗くと、仮想敵視しなければならない女たちだけが眼に入った。

彼女は、もう時間がない、時間切れだ、と首をふった。(「月の蠟燭」『全集』五巻、二三九頁)

いま冷子が気づいた自分自身の閉鎖性、女の性だけに閉じこもって他人を拒んできた生き方は、まるで鏡のように自閉症の黎を照らし出している。冷子は夏生に敵意を感じる反面、黎の行く末を考えて冷静になるときには、「夏生だけが唯一の自分自身が生きのびるための可能性なのだ」(「浦島草」)と、夏生の上に希望を託す。そして、自分は「社会的な女ではなかったから、性的なことでしか自分の存在理由がなく、勝ち味のない若い世代のなかで夏生が生きのびてくれるとすれば、それは自分が生きのびられるということでもある」(同)と、自分の持ち時間の終わりを認める。若い夏生を受け容れ、バトンタッチしようと思い、閉ざされた自分を他の女性に対して開こうとする。

このバトンタッチは、『浦島草』の最後で、どちらも戦争の落とし子である黎と夏生の間に新しい生命が宿り、夏生がその生命を育てることを選ぶ行為を、『浦島草』という小説の構造そのものによってバックアップしようとしているように、わたしたちに思わせる。

たしかに夏生の選択は、夏生自身を生きのびさせるためであって、冷子の思いとは無関係に行われた。言葉をもたない黎との沈黙の関係から、自分と「話のできる子供」の誕生を期待したというのだから。けれどもそのような冷子の希望とは無関係に育まれているかのような夏生の決意は、じつは冷子と同じように、他者への道を開き、他者とつながり、自閉の呪縛を解こうとする具体的な企てにほかならない。重要なことは、そこでは言葉への信頼が鍵になっているという点である。

そうすると『浦島草』は、女たちの憎しみの闘いをはてしなく語りながら、この不毛な闘いをのりこえることはできないのだろうか、と苦しい試みを繰り返している物語なのではないかと思えてくる。

森人の婚約者ありに始まって、森人の子を産んだ冷子、森人の子、黎から新たな世代を生み出そうとしている夏生へ。この流れを雪枝とともに読者がたどるとき、読者に見えてくる物語のメインテーマは、人と人とが「話し合う」言葉、コミュニケーションの可能性をいかにして生み出せるのか、ということである。それが生の否定から生の肯定への転換を支える根源的な力である。女たちの連鎖を通して、そのように『浦島草』は語っている。

注

(1) 野間宏／大庭みな子「対談『浦島草』について」『浦島草』付録、一九七七年、のち大庭みな子対談集『性の幻想』河出書房新社、一九八九年所収。

(2) 川西政明「精神の殿堂」『大庭みな子全集』第五巻解説、一九九一年。

(3) 大庭みな子「私の夢十夜」『波』一九八〇年一二月号には、『オレゴン夢十夜』よりも「もっと以前には、私は作品を自分の中からしぼり出さなければならないように感じたものだ。そしてその時期は無駄であったとは思わないが、今では突然言葉がむこうから押し寄せてくるような気がしている。それらの言葉は吹く風のように太古から私たちが聞きなじんで来たものであり、永遠のものである」とある。

九　『浦島草』、または里に棲む山姥

1　新潟と山姥

大庭みな子ゆかりの新潟県は、山姥伝承のメッカである。

南蒲原郡の民話では、弥彦山の鬼女「弥三郎婆」を語り伝え、能の「山姥」は越中富山との県境に位置する上呂《あげろ》（上路）を舞台にしている。また、「粟福と米福」「姥皮」といった全国に散在する山姥伝承でも、新潟ヴァージョンが語り伝えられている。前の二つは鬼面の妖怪、後のは足柄山に棲む金太郎の母のような、子供にやさしい保護者の山姥である。新潟では、こわい山姥もやさしい山姥もいっしょになって、伝説のなかに棲んでいる(1)。

おそらく大庭みな子の生活史では、山姥のような異界の女の話が、小さい頃から、空気のように身近に感じられていたにちがいない。それを証すかのように、大庭の書いたもののなかには、じつに頻繁に山姥が登場し、しかも彼女たちは、たとえ鬼女であっても、例外なく作者によって愛されている。

わたしたちはまず、日本の近代家族のなかで妻母の役割をまっとうしたごく普通の主婦を、けなげな山姥に同定した痛快な短編「山姥の微笑」（一九七六・一）を思い浮かべる。また、オムニバスの『海にゆらぐ糸』（一九八九）の二番目におかれた「ろうそく魚《キャンドル・フィッシュ》」では、山姥になって男の腹巻きの中のものをほしがって追いかけ、ようやく追いついてみると男のそこには実にお粗末なボロしか入ってなくて、女はわびしくなる、と日本の昔話がアレンジされてアメリカ人の女性に伝えられる場面もある。伊勢物語をパロディ化し、歌うような軽妙さで近代の男女の関係性を風刺した『むかし女がいた』（一九九一）も思い出される。水田宗子との、ずばり『〈山姥〉のいる風景』（一九九五）と銘打った対談集などは、対談している二人が、ともに自分たちのアイデンティティを山姥の系譜におき、自負を感じていたこともわたしたちは知っている。このほか山姥と大庭みな子との関連を、些細な例まで拾い集めれば、限りもないことになるだろう。

けれども、大庭みな子の膨大なテクスト群のなかで、もっとも愛をこめて山姥伝説と向き合ったのは、長編の『浦島草』（一九七七）だった。「山姥の微笑」の翌年の発表になっているのも、たいへん興味ある符合ではないか。

水田宗子は、「山姥の微笑」を快刀乱麻を断つごとくさわやかに論じ、山姥としての主婦は「直接で率直な自我の表現を拒まれた女性の、屈折した、逆説的なマゾヒスティックな自我主張」(2)だと述べた。けれども『浦島草』は、「山姥の微笑」とは少し異なる山姥の世界である。物語の底流には「話し合える言葉」への意志、人と人とのコミュニケーションの可能性への探求とでもいうべきものが貫かれている。そしてそれが作品全体の主題だともいえるのだ。

そしてまたわたしは、『浦島草』は、昭和という、戦争と暴力に明け暮れた男性中心の時代の、圧倒的な人間不信と虚無との支配に対して、女性たちを主要人物に立て、あたかも雁の渡りのようにして彼女たちの連鎖が生み出す力をもって、渾身の挑戦を試みた小説だと思う。

その過程で、山姥という女性イメージや、表題の浦島草のイメージを相互作用させ、テクストをしなやかに組立てながら、戦争の暴力に代わる人と人とのコミュニケーションの可能性が、実験された。さて、その実態はどのようであったのか。またその企ては、近代のジェンダーの組み替えを求めたフェミニズム言説の潮流と、どのような関わりをみせていたのか。以下では、そうした諸問題について考えたい。

2　『浦島草』の構図

有島武郎は、大正九（一九二〇）年に『惜みなく愛は奪ふ』を発表したが、その長編評論を始めるにあたって、近代の言葉の堕落や、発話主体の意図を裏切る危険性をあげながら、言葉というものへの疑念を述べていた。しかし、たとえ言葉の伝達力が疑わしいとしても、自己の思いを言い表すために言葉を使うしかないのであれば、ただ一つ、「言葉に潜む暗示」の力に期待するしかないと言い、言葉に対する自己のスタンスを定めたうえで、語りはじめたのだった(3)。

有島がここで「暗示」と言ったものは、広い意味での言葉のレトリック機能を指していると理解してよい。もともと彼は、『或る女』を代表作とする小説家として、言葉が濃密な伝達力を保ったまま受け手の心の隅々まで浸透していくよう、レトリックの効果に対してきわめて自覚的だった。

それから五十年後、一九六〇年代末に登場した大庭みな子のテクスト群は、有島のいう「暗示」の翼、レトリックの飛翔力なくしては存在し得ない最たるものだった。とくに『浦島草』はそうだった。そこでは、表題となった浦島草をはじめ、鬼女・巫女・山姥、蛾・かわうそ、榎木・よのみ鳥などなど、民話の伝承と自然界に存在する動植物が、人間に対してどちらも同じ次元で喩の力を発揮している。

何度もふれたように筋立ての面で『浦島草』は、『ふなくい虫』を出発点にしている。が、その舞台づくりは一変した。そこでは、『ふなくい虫』に登場した人物たちを、一九二〇年代の新潟県下で起こった小作争議という歴史関係(4)や、その後の異質な数十年間を生きた新しい戦後世代に、向き合わせている。

そのようにして『浦島草』の作中人物たちは、日本の昭和のいたる時・いたる所に遍在したさまざまなレヴェルでの戦いや憎しみの襞に分け入り、その淵源を見つめる。『ふなくい虫』の、男性(花屋)が語った閉ざされたニヒリズムの世界を越えて、人間が生きのびる可能性について、男も女もコミュニケーションをつくすことになる。

そのために、プロットは大きく三つの対立軸が交叉し、それぞれの対立軸をになって、小説の舞台は東京、ヒロシマ、新潟と三つの極を移動していく。

新潟には、一九二〇年代の小作争議の小作と大地主、または商人と大地主という対立の軸が据えられ、そのうえに立って、土地の旧地主一族に対する新興の事業家集団の菱田一族の挑戦が、戦中期と戦後期を含んで五十年以上続く攻略として展開する。広島では、原爆を投下したアメリカと被爆した日本とが対立する軸が据えられる。文字通り、国力を賭けた戦争の場だった。最後の東京には、新潟が代表する国内の力の対立史と、ヒロシマ＝広島が体験した国際的な力の対立史とに関わった人物たちが集合し、彼らは、少なからず奇異なセクシュアリティを通して、新潟やヒロシマがになう対立軸を、あらたに別の観点から――男女が対立するジェンダーの軸から、照らし返してみせるのである。

そしてこのような主題面での三つの対立軸、舞台面での三つの極からなる作品世界に、中学生のときアメリカに留学し、そのまま大学を卒業して働いて、つごう一一年間アメリカにいた菱田雪枝（二十三歳）が、やや狂言まわし的な語り手の役をふられ、表向きのヒロインに仕立てられて参入する。新しい世代を代表する一人として、雪枝はボーイフレンドのマーレックとの関係を見直すという、いわばジェンダーの課題を抱いて帰国したかたちである。

雪枝とは三十も歳の離れた父親違いの兄森人が暮らしている東京の冷子（一人だけ姓をもたない人物）の家には、森人のほかに森人と冷子との間に生まれた自閉症の麻布黎三十歳、黎の子守だったユキイが朝鮮戦争の頃日本に駐留したアメリカ兵との間に生んだ娘菱田夏生二十五歳、の四人が居住しており、つい最近まで冷子の前夫だった麻布龍もいた。すでにふれたように、五人の戸籍関係と血縁関係はことごとく食い違う奇妙な一家である。冷子は、麻布龍と離婚し、菱田森人とは結婚せず、戸籍上無関係な二人の男とともに、黎と夏生を義理ある子として受け容れ、限りなく疑似家族に近い共同生活を、敗戦後の三十年間続けた。

このように多元的なプロットの小説空間だが、「浦島草」と「山姥」のイメージが、強靱でしなやかなレトリックの効果によって、テクストをつなぎあわせている。冷子はこれら二つをともに一身に体現することによって、小説空間のひずみを内側からつなぎあわせる人物である。しかも彼女は『浦島草』のなかで作者自身ともっとも近い年齢であり、それだけに作者自身といちばん近い歴史体験をもち、また先の二つの重要な喩を集中的に体現しているという事実によって、わたしたちは冷子をこの小説の実質的なヒロインと判断することもできる。

3　浦島草——冷子の花

『浦島草』の三番目の章は、雪枝が日本に着いた初日、四月の終りの冷子の家に場面を定め、浦島草がどんなふうに冷子の花であるか、手を尽くして説明している。表題と同じく「浦島草」と題されるこの章は、分量的にも格段に長く、構造全体の心臓部をなしている。

参考までに、『原色牧野植物図鑑』(5)は、ウラシマソウを以下のように解説している。

［テンナンショウ属］北海道南部・本州・四国の暖帯から温帯の湿った山林や竹やぶにはえる多年

草。球茎の上から根、ふちに小いもができ、葉は一個、葉柄の高さは四〇―五〇センチ、葉面は鳥足状に分かれ、長さ一五センチ内外。花は春、長さ一〇センチ位の肉穂花序を立て、雌雄異株。和名浦島草はその花序の鞭状部を浦島太郎が釣り糸を垂れているのに見立てた名。

浦島草は、冷子の生家の古い庭の榎木の下に、だれのものともわからない先祖の墓石があるあたりに生えている。榎木は、この小説の初めから、その木の実をついばみにくる黒い群鳥「よのみ鳥」とともに、死者にまつわる記号である。そう思って読むと、「よのみ鳥」の語感は、わたしたちにどことなく死者の国を意味する「黄泉《よみ》」の国の鳥といった感じをもたせる。菱田兄妹の郷里の新潟県蒲原は、雪枝によっていつも榎木とよのみ鳥とを媒介にして想起されている。雪枝にとってはその二つが換喩的に、森人の婚約者だった桐尾ありの謎めいた自殺と不気味な葬列に連なっているからである。その事件は婚約・結婚というものに対する疑問として、幼い雪枝のトラウマになっていた。そのおなじ榎木が冷子の家にもあって、よのみ鳥さえやって来るとあっては、東京のど真ん中に蒲原が再現されているかのようである。つまり二つの極はなによりもまず死の糸でつながっている。

その榎木の下に浦島草は咲く。冷子の眼に、「不気味な黒い」花、黒く「ゆらめく焔」のように見え、「なんとなく陰気な感じ」を与える花。「黒い焔がなびくような花」の「黒ずんだ紫」の苞の奥には、原爆で燃える広島の炎、原爆直後の広島県西条の山間で彼女が見たという死者たちの人魂も、映っているにちがいない。冷子は、浦島草が咲くと、黒い焔に誘われるように、日になんべんも庭に下りたくなる。

こうして浦島草は、冷子にとってまずは死の領分に咲いている。

死の浦島草は、三十年前夫の龍が戦地から復員したときにも花の盛りで、彼は「浦島草を足下になびかせて立っていた」と、いまなお冷子はその姿をなまなましく想起する。龍は、戦争が終わっても、なお戦争という業火に焼かれ続けているかのように、浦島草の暗い焔のなかに立ち、青黄色にむくんだ栄養失調の顔で、戦争のすさんだ匂いを放っていた（後に説明されるが、彼は戦地で中国の少女をレイプしたいきさつを、語っても語ってもとうてい真実の語りに到達できない、苦しいわだかまりとして引きずっていた）。冷子はそのとき、森人との間に被爆したヒロシマで妊娠した黎の臨月をむかえていた。

その胎児は、つまりは戦争という人間の究極の破壊的暴力につながって芽生えた生命であり、いわば、暗黒の種子である。しかしそうなると、浦島草は単に死の領分に親和性をもつばかりでなく、じっさいにはもっと複雑で、死の場面においてなお生きのびようとする人間の欲望を、戦争（暴力）とセクシュアリティ（エロス）が一つになった両義的な情念として、表象していることになる。

ちなみに、もう少し冷子の心理に即すなら、被爆直後のヒロシマに、冷子は姑の安否を確かめに入っていくとき、彼女はそれまでずっと疎ましかった姑の、その死を確かめたくて炎の街に入ったのだと、告白している。冷子には、姑や小姑をはじめ、同性の女たちは憎しみの対象でしかなかった。他の同性への憎悪とエキセントリックな自己愛、という両義的な情念のかたちがあった。

このような自分の欲望のかたちを、一度だけ、冷子がジェンダー論さながらに総括しているところがある。『浦島草』ではたいへん珍しい例である。

> 冷子はもし自分が、男というものを知らなかったら、あるいは男さえいなければ、自分の同性に対する心に、少なくとも憎しみは生まれなかっただろうと思う。男たちの眼が、自分からそれることを恐れるあまり、彼女は若い女を憎んだ。もし、男たちが、男性という性を、女性より、より理性的で、同性に連帯の感情を持ち得ると誇るなら、それは彼らが社会的に生きる場を独占しているということに加えて、女のほうがより理性的に男を見つめ得る眼を持ち、その力こそが、彼らを盲目にすることから救っているのだと冷子は訴えた。（略）女に若さだけを売り物にするさがを与えたのは、男自身ではないか。自分を永遠の不安に陥れるのは男だと、冷子は思い、若い同性を見ると切なさが胸に迫った。（「浦島草」『全集』五巻、八二頁、傍点原文）

この世で女の価値を決めているのは男だという認識。しかも男の基準は女の外面の若さにある。そんな物差しを手にした男の前で、女は戦々恐々として男に媚び、女同士が敵視し合わなければならない。しかしもともと、男にそんな特権を与えたのは、女の理性でありやさしさではないか。そのようにして女たちが男たちに自信をもたせたからではないか。それなのにそのあげくに、女たちは、男たちによって首をしめられることになった。

このようなジェンダー論的な認識は、冷子の同性嫌悪の仕組みを解明するとともに、この感情がつらく耐えがたいものであったことを訴えてもいるだろう。

原爆をふり返ると、冷子は姑を嫌悪した自分を自己処罰する感情のために、必ずパニックに陥った。が、やがて経験と洞察によってジェンダー論的な視点を得、彼女は自分の感情が彼女だけの特異例ではなく、女性一般が男性と結ぶ関係性の歪みに由来していることを理解する。

原爆は一般論としては、国家間の対立問題だとされているが、冷子にとっては、これまで私的なセクシュアリティの苦悩の場でしかなかった。冷子がものを言うとしたら、そのセクシュアリティの体験から生まれた認識にしか責任をもてないだろう。その意味で冷子にとっての原爆体験は、国家間の対立である前に、なによりもセクシュアリティの体験を認識の場で語るジェンダーの対立問題である。このとき冷子は、実感的体験論として、戦争というヒロシマの公的な出来事を、ジェンダーによる呪縛へと置き換えている。このシフトには、一九七〇年代から八〇年代の、ウーマン・リブを受けフェミニズムへの流れを誘い出す女性たちのうねりに共感した、作者大庭みな子自身の姿勢を読むことができる。

4　変幻自在な山姥の語り

また別のときには、冷子自身の姿態が浦島草の花に溶け込み、冷子の山姥的な「暗い情念」を可視化してシュールな図像を描き出す。

冷子はそういうとき、二人の男に同時に違うやり方で媚びなければならなかった。彼らが二人と

> も満足し、優越感に慄えるように、それぞれの男に気に入られるように、相手を替えなければならなかったので、しまいには、尻尾に火をつけられてくるくると輪舞するけもののようになった。
> 女が赤い咽喉を見せて哀願すると、龍も森人も、それを抽象化された、引火する洞窟のように思いこんだ。（同、八〇頁、傍点筆者）

引用の最後の文は、「赤い咽喉」「引火する洞窟」などといい、冷子が男たちに媚びて、彼らに優越感をもたらすときの姿態が、洞窟形をした浦島草の黒紫の火焔苞に見えたというのであり、彼らには、冷子の身体から、浦島草が咲き出て見えたのだ。

だが語り手は続けて、その時の冷子は、「かたちのない生命の根源、真っ暗な闇のなかで咆哮する生きもののうごめき、なま暖かな脈、燃焼する炎の柱」と化していたといい、その状態で冷子が「意識を失えば、黎も世界から消えた」と説明する。つまり、冷子は男に執着すればするほど、同性への憎しみばかりでなく、子の黎まで抹殺したいという凶暴なエゴイズムにとりつかれたという。

だから、わたしは「鬼婆」だ、と冷子は叫ぶ。

テクストは、冷子が「けもの」の姿態をとって浦島草に化身し、黎の存在を疎ましく思いまさるにつれて、「髪は急激に白くなり始め」たと告げる。言うまでもなく白髪は鬼女や山姥の徴である。これは確かに、水田宗子が「山姥の微笑」のなかの主婦について述べたように、「直接で率直な自我の表現を拒まれた女性の、屈折した、逆説的なマゾヒスティックな自我主張」(6)のかたちにほかならない。

けれども『浦島草』は「山姥の微笑」とは異なり、雪枝という、ジェンダーの政治性も洞察できる新しい世代を加えたことによって、冷子は、雪枝に対しては同性でも憎しみをかき立てられることなく、鬱積した沈黙を破って自分の思いを存分に語り、話し合うこと＝コミュニケーションを成立させて、「すがすがしさ」(九七頁)を感じるまでになっているのだ。この違いは大きい。

そのことはなによりも『浦島草』の山姥的な文章技法のうえに、現れている。

さきにふれたような、冷子の身体に浦島草の花が咲くような、自然の生きものを人間と重ねて一体化させるレトリックは、冷子を、それこそ高い山の空を白髪なびかせて飛ぶ鬼女のように、自然と人間との間を、内から外へ、外から内へ、自在に往還する、脱人間的な次元に達した存在として幻視させる。これをわたしは山姥の文体と呼びたい。

気をつけると、このほかにも山姥のレトリックはいたるところで駆使されている。たとえば、爆撃を受けたヒロシマのことを冷子は語りながら、「この世の終わりの風景」に対して、「直き、無感動に」なったと言ううちに、その冷子は雪枝の目の前でゆっくりメタモルフォーゼしていくではないか。

しばらく黙った。そして、ゆっくり、非常にゆっくり、奇怪な魚が大きな唇を歪めて笑うように、音を立てずに赤黒い鰓を動かしてにっと笑った。(同、一二二頁、傍点筆者、以下同じ)

冷子の笑いは山姥の微笑だ。そして夏生も、その身体に異質なものが重ね合わせられて変身する。

夏生のすぼめた唇は、男をどこまでも吸い込む深い洞窟を想わせる。深い果てしない、谷間で、水仙がいっぱい咲いていている。（「やなぎ」一五二頁）

また、一つの言葉をになう主語が、いつの間にかメビウスの輪のようにねじれていく例もある。

妊娠している女は、母体である自分に、異常な執着を抱くようになり、ふだんは食の細い女でも飢えている他人のものをとりあげてまで、自分が食べるほど、旺盛な食欲を示すようになり、からだじゅうに白く脂がのって、虹色の腹をひらめかせる、しゅんの魚のようになる。（「浦島草」七六頁）

これを分かち書きにしてみると、いっそうこの文体の企みははっきりする。

妊娠している女は
からだじゅうに白く脂がのって
虹色の腹をひらめかせる
しゅんの魚のように

なる。

最初は、「虹色の腹をひらめかせる」のは「妊娠している女」の脂がのった白いからだだと、ごく自然に幻視させる。わたしたちは妊娠した女のふくらんだ腹が虹色に映えるのをとても美しいと思う。けれども次の瞬間に、それは「脂がのって」「虹色の腹をひらめかせる」「しゅんの魚」の腹のことであって、そのぴちぴちしたしゅんの魚の、その腹のハリこそが女のふっくらした腹の直喩だったのだと、知る。だが、ほんの一瞬であっても、わたしたちは女の腹がしゅんの魚の腹のふくらみとオーバーラップする前に、虹色の空のおおらかさで幻視された感動を忘れることは、けっしてない。

山姥の文体は、このようにして、人間界にはあり得ないものを、レトリックによって映し出し、わたしたちに稀有な想像を愉しませてくれる。

このように、メビウスの輪のように、イメージが変幻する山姥の文体は、ミチコ・ニイクニ＝ウィルソンが大庭みな子論としては初めての研究書で指摘しているように(7)、テクスト全体がカギかっこをもたず、登場人物たちの発話と語り手の地の文とを、あえて区別しない語りの原則にも関係しているだろう。人物の姿に植物や動物が現れ出る例ばかりでなく、作中人物同士、作中人物と語り手との間などは、いつの間にか境界線が不明になり、融通無碍に変化する。しばしばだれが発言しているのかわからなくなる、はたして声に出しているのか、ただ思っているだけなのかもわからなくなる。

たとえば、十歳を過ぎた黎という子をもちながら、森人が郷里の没落旧家の娘桐尾ありと結婚しようとしたことがあるのを、森人にもっとも近い位置にいた冷子が、二十年後にも理由を知らなくて、尋ねるところがある。

でもあなた、なぜ、そんな精神病の女（桐尾あり——筆者注）と、結婚するつもりになったの。ほかに誰でもいたでしょうに。冷子は言った。

それに対する森人の反応は次のように書かれている。

何かをふりきって、新しいことを企むときは、なるべく普通じゃないほうがいい。その娘との話を死んだ母がうるさく言ってきたとき、そんなまともでない女なら、かえってどうにかなるかもしれない、と思ったことを森人は思い出した。きっとむこうもこっちをそう思っていただろう。あのとしまで独りでいたのは、きっと何かの理由があったんだし、それなりの理解力もあった筈だ。そう、世間でよく言うように、あるいは、自分自身もそう思いこんでいるように、自殺などする奴は、普通の人間より頭がよくて、勘も鋭いってことらしいから。（同、一〇八頁）

はたして森人はこのような自分の思いを少しでも声に出して応えたのかどうか。これらは全部、彼が自分に説明するためにただ思っただけのことなのか。もし思っただけに終始しているのなら、冷子は依然として、森人の動機を知らないままになる。

だが『浦島草』というテクスト全体の流れの力学は、これまでお互いにわからなかったことを、語る言葉への意志を持って「語り合う」こと、「生命を囁く言葉」で「語り合う」ことを、目指しているのだ。そうなると最初の一文、「何かをふりきって」から「普通じゃないほうがいい」までは、冷子に対する返答だったのだろう。それがいつの間にか、森人一人の思い出に変わり、作中人物が話した声も、語り手が介入して解説した言葉も、一つに混じり合って、読者にはテクスト全体が、言葉のカオスのように響く。

5　山姥たち

『浦島草』の女たちは、冷子のほかにも、ほとんどが異界に半身を奪われている。

森人は、自閉症の息子黎が、もう十歳は過ぎたはずの頃に、郷里蒲原の没落地主の生き残りだった桐尾ありと婚約した。五、六歳のときその二人を見て強い印象を残している雪枝の証言は、ありが「鬼女の面」のようだったと記憶している。ありの母ふゆは、女地主で、その番頭だった森人の父を愛人とし、ありはその二人の子だった可能性が示唆されているが、森人は父を奪ったふゆについて、「極悪な巫女のような女」だと思ったにもかかわらず、それが森人の女に対する好みになって、冷子に行き着いたと考えている。

夏生は黎との関係を、「あたしたちは魔女と黒い山羊のように暮らしている」と言う。姑は、冷子にとって「鬼婆に見え」た。そして自分こそが「鬼婆に見える」ことも知っている。菱田兄妹の長男洋一の妻滋子は、雪枝や森人らの母、二度結婚した姑のせつへの憎しみを語るとき、「狐に憑かれた巫女のようにみえ、冷子に似てい」ると、雪枝は思う。

異界に片足踏み入れた女たちをレポートする雪枝でさえ、「あなた（冷子）が鬼女だったとしたら、鬼女の指に食らいつける小鬼」であることを自認し、最後には「魔法のかくれ蓑を着て、他人には姿が見えないままにあるきまわっている」妖しい夢を見る。

ただ一人、雪枝らの母せつだけがこれら異界の言葉と無関係に終わっている。下駄屋という庶民的な商人の家に生まれ、時代の先を読むに敏感だったこの女実業家は、夫をたぶらかした美しい女地主に対して、激しい怨念を息子たちの前に露わにした。が、あくことなく蓄財に努め、その経済力にまかせて女地主の縁戚の末端に連なる男を「買って」再婚し、さらには長男と協力して桐尾家の財産を買収しつくし、見事に仇をとった。この徹底した現実主義者は、現実しか信じず、何でも現実的に目標を定め、現実的に実行した。しかし若い病弱な再婚の夫が亡くなったときだけは、母でもなく、女実業家でもなく、一人の女としての「わたし」を主張しつつ、女として生きた自分を認めようとしなかった息子らに対して、怒りをぶつけた。

社会性があり、行動力があり、成功者でもあったせつは、異性愛にのみ囚われて生きた女ではなかったという点で、この小説のなかでもっとも冷子から遠い女性だろう。とはいえ、せつにしても、行動の原動力は女地主桐尾ふゆに対する憎しみだったという点では冷子と共通している。嫁の滋子からすれば、いったん狙いを定めると、情を殺してどんな悪辣な陰謀も他人に気づかれることなく平然と進める女と映る。蓄財に憑かれたその処世法自体が、別の意味で常軌を逸した女だったということになるだろう。

かくして『浦島草』の女たちはだれもが鬼女であり、極悪な巫女であり、魔女であり、山姥だということになってしまうのだ。

6　山姥と生きた男たち――欲望すること・欲望について語ること

ここで問い返してみよう。鬼婆で山姥の冷子と暮らした男たちは、男の特権にあぐらをかいたままで、はたして三十年間無傷でいられたのだろうか。

魔女論や山姥論は、マーレックが森人と冷子をディナーに招待した「月の蠟燭」の章で、二人の男の視点をくぐりぬけて、大きく一回転していることに気づかされるだろう。

この小説のなかには、「好奇心は猫を殺す」というマーレックのメッセージがあったが、「好奇心」を「欲望」に置き換えてみるなら、〝欲望は人間を殺す〟ということなのだろうか。ただし、そのとき森人は、「好奇心は猫を殺す」という事実に対して、「人間は、好奇心は猫を殺す、という諺をつくる」こともできると、マーレックに言い返している。

このことは、人間は、欲望が猫＝人間を殺す事実を認識して、その上でなおそのことを言葉にして吟味し、批評することによって、欲望に憑かれた人間の死を避けることができる、という含意である。しかもそれを他人に語り伝えることができるということでもある。その新たな次元の言語行為によって、暗い欲望のままに引き回されたり、打ちのめされたりしても、それだけで終わってしまわないようにすることもできるのだ、と示唆しているのだ。

だから、泠子の白い髪をめぐって、森人がマーレックと対照的な女性認識をみせるのも当然なのだ。マーレックは泠子の白金色の髪を見ながら、妖しい気分になり、西洋の魔女を連想する。雪枝は、それに対して、先日泠子が自分自身を「鬼婆」だと言った強い印象から、マーレックに日本には「山姥」というのがいると、英語で教える。山姥というのは、「人里離れた山の中に棲んでいて、迷い込んだ人をとって食べたり、死人を掘り起こして骨をしゃぶったり――」する女だと。

そこでマーレックはいかにも頭の良いアメリカ人の男らしく、さっそく日本の山姥を西洋の魔女に置き換え、「魔女は疎外された女だ」と定義する。なぜなら、魔女（泠子）は「極端に女の要素が強すぎるため」に、理性に欠け、結局男にとっては厄介になるので、用がすめば「焼き殺され」たりしてこの世から排除されるのが運命だからだ、と結論する。なんともマッチョな男の陳腐な論理である。

それに反して、森人はマーレックらの英語を半分ぐらい聞きとり、泠子が魔女か山姥であったとしても、山の墓場に追いやったり、焼き殺したりなど、「疎外」するとはとんでもないことだと思う。泠子との戦後三十年の生活の中で、森人自身は「指を一本ずつ切りとられて、しまいには、（略）達磨になったわけだと考えた」。それでも「今では、背筋を伸ばして、じっとそうしていることで、はればれとした気分になる。甦ってくる記憶はむごいものであるのに、ほとんど森人を苦しめなかった」。

森人は、里に棲む山姥との三十年の暮らしを、たとえ山姥に奉仕されつつ、逆に山姥に喰われた男の生涯だったとしても、悔いはしない。冷子の、生と死に同時に向かう、サディスティックにしてマゾヒスティックな山姥の欲望は、森人によって、そのおぞましい多形性のままに受けとめられた。冷子は山姥だったとしても、けっして人間ならざる存在として、厄介払いされたり、「疎外」されたりはしなかった。

なぜなのだろうか。ここには、自分を浮かべる時代のジェンダーのままに、いつわりない欲望をさらして欲望に引きまわされながら生きようとした女を、普通の常識をもった女とはちがう、深い生き方の人間として受け容れてきたことが、その女を死に至らしめずにすんだという森人の認識がある。またそんな女と生を共にしたことによって、生涯を、意義深い生命のいとなみへ導かれたと了解した男がいる。男は世俗の権力への接近を至上命令とする男の規矩とジェンダーから自由になり、そのことによって女と言葉を通わせ、「語り合える言葉を持」つことができたのだ。男は魔女や鬼婆や山姥であるような、異界に踏み込んだ女の眼に自分の視野を重ね、彼女たちを疎外することなく、むしろ彼女たち異人の目線に立って人間を見、語り、狂った女と一緒になって、この世の堅牢なジェンダーのちょうつがいを外すことに手を貸したのだ。

このことは、森人一人を指していうのではない。麻布龍もまぎれもないその一人だったのだ。

注

（1）山姥には、「山姥の糸車」「牛方山姥」「三枚の護符」のような、白髪醜怪な人喰いの化け物の山姥や、反対に「糠福米福」「姥皮」のような聖なる山人の系譜に属する、金太郎の母のようなやさしい山姥もある。能の演目として有名な「山姥」は前者の流れで、世の中にいて慰撫されることのなかった女の苦しみのため、ついにこの世を離れて山に棲み、けれども、この世を恨みつつもこの世への執着いちじるしい女である。能では、百万山姥の曲舞を得意とする遊女が、善光寺参りのために富山県との県境にある越後・上路山《あげろやま》を越えようとすると、本物の山姥に出会い、彼女の成仏できない苦しい姿にふれるというものである。

（2）水田宗子『フェミニズムの彼方』講談社、一九九一年。

（3）有島武郎『惜みなく愛は奪ふ』（一九二〇）。『有島武郎全集』八巻、筑摩書房、一九八〇年。

（4）次章を参照されたい。

（5）『原色牧野植物図鑑』北隆館、初版一九八二年。

（6）注2に同じ。

（7）Michiko Niikuni-Wilson, *Gender is Fair Game*, M.E. Sharpe, 1999, p. 126.

浦島草

一〇　『浦島草』と蒲原小作争議――「番頭」の末裔たち

1　大庭みな子と新潟

前章でわたしは、山姥という日本の魔女の視座から『浦島草』を読み、新潟県が日本の古い山姥伝説のメッカの一つであることを知ったと書いた。書き進めるにつれ、大庭みな子の文学誕生の背景を考えるには、アラスカやヒロシマばかりでなく、新潟という場所が想像以上に大切なことを痛感した。そこで、まえから気がかりだった蒲原の小作争議についても、せめて日本の小作争議史一般のなかでの位置だけでも知っておきたいと思い、手近な百科事典（小学館）のCD―ROMから小作争議関連の事項を開いてみた。そこに書かれていたのは簡単な解説にすぎなかったが、これもまた思いがけず、わたしの新潟に対する関心をいっそう強くする内容だった。

小作争議史にはほとんど無縁な広島県で育ったわたしは、新潟県の小作争議はいうまでもなく、日本の小作争議史の概略についてもほとんど無知だった。百科事典の記事は、新潟県が小作争議でもメッカだったことを教えてくれた。とりわけ北蒲原郡の木崎村小作争議は、大正末期から昭和初期にかけて起こった日本最大の規模の有名な小作争議だったというのである。

このとき大庭みな子と新潟のつながりは、峻険な山脈を背後にした風土が生み出した山姥の民話ばかりでなく、近代以後の社会運動史においても太いパイプでつながっていることに驚いた。大庭の自筆年譜を見る限りでは、大庭は東京に生まれ、軍医の父の転勤にともなって各地を転々とし、厳密な詳細は不明だけれども、新潟には小学校五年のときの昭和一六（一九四一）年、昭和二二（一九四七）年から二四（一九四九）年までの女学校時代のまる二年間、昭和二八（一九五三）年から三〇（一九五五）年まで、津田塾大学を卒業してから大庭利雄と結婚するまでの二年間、計五年間を新潟で暮らしている。新潟には母の実家があり、父が医学を修めた学校、現新潟大学があり、戦後父が開業したという浅からぬ縁については、しばしばエッセイなどに書かれている。

じつは数年前、広島県の西条の調査をしたとき、中国新聞社東広島支局の有原鉄氏にいただいた、『中国新聞』の関係資料のなかに、「三匹の蟹」による芥川賞受賞の報を大庭みな子は新潟の実家で受けたという一行を読んで、すこし不思議に思ったことがあった。当時アラスカに在住していた作家が、なるほど新潟出身にはちがいないけれども、新潟で文壇デビューの通知を受けたということは、わたしに大庭みな子の新潟を意識させる最初のきっかけだった。

とにかく山姥の民話の収集が終わると、ひき続いて新潟県の小作争議関連の文献を集め、高まる好奇心を抱いて、せめて新潟の空気だけでも呼吸してみたいと思い、二〇〇〇年のクリスマスあけに出かけ

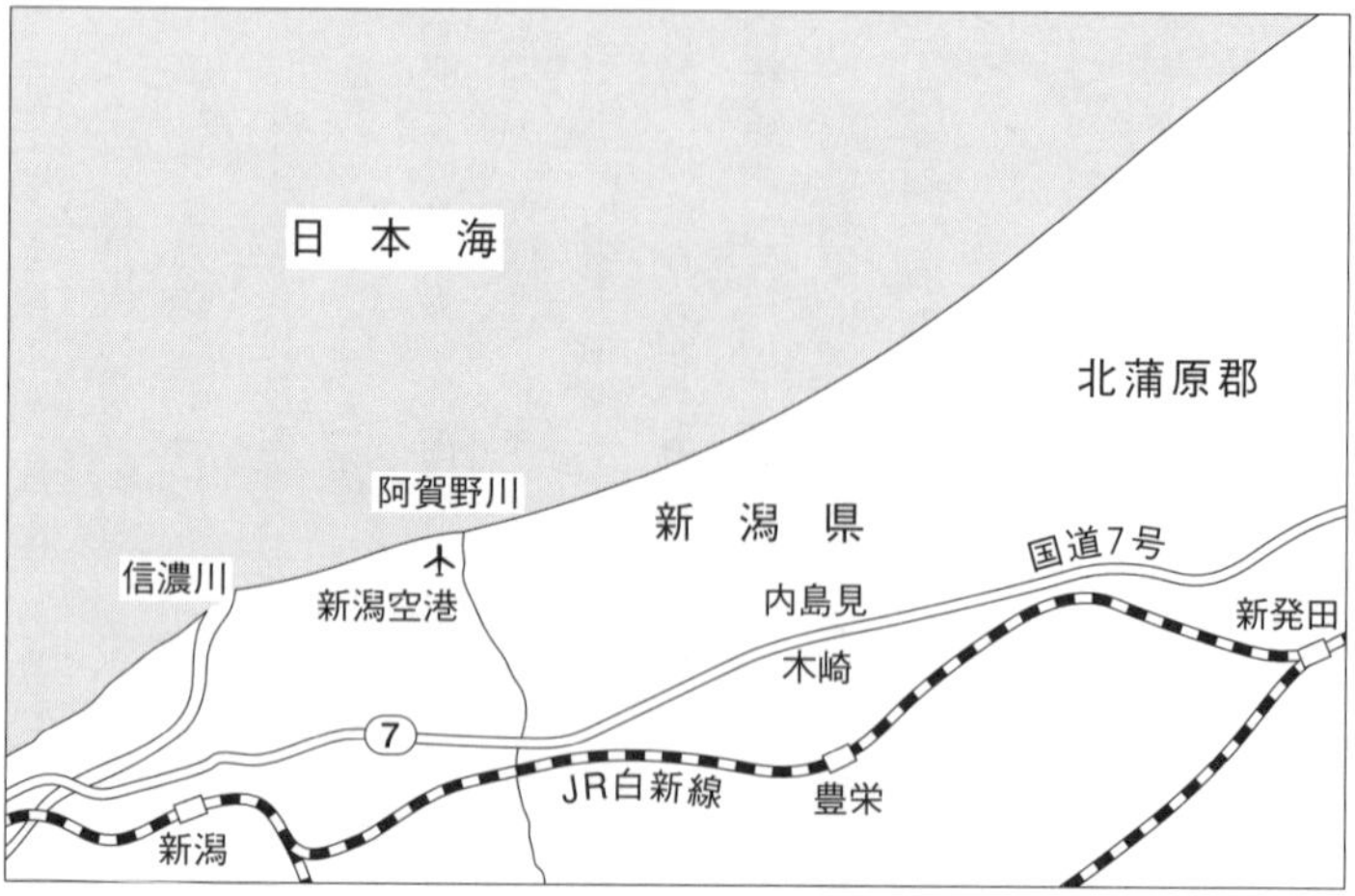

現在の木崎地区位置図（新潟県豊栄市）

ることにした。

実際には新潟では、あらかじめ大庭みな子氏から、新潟県立新潟高等女学校専攻科（現新潟県立新潟中央高校）と新発田《しばた》高等女学校専攻科（現新潟県立西新発田高校）時代の親友で、現在も親交が続いている新発田在住の斎藤信子氏を紹介されていた。斎藤氏は、母校西新発田高等学校の図書館司書として二十年間仕事をなさったということである。そのおかげで、斎藤氏には新発田市を中心に案内していただき、またたくさんの貴重なお話をうかがうことができた。さらに大庭氏が新潟県立新潟高等女学校在学中に新任の国語教師として赴任され、以来三四年間教鞭をとられた田宮敬子氏にも、新潟の砂丘に近い新潟中央高校の校舎を案内していただきながら、旧寄宿舎の様子などを説明していただいた。

両氏のお話によって、自筆年譜の隙間のいく箇所かを埋めることができた。また斎藤氏のご教示の一つは、新潟の小作争議と大庭みな子との関係をいっそう抜き差しならないと思わせるものだった。大庭みな子の新潟時代の家は母方の里にあり、そこで父上が医院を開いておられたというが、そこはそのものズバリ、小作争議で有名な木崎村（内島見）だったというのである。また北蒲原郡の千町歩地主市島家の番頭をつとめた某氏の女子や、新発田近郊の聖籠《せいろう》村の地主だった二宮家の女子が、大庭みな子の専攻科時代の同級生だったとも聞いた。

わたしは思わず興奮して声が高くなったが、大庭みな子が女学校専攻科時代を過ごした昭和二二年から二四年春までの二年間の新潟の地は、つい二十年ばかり前に地主と小作が熱い対決を何年間も続けた、木崎村小作争議の坩堝につながっていた。しかも戦後になって住んだその時は、農地解放(1)が革命的に断行された直後にあたっており、目の前で急速に農業構造が崩壊する光景は、それに先立って蒲原一帯を沸き立たせた過去の小作争議の歴史を、それだけ対照的に、生々しく想起させたにちがいない。そして、この日本最大の米どころ新潟の地主対小作の対立・争議は、その直前に体験した昭和二〇（一九四五）年八月のヒロシマと同じように、大庭みな子にとって、重い負荷になったにちがいない。

それから二十数年後に『ふなくい虫』が書かれ、ようやく三十年後に『ふなくい虫』を継承した『浦島草』が完成した。『浦島草』は新潟とヒロシマの重い負荷を、大庭みな子が渾身の力で言葉に移した小説だった。

2　『ふなくい虫』と『浦島草』をつなぐもの

大庭みな子の全業の頂点を極めた『浦島草』が、初期長編の『ふなくい虫』から連続発展した形だということは、両方の登場人物を読みくらべればすぐにわかる（『浦島草』はこの後さらに、『王女の涙』や「七里湖」（中断）につながっていくけれども、ここではそれらにはふれない）。

これまでわたしは、『ふなくい虫』と『浦島草』の連続面を、次世代を「産む」ことの可能性を女の視座から問う、というテーマ系にそって眺めてきた。十五年戦争で国の内外に膨大な犠牲者を出した日本という国に生まれ、その帰結として十代半ばには核兵器による広島の爆撃を眼にしなければならなかった作者にとって、その後も世界が冷戦構造で二分し、朝鮮戦争がまたしても始まってしまうのを見なければならなかったことは、人間という存在に対する信頼を失わせるに十分だっただろう。戦争をやめられない人間に未来はあるのか、人間は未来に向かって生き続けるに値する存在なのか、そんな問いを抱かずにはいられなかっただろう。次世代を産むか産まないかの問いは、次世代を産むことによって発生する人類存続の時間、つまり未来という人間の時間に対して、はたして現代を生きる人間は責任をもつことができるのだろうか、という問いでもある。このような問題意識によって二つの小説は構造化されている、長い間そうわたしは思ってきた。

たしかに二つの小説にとって、産むという問題系は重要な視座だと、いまも考えている。けれども

『ふなくい虫』に重なりつつ、後続する世界として『浦島草』が書き継がれ創出されたとき、『浦島草』に現れた最大の変化は、『ふなくい虫』を貫流していた男性のニヒリズム、すなわち産むことの否定＝未来の否定を逆転し、次世代を産むことを肯定して未来への時間軸を延長しようと意志していること、また、そのことを支える基盤として、新しい男女の人物たちを登場させ、人と人との相互関係の濃密化を、これもまた意志的に選び企てたことである。すなわち、「言葉」で「語り合う」こと、コミュニケーションの探求を通して。

このような『浦島草』の新たな時間軸・空間軸は、『ふなくい虫』ではわずかに片鱗を見せただけで消えてしまった人物たちを生きのびさせて、担わせている。彼らは『ふなくい虫』では姓名さえ与えられていなかった「番頭」の一族であり、そして彼らに連なる人々だ。

『ふなくい虫』は、農地解放によって一気に没落した雪国の地主一家の消息にあくまでこだわったが、『浦島草』では、大正末期から昭和初頭にかけて吹き荒れた新潟県蒲原郡の小作争議において、あくまでも頑なに小作の要求を拒んだ女地主のために犠牲として殺された番頭の、その死後に残された妻とその子らの多彩な生きのび方へと、強力にシフトしている。二つの関係をあえて単純化すれば、地主の末裔から番頭の末裔へと、小説空間の担い手の重心は移行し、そのことはまた、死への傾斜から生の可能性へのテクストの反転でもあった。

このように要約してみれば、新潟県の大地主農業に特徴的だと諸本が指摘している、地主・番頭・小作というピラミッド構造、いわば農業に関わる者の間にわだかまる、入り組んだ力関係の歪みが、二つの小説の重要な題材として一貫していたことを、だれしも認めるにちがいない。作者はとくに、この地主対小作という対立関係のなかの、新潟に独自な番頭という中間的な階層に対し、多分にアイロニカルな視線を向けていた。大庭にとって人間の未来は、小作争議とヒロシマとをジェンダーで脱構築した彼方に展望されるものだった。リービ英雄が『浦島草』を、「性差の『裏』から書き直されたもう一つの『戦後文学』」ととらえたゆえんである(2)。以下はそのような立場から、新潟県蒲原の小作争議を人と人との対立軸として、『浦島草』を読み直す試みである。

3　木崎村小作争議沿革

作家として大成してからの大庭みな子は、小説を書くという過程についてしばしば神秘的なヴェールをかけた発言を繰り返した。作家が書くときには、人為的な努力をしたものは出来がわるく、すぐれた書きものは作家の努力を超えたところから、天来のように言葉がひとりでに湧いてくるのだというのである。わたしのようにただ努力して調べ、努力して考察するだけの研究的な物書きにとっては、このような発言は、たしかに作家の言葉の湧出はそのように自在で豊かなのだろうと、『海にゆらぐ糸』などでは大いに納得し畏敬しながら、反面、読者として感想以上のことを何か言ってみたいと思うときには、やはり疑問を感じざるをえなかった。少なくともわたしには、『浦島草』までの小説群の言葉は、必ずしも天来の軽やかさばかりで成り立っているようには聞こえなかった。

だから、先年ミチコ・ニイクニ＝ウィルソンの英文の単著(3)が出版されて、その最終章の大庭みな子との対談に、大庭自身が「私は大変よく調べて書く作家だった」と発言している事実は、たいへん心強かった。やはりこれらの小説群は努力なくして書かれなかったのであり、そうであるなら、読者としては作家のその調査の努力の糸口にふれて、そこから豊富な意味を読み解くことが可能になるというものではないだろうか。

その意味では、大庭みな子にとって木崎村に代表される新潟県の小作争議は、自身その余熱を身近に感じることができた現実であったばかりでなく、後になって歴史上の出来事として調査し、年来のわだかまりを現代に向かって解き放たなければならない課題だったにちがいない。

＊＊＊

新潟県出身者や近代の日本史に関心の深い向きには周知のことかもしれないが、わたしが木崎村小作争議についてもっとも適切に教えられた本は、数ある参考文献のなかで管見に入ったものの内から選ぶとすれば、次の諸本になる。

農業発達史調査会・代表東畑精一『日本農業発達史』中央公論社、一九五五年一二月。

農民組合史刊行会・代表杉山元治郎『農民組合運動史』日本民政調査会、一九六〇年一〇月。

これは出版目的からしてやや我田引水的なニュアンスを交えてはいるけれど、賀川豊彦を指導者として大正一一年四月に設立された日本農民組合の運動を総括したもの。

合田新介編著『黎明の日々――木崎争議史』朱鷺書房、一九八二年一二月。

明治以後、天皇制国家の形成と農民の小作化が、相補的な関係をもちながら近代官僚主義によって推進された経緯を、歴史評論（合田新介「地方改良と『地主』の思想」）・運動史（佐藤佐藤治「木崎大争議」、川瀬新蔵「木崎村農民運動史」）・小説（西野辰吉「木崎争議物語」）によって、多角的に検証したもの。書名は、木崎村無産農民学校の鐘が「黎明の鐘」と名づけられたことに由来する。ちなみに大庭みな子の『浦島草』では、自閉症の黎の名を「黎明の黎」だと夏生は紹介している。

小此木朱渓『木崎騒動と攻防の人々』暁印書館、一九八〇年一一月。

在所の警察畑を勤め上げた小柴郁三が筆名を用いて、小作争議の双方の関係者にインタヴューできる立場を生かして書いた歴史小説。

『新潟県史　通史編』七巻（近代二　一九八八）、八巻（近代三、同）

『新潟県史　資料編』一八巻（近代七　産業経済編Ⅱ、一九八四）、一九巻（近代七　社会文化編、一九八三）

『浦島草』に入る前に、これらの諸本を中心に、その他の参考書も含めてわたしが理解した木崎村小作争議の沿革を、述べたい。かならず『浦島草』が躍動的な姿を現すにちがいない。

＊＊＊

大正末期から昭和初期にかけて、都市の労働運動が農村部にも波及して、労働運動としての小作争議が発生するようになる。木崎村の小作争議もその例外ではない。

『日本農業発達史』には日本の近代農業の貴重な調査統計資料が付録されていて、その時代の農業事情を理解するには、たいへん有益である。そのなかには、大正一〇（一九二一）年の農務局による「五十町歩以上ノ大地主ニ関スル調査」の一部と、関東大震災によるその資料焼失のため、大正一四年に再度行われた大日本農会の「五十町歩以上ノ耕地ヲ所有スル大地主ニ関スル調査」（地主名リスト）がある。それらによれば、新潟県は五十町歩以上の大地主が北海道の一〇六五人に次いで本州ではもっとも多く、二三八人である。続くのはいずれも東北圏の秋田県一六四人、宮城県一三八人、山形県一二〇人だが、新潟と大差がついていることがわかる。

このように大地主が多いということは、単純計算でつまりは小作人の数が多いということになる。しかも新潟県の蒲原一帯には、市島徳厚、白勢正衛、伊藤文吉、田巻堅太郎ら千町歩地主が集中的に存在した。現在でも彼らの巨大な米蔵が保存されて、往時の威風を偲ばせてくれる。ちなみに、このリストには坂口安吾の父で『新潟新聞』社主坂口仁一郎の名はない。また太宰治の父、青森県金木村の津島文治は二二〇町歩の地主として載っている。

日本農民組合の組織者による総括の書『農民組合運動史』は、自身の組合が支援した木崎争議について何回も言及しているが、以下の記述がもっとも包括的にわかりやすくまとめている。

争議の場所　新潟県北蒲原郡木崎村
争議の期間　大正十一年十一月――昭和五年七月
関係人員　地主　六名
　　　　　小作人　六八名
関係面積　三十三町歩（『農民組合運動史』五章八節（9））

そして新潟県下の五十町歩以上地主の四割以上が北蒲原郡に居住していると指摘しながら、

この地方の特徴である地主支配人の数も新潟全県で六、六二六人を数え、うち九一五人は北蒲原郡にあった。木崎村は大正十二年現在、水田一、一九四町歩、畑五三一町歩を擁し、一戸当り耕作面積は田一町一反六畝、畑五反四畝となっている。農家八五五戸のうち、小作農は四一五戸、自作兼小作農は三二一戸で、村民の大部分が小作農家である。水田の半分以上は不在大地主の所有で、市島、田巻、真島、近藤ら三〇〇町歩から一〇〇〇町歩を所有する巨大地主が、それぞれ村内に五〇町歩以上の小作地をもっていた。小作料は（略）劣悪だった当時の小作条件としてはとくに高率というほどでないが、支配人を通ずる巨大地主の支配のもとに継米、足米などの封建的遺習が永くつづけられ、産米検査の実施にともなって小作人の負担がしだいに加わるとともに、いつかは小作人が因習の殻を破って立ち上がる条件にあった。（『農民組合運動史』二七六―二七七頁、傍点筆者）

ここでいう「地主支配人」は、『浦島草』の「番頭」のことである。番頭は、さまざまな理由でもちこたえられず大地主に買収されたりした、もと地主だった者が多いというが、彼らは大地主に代わって広大な小作地の管理と支配に当たりながら、彼ら自身もまた小作人から搾取したのだという。「継米」は俵一俵に対して、目減りを見込んで三升余分につめさせたこと。「足米」は地主に対する一定量の無報酬の労役提供の義務である。

新潟県の地主たちにとって、第一次世界大戦による戦時好況は、米騒動に特記されるように米価騰貴をもたらし地主らの財力を膨張させたが、しかし戦後は一転して恐慌に陥り、大正九（一九二〇）年三月には米価が下落して地主たちに大打撃を与えた。しかしそれ以上の打撃を受けたのは、年貢米を地主に納める自小作・小作農民だった。彼らは、高率の年貢を払ったらもう残る米がなくて、家族がそろって生きのびることができない窮状が年々続いた。収入確保と口減らしのために、娘は製糸工場や遊郭で働き、息子たちは軍隊に入ったり都市に出稼ぎに赴き、風呂屋で三助として働いたりした。

時あたかも都市部では労働組合が結成され、労働者はストライキをうって争議を繰り返していた。都会の労働運動の気運はまもなく農村部へも及び、大正一〇年以後から昭和にかけては、小作料減免要求の争議が労働運動として闘われるようになる。

『新潟県史』第八巻の第1章第2節の二（池田一男担当）によると、小作組合は「減免要求に当たって、「収支計算書」などによる合理的な根拠をもって、要求を提出し」たばかりでなく、農業労働者として「正当な労働報酬の請求を要求の基礎にすえ」、「「生産費＋労働報酬」を産出し」た要求を行った。木崎村では、大正一一（一九二二）年秋、農夫川瀬新蔵を中心に小作組合が結成され、千町歩地主の市島をはじめとする不在地主に対して小作料減免の交渉を行った。曲折はあるものの、おおかたの地主に対しては成功を収めた。千町歩級の大地主たちは、すでに大企業さながらに年貢米を換金して大がかりに株に投資したり、金融業や醸造業や石油鉱業など多角経営に進出し、地元には居住しないで東京や鎌倉に住み、時代の労働事情にも通じていたことがあげられている。その土地管理システムも近代的に整備されていた。

『新潟県史』第七巻第1章第3節の三（古厩忠夫担当）では、「地主の地方《じかた》支配」の好例として、次のような市島家の事務組織をあげている。ここでの「差配人」は「番頭」である。

主人─理事（理事会議）─┬内事部（部長は理事）
　　　　　　　　　　　├土地部（〃）─嘉山地方蔵係　差配人
　　　　　　　　　　　├会計部（〃）─新発田地方蔵係　差配人
　　　　　　　　　　　├林業部（〃）─内蔵地方蔵係　差配人
　　　　　　　　　　　└東京事業所部（〃）─神尾地方蔵係　差配人（同、一〇七頁）

だが、木崎村の隣の濁川村《にごりかわ》に住む三百町歩地主真島桂次郎だけは、小作料減免の要求を頑強に拒絶して法廷闘争にもちこみ、木崎村小作争議はこの法廷闘争によって、全国に知られることになったのである。

真島は、木崎村の小作地全体からみれば五％（前掲書のうち小此木朱渓の記述による）を所有していたにすぎないというが、彼は大正一二（一九二三）年五月、未納分小作料請求訴訟を新発田区裁判所に提訴したのをはじめとし、昭和二（一九二七）年四月まで足かけ五年間にわたって小作米未納の土地の仮押処分（土地立入禁止）、耕作権返還訴訟など法廷闘争をエスカレートし、ついに小作側を敗訴させたのである。

この間、木崎小作組合は日本農民組合の傘下に入り、日本農民組合関東同盟本部からは鈴木文治会長や弁護士の片山哲、三輪寿壮、浅沼稲次郎、安部磯雄その他のそうそうたる活動家が応援に入った。大正一三（一九二四）年三月には、組合支部長の長男が日本刀で割腹自殺をはかる（未遂）という事件もあった。

大正一五年の小作側敗訴の判決後、直ちに小作地立入禁止を強行する執達吏に抵抗して、小作集団と警察隊が衝突した鳥屋浦騒擾事件が起こり、さらに真島桂次郎が北蒲原郡教育会長に就任したことが小作組合を刺激し、小作組合は子供らを同盟罷校させ、自分たちで木崎村日本無産農民学校を設立し、賀川豊彦を校長とした。同時に、婦人部の行商隊による当局へのアピール活動などで対抗した。

大詰めは無産農民学校の上棟式の日で、小作集団による真島邸へのデモ行進が大規模に準備され、デモ隊は濁川村に架かる久平橋で警官隊と激突し、流血の惨事を招いて、小作側の指導者のなかから多くの逮捕者を出した。その後法廷闘争は下火にはなったものの、終結までにはなお三年間かかる。

諸本の記録を概略すると、激しい闘争が約五年間続き、裁判の最終的な終結までには足かけ九年間かかったのである。

4 『浦島草』――三つの主題系

『浦島草』には、明らかに史実としての木崎村小作争議の影を読みとることができる。市島家のような千町歩地主の近代的な土地経営とは対照的に、真島桂次郎は法廷闘争であくまでも争議を長引かせ、小作人の憎しみをかき立てたあげく、自邸を襲撃されそうになった。真島の影は、作中では女地主桐尾冬の上に投じられている。争議の激化するなか、小作組合の主だったメンバーに自殺をはかった者があった事実も、作中に取り入れてある。

けれども、いま確認しておかなければならないことは、『浦島草』が小作争議を歴史小説として書こうとしたものではなかったということである。むしろ史実に忠実であろうとする姿勢は毛頭なかったはずである。

たとえば、小説が筋書き上の核として設定している小作集団による番頭の殺戮といったような事実は、少なくともわたしの読んだ文献のなかには一例もなかった。なるほど小作人の心情としては、地主の代行者である番頭という立場は、ふだんから直接の接触場面が多いだけに、小作集団から殺意を抱かれるほど憎悪されただろうとは、容易に想像できるところではあるけれど。自殺する桐尾ありのモデルは、あえて求めれば若かった頃の作者自身なのではないか。もちろんこれは抽象的な意味で言うのである(4)。

また『浦島草』では、大庭のいつものぼかしの書き方で、実在の木崎村は漠然と蒲原と書かれるだけで、そのほかの地名は「蒲原の松尾」というのがある程度である。地図上の蒲原は東西南北中を冠せられた五つの蒲原郡に分かれているし、また松尾という地名を地図の上に発見することはできない。土地の人にたずねても不明である。また小説の現在時である昭和五〇（一九七五）年以後の新潟では、原発の設置で知られていたのは蒲原地方ではないはずだが、小説ではすべてが蒲原のこととして処理されている。

このように『浦島草』は、具体的な事実に関しては、あえて虚構化と抽象化を行っている。けれどもそのことによって、広島の原爆投下で終結するまで止まなかった対外的な侵略戦争や国内での小作争議など、国の内外に争いが絶えなかった時代として「昭和」という時代を措定し、その渦中をくぐり抜けて生きのびた当事者たちに、その時代の包括的な構造を国際的なパースペクティヴのなかで語らせることに向かって照準を定めている。彼らや彼女たちに、どのようにして体験を次世代に語り継がせることができるか、そして体験を構造的に問題化できるか、その方法の探求をひたむきに進めている。それは原爆の落とし子のようにして生まれ、自閉症と推される黎が「黎明の黎」だと名の由来を説明されていることに象徴されている。彼の名前には、小作争議において木崎村の小作人組合が子供らを同盟罷校させ、自主的に設立した木崎村無産農民学校の鐘に「黎明の鐘」と命名した精神が、託されている。『浦島草』では、地主桐尾家の一族は『ふなくい虫』とはうって変わり、もはやだれもが死者か行方不明者かになっていて、彼らが語ることはない。彼らは複数の他人によってさまざまに語られるだけであるが、彼らについて語るのは、おもに番頭菱田家の一族である。

その代わりに、新しくヒロシマ系の主題が物語の大きな柱としてクローズアップされ、新潟系の小作争議の主題と組み合わせられる。新潟の小作争議とヒロシマの原爆という、異なる系列の人物群の接点には、番頭の次男がここで初めて固有名詞菱田森人を与えられて、立つ。彼はほとんどの人物たちの形成するネットワークに結び合わされている。それだけに森人という人物を簡潔に理解することは、難しい。

幼時に、地主の代弁者としての父を小作人集団に殺された者として育ち、しかし番頭であった父は大地主でも小作でもない中間的な立場であり、その曖昧さが彼の生育基盤になっている。加えて、番頭だった夫の死後、地主桐尾家と小作たちの両方を巧みに収攬しつつ、事業家として着々成功を収めた町人出身の母とのアンビヴァレントな関係がある。母の町人的な打算にもとづいた日常生活のふるまいや、息子たちに近い年齢の若い男と再婚する積極的なセクシュアリティに反発を感じている。しかしその母の財力と野望に後押しされて、最高学府の教育を受けるチャンスだけは黙って受け容れたのである。当然ながら、彼の女性に対する好みは、働き者だった母よりも、有閑階級の女地主が演じる生活臭のない贅沢な美意識の方へ、傾いている。

そのように、番頭という親世代の中間管理職的な曖昧な地位は、後発者としての町人の財力を背景にしつつも、地主の文化を模倣する、といった複雑な痕跡を見せている。それかあらぬか、彼は農地解放から十年ばかり後には、母が仕組んだ政略結婚にのり、かつて父を犠牲にした没落地主の生き残りの娘ありとの結婚話を承知し、婚約までするのだ。しかもそのときの彼は、すでに東京の家で十年以上に及ぶ奇妙な「家族」をもっていたし、そこで彼は、ヒロシマの証言者冷子を実質的なパートナーとして、すでに黎という十歳をこえる自閉症の息子をもっていた。しかも冷子の前夫もそこに同居して、息詰まるような重苦しい人間関係にありながら、黙ってその生活を受け容れていた。

当然のことながら、これらの複雑すぎる生育歴、人間模様のなかで生きのびてきた森人は、初老期を迎えた現在、それらのことすべてについて、意味ある物語を紡ぎ出し、子供ほどにも年の離れた異父妹の雪枝に手渡さなければならない役割を負っている。

ここで言い添えるなら、『浦島草』では、このような複雑怪奇な森人が、語る人として中心を占めているほかに、森人が敗戦後から三十年間にわたって住み続けた東京の家の住人たち、すなわち中国大陸からの帰還兵である麻布龍も、冷子自身も、三人それぞれに語り部なのだ。さらにここにいる黎のほかに、朝鮮戦争の落とし子、アメリカ兵と蒲原から迎えた黎の子守の娘との混血児の夏生も、日本の昭和を戦いという面で象徴する語り部であろう。

雪枝はというと、彼らすべての格好の聞き手である。中学校からアメリカに留学して日本を十年以上も離れていて、日本と自分との関係をしっかり見つめ直したいと思って帰国する雪枝である。洋三や森人にとって子供ほどにも年の離れた異父妹の菱田雪枝は、戦争や小作争議にかろうじて接点を感じることができる彼らの次世代である。

たしかに黎も夏生も次世代にはちがいないが、黎は言葉をもたず、他人を受け容れない。戦争孤児としての夏生にとっては、森人ら他人の集団のなかで生きのびることは、極端なバイアスとなり、彼女を歪めている。私見では、夏生という存在は、作者にとっても手に余る鬼子として、たとえ『浦島草』で黎の子を産む決意を固める役どころを引き受けさせることに成功したとしても、その決着はいつ爆発するかしれない地雷のように、不燃焼の部分を作者のなかで主張し続けたのではないかと思う。後の『王女の涙』やドラマの「浦島草」は、小説『浦島草』に抵抗している。

つまり、このような蒲原・ヒロシマ・中国からの人間ドラマを収蔵する東京の館に、アメリカから、森人の子供以上に年の離れた雪枝が帰国したというわけである。彼女自身はこの家の中に、日米の異文化とジェンダーという第三の主題系をもちこんだのだ。

5　冷子と雪枝、森人と雪枝——ヒロシマ・蒲原を語り合う

森人から雪枝への語り継ぎの最初の糸口は、雪枝の関心が森人のどの出来事の上にあるのかを提示するところから、始まる。雪枝は、蒲原の没落した地主の娘「ありさま」と森人が婚約して、しばらくす

るとなぜかありが自殺して、森人が郷里から消え去ってしまう、そんな不可解な事件を幼い頃に見て以来、そのとき蒲原ではなにが起こっていたのか、解けない謎としてこだわりつつ成長する。帰国した雪枝を空港に出迎えた兄との二十年ぶりの再会の場面では、雪枝はこのことをまっ先に森人に問いかけては、何度もはぐらかされている。

森人は直接問に答えはしなかったものの、戦死について英語が be killed と他動詞で表現するのに、日本語は戦争で「死んだ」と自動詞を使うのはなぜだろう、と雪枝が話題にしたのに答えながら、家に着くまでの間にこんなことをつぶやいた。

言葉はいくら知っていても、意志がなければ使えないよ。

相手と、話したいと思う気持ちがなければ、――いや、言葉というものを、共通の愉しみとして……。（「浦島草」『全集』五巻、二六頁）

言葉は、雪枝が問題にしているような英語と日本語の言いまわしの違いが問題なのではなく、他の人と話したいと思う語り手の強い意志に支えられて、話し手と聞き手との間に共通の愉しみが味わわれるのでなければ、話し合ったことにはならない。そうでなければ、ただ無駄にしゃべっているに過ぎない、そう森人は言った。

さっそくこのことは証明される。家に着いてからの雪枝が、夏生の話に反発を感じてあまり惹かれないのは、二人の間に駆け引きが介入し、愉しみを共有する意志が欠けているからである。けれども、続いて森人と冷子と雪枝が話すところでは、この小説でもっとも長い「浦島草」という章のすべてを費やし、三者が「共通の愉しみ」を味わいつつ話し合う場面が展開している。

冷子は、雪枝が語る人に対して礼と思いやりを払うのをみとめ、雪枝にはヒロシマのことを話してみようと思う。冷子は、爆死した龍の母を探しにヒロシマへ何度も行ったこと、その時、龍と親しかった森人に助けられ、やがて妊娠し、黎を産んだこと、出産の当日に龍が帰還してお産を手伝ったこと、以来みんなで一つ屋根の下に住んでいることなどのいきさつを、一気に話す。そのなかで、いまもなお冷子をとらえているトラウマをあらわに語る。それは姑や若い夏生など同性に対する憎しみであり、その憎しみが自分の世界を閉ざし、男とのいきさつだけがすべてであったこと、いまだにそうであること、それが激しい自己嫌悪をもたらすということである。同性憎悪と自己嫌悪は悪循環を繰り返す。

このような自己分析による冷子自身のヒロシマは、原爆という世界史上初の惨事でさえ、姑に対する個人的な嫉妬や憎しみの次元で、つまり「女」の争いにおいてしか受けとめられなかったという自己嫌悪を生んでいる。彼女の意識の底を覗いてみれば、戦争でさえ、男への執着より重くはなかった。だからその罰として、自分と同じように外の世界に向かって語る言葉をもたない自閉症の黎が、あたかも男とのセクシュアリティにのみ閉塞した冷子自身を嗤うかのように、冷子の分身であるかのようにつきつけられているのだ、という。

だが冷子の自己分析は、けっして冷子個人の特殊な心的現象ではなく、女性一般の無意識的な感情や欲望につながっているだろう。冷子は、男を中心化するジェンダーのシステムによって、周縁化された女が男に囚われ嫉視反目する心的メカニズムを、十分暗示している。このジェンダーの問題は、やがて雪枝がボーイフレンドのマーレックとの関係に決着をつけるときに、継承されることになる。

それから森人が郷里蒲原の一族について語る言葉は、まさに次世代に語り継ぐ意志を籠めたものである。空港からの帰途に投げかけられた雪枝の疑問を確実に受けとめた解答である。それは、森人自身の複雑で不可解な生活史の総括にとどまらず、蒲原の地主対小作の対立から、戦後農地解放による農村構造の革命的変容をへて、近代社会が行き詰まった現代まで、地主の動きも菱田家の歴史もともに見渡した上で展開された、ダイナミックなパースペクティヴをもっている。

森人は語る。雪枝は問いかける。二人は話し合う。

(蒲原では──筆者注) 頭のよい大地主はどんなに富を吸いあげても、恨みを買うような下手な真似はしなかった。ちゃんと打つ手は打ってあった。人目に立つ公共事業に金を出すことを惜しまなかったし、また小作を搾りあげる限度も心得ていた。(略)

ところが、桐尾の梅毒持ちの亭主に手を焼いていた女地主は、没落する夕日で輝く自分の姿にうっとりして、忠実な犬のような番頭を追いたてて、自分の思いこんだ因循姑息なやり方を、押し通すことが、まるで孤高を保つ芸術家の態度だとでも思ったんだろうよ。

小作たちの窮状と社会意識がどんなふうにふくれあがっているかということなどを、世の中の移り変りの中できちんと判断することなどは、俗っぽい、賤しい方法だとでも思っていたんだね。

（同、一〇五頁）

でも、森兄さん、もし桐尾家が、もっと古い、もっとたくさんの土地を持っていた大地主にくらべて、頭の足りない小身者だったとすれば、この間の、そう、兄さんが二言目には持ち出す、この間の戦争のあとで、まあ、もう少しは前からだったのかもしれないけれど、とにかく時代の波に乗って、その没落した桐尾家を見返すほどになったわたしたちの母さんや、それからその後を引き継いだ洋兄さんは、その後の、今の、世の中の動きに、どんな感受性を持ちつづけているのかしら。そして、もし、持ちつづけているとしたら、それを、森兄さんは肯定するつもりなの？

森人は黙った。

しばらくしてから、森人は、（略）お前が「今の」と言うとき、どういう感覚をさしているのかはっきりしないよ。官僚主義のことを言っているのか、あるいは、もっと文学的な、人間の、そういう未来の世界に対する絶望の感覚のことを言っているのか——。

雪枝はそのとき、初めて、この未知であった年上の兄がひどく近しい人のように思え、自分たちがそれほどべつのことを考えているわけでもなく、語り合える言葉を持っているのだという喜びにうたれた。（同、一〇六頁、傍点筆者）

すでに近代感覚で土地経営を行っていた千町歩地主に対して、遅れてきた小身者として「世の中の動き」が読めず、因循姑息な経営しかできなかった桐尾家の女地主を嘲笑う森人の認識は、しかし雪枝の疑問を誘う。もし森人が言うように、桐尾家が世の中の動きを読めずに没落したというのなら、母と長兄との努力によっていまやその桐尾家を見返すまでに事業に成功した菱田家は、「世の中の動き」を巧みに読んだということになるのだろう。が、さてその「今の、世の中の動き」そのものだが、母や長兄はどのような「感受性」をもって読んだのだろうか。森人はどう思うのか、と質問する。桐尾家の蒙昧を嗤う森人は、成功した菱田家の処世法を肯定するのか。

森人の答えは、「今」の時代の基本的な特徴を、二つの方向に分けるところに意味をもつ。すなわち「官僚主義」と「人間の、未来の世界に対する絶望の感覚」と。「官僚主義」は、「今」に始まったわけではなく、明治時代から日本の近代化を指導者たちが推進したとき以来、国家や社会を管理支配するためのシステムの根幹だった。基本的には、上意下達を旨とするヒエラルキーの国家的官僚組織によって、既存の支配者たちの権力を、現実主義的な施策によって保守し、さらに拡大するために尽力する。国民はその原則の下で厳重に管理され支配される(このシステムは資本主義社会であれ社会主義社会であれ、共通している)。

そのような官僚主義的な仕組みに巧みにのれば、過去においては千町歩地主たちの機能的な組織を誇る感受性となり、今の時代ならば菱田の母や長兄のもつ人使いの巧みな感受性となる。その感受性を欠いたものが、相手の情勢を読めなかった自己中心的にして自滅的な桐尾家だった。そうだとすると、財産をめぐる家運の隆盛も没落も、官僚主義という原則への適応不適応の結果であって、盾の両面の違いにすぎない。

それに対して、「人間の、未来の世界に対する絶望の感覚」とは、まずは、保守的な官僚主義が相変わらず今の日本を支配している抑圧構造から発生する。国家の官僚的な組織自体がはらむ、上から下への一方的な自閉社会に対する否定を含んでいるだろう。そしてもっと広い地球規模の視野においては、人類の未来に対する希望のなさ、もっとも端的には次世代を生み出すことへの不安に収斂される。現代は、(核)戦争や、官僚支配や、さらにはどこにも遍在するジェンダーの不均等など、じつにさまざまな力の対立が複合的に抗争する姿が露わになっている。しかも、それらを未来に向かって超える視座は見えていない。そのような絶望であろう。

だから、先のような現状分析の枠組みを示した森人は、菱田家を隆盛に導いた母せつの感受性でさえ、突き放すような酷薄さで雪枝に解説してみせ、あげくには、菱田の父母の庇護の下に育った自分たち兄妹をも、その厳しい視線で刺し貫くのである。

たとえば森人が子供の頃、子供たちはみんな呼び捨てだったが、桐尾の娘だけが「ありさま」と呼ばれ、そこらの子供を圧倒する権力者の家柄を誇示した。森人の母、すなわち桐尾の女地主の愛人と噂された番頭のその妻は、番頭が小作争議で殺されたあと、まもなく女地主が狂って縊死すると、娘のありしか残されていない桐尾家をのっとり、みずから女権力者となる野望をいだいた。その目的に向かって、農業から手を引き、事業を興し、長男には事業を継がせ、次男には権力者に倣って最高学府の教育を受けさせて「ありさま」と結婚させようとし、雪枝には国立大学の附属中学に進学させ、アメリカ留学も望むとおりに支援した。母せつにとっては、財力と知力をあわせたものが地主たちの権力の内実だったというわけだ。

だから森人の眼に映る母は、農地からの収益を事業収益に移し替えたにすぎず、地主たちがしてきたことと何ら変わるところはない。したがってその庇護を受けた森人や雪枝にしても、彼女の共謀者のようなものであり、その事実から逃れることはできないと、今の森人は言う。

おれは、蒲原の農民たちをしぼりあげる地主の手先の息子として育ち、お前は、戦争に敗けたお蔭で、土地を与えられて解放された農民を再びしぼりあげるやり手ばあさんの娘として育ったんだ。おふくろは戦後の新興成金にのしあがった。（同、一〇七頁）

森人は皮肉を籠めて父母を眺め、また彼らの権力追求の姿勢に抵抗もしなかった自分たちをも、アイロニカルに突き放して眺める眼を獲得し、このことを雪枝に伝承する。

沈む夕陽を抱きかかえて、そう、真っ逆さまに墜落するという感じだったよ、あの当時の日本海側の耕地だけに頼っていた地主たちは。斜陽などという、おもむきのあるものじゃなかった。その墜落する赤い夕陽を抱きとめて、西から太陽を昇らせる名家になりたかったのさ、おふくろは。（同、一〇七頁）

森人の母せつの野望は、ありの自殺によって桐尾家が絶えてしまったので、当座は失敗に帰した。ありの自殺は、森人が東京に冷子と息子の黎がいるのに、森人の子を妊娠してしまったことが原因だと、関係者には信じられていた。が、実際にはありは番頭と桐尾冬の子であって、森人とは実の兄妹だということをありが知ったためだと、長男の嫁の滋子は暴露している。しかも母はそのことを知っていて、なお縁組みを画策したのだともいっている。

森人自身は、読者には信じられないことだが、五十を過ぎたいまもなおその事実を知らないらしい。だが、たとえ知らなくても、冷子と黎がいて、しかも没落への坂道をまっしぐらの地主の末裔と縁組みしようとした森人は、中国大陸で日本の兵士として中国の娘をレイプした麻布龍の歪んだ哀しみと同じ負荷を、ありに対しても冷子に対してもになっているはずなのだ。

だからこそ彼は、ありのように「自分で自分の命を断ったりする奴は、どっちみち正常じゃない。生きつづけるという行為だけで、正常だ。」と力をこめて断言し、疑念を押し返し、「たとえ、黎だって生き続ける限り正常だと、こちらは沈黙したまま「自分に言い聞かせ」るしかない。これはもう論理というより、信念というべきなのではないか。どんな理由があったとしても、自殺したありよりも、生き続ける自閉症の黎のほうが正常な人間であると明言することによって、自分の生であれ他人の生であれ、生を否定する正当な理由などいっさいないという立場を、語り部としての森人は雪枝に伝承する。

その信念を継承するように、夏生は黎の子を産む決意をし、雪枝はマーレックとの別れを選ぶ。

6　近代の対立をずらす

森人と雪枝にとっての故郷蒲原とは何か。

『浦島草』は、女地主の身代わりに殺された父、自身が地主になりたかった母、彼らが目指した権力の空虚さをあばき、否定する。

森人らの殺された父の後に、母は菱田家に若い夫を迎えた。その夫、つまり雪枝の父は、公島という名の一族の落ちこぼれのような病弱な男で、一族からは軽視されていた。そんな年下の男を夫にしたせつは、伝統ある地主の権力につながる野望をとにかくも果たしたことになるが、しかし彼女や夫が公島一族として交際を許されたわけではない。それは、国立大学の附属中学に合格し、知的なエリートとして彼らに認知された雪枝だけに許された。

しかしせつは、この病弱なチューリップ研究家の夫との再婚で、前夫との関係とは異なるやさしみのある男女関係を知ることになる。これは官僚主義の世界にはない新しい感受性である。蒲原の地主になり代わろうとしたせつは、そこにはありえない優しい感情を病弱な夫のなかに見出し、初めて人を愛したのであろう。公島一族が唯一交際を赦した菱田家の利発な雪枝は、蒲原を支配した公島一族に接するたびに、彼らに対する否定的感情をつのらせ、彼らを相対化できる場所、アメリカに脱出する。

森人はそれよりも早く、かつて父の殺害に積極的に参加した女小作人の私生児ユキイを、息子黎の子守りとして受け容れ、しかもユキイが出産死した遺児夏生を、自分の子として入籍していた。その行為には、父母の生き方を支配した官僚主義的な相互対立から自由な感受性、人間の未来に対する肯定的な意志が育まれていた。

その点、現代に生きのびて巧妙に官僚社会の座を得ているらしい公島の末裔たちは、雪枝がアメリカから帰国した現在も、相手の氏素性がわからない限り傲慢さを隠さず、相変わらずの権威主義者である。

こうなると、官僚主義を無視して自分の美学に殉じて自死した桐尾の女地主など、むしろかわいげがあるということになろう。母に厳しい目を向けて否定した森人も、雪枝との短時日の対話を経て、地主への野望に破れ、結核を患う男を愛した母のデリケートな面を想像し、母に対する全的な否定を修正することになる。この森人の視点は、あきらかに冷子や雪枝と語り合う過程で新たにもたらされたものだ。

およそ権力をものにし維持しようとする執着が、他人をその人間性で判断せず、門地門閥を重視する処世術を身につけさせる。その権威主義が、女を貶め、あくなき権力の追求に歩み出し、はてしのない闘いを起こし、他者を征服するために有効とあらばどのような変節の同盟も恥じず、戦争の口実をつくっては利をむさぼる。

蒲原とは何か。小作争議を激しく闘って小作を敗北させた国、日本最大の地主王国、官僚主義・権力主義の温床である（この小説が世に出たとき、田中角栄は新潟を地盤として駆け上った権力の中枢からすでに退き、ロッキード事件で逮捕された直後だった）。そして新しい変化を受け容れない絶望の象徴空間だ。もちろん蒲原は、比喩的な空間として存在させられている。江戸時代からの地主王国として、それゆえにまた、競争原理にもとづく官僚主義によって人間の自由を封じ、「人間の、未来の世界に対する絶望の感覚」を蔓延させる源でもあった。

蒲原から脱出し、蒲原から排除されたはみ出し者たち、森人のような奇矯な生活形態を続ける者は言うまでもなく、結婚しないままアメリカ人のボーイフレンドと旅行する雪枝も、蒲原に受け容れられることはない。森人でも雪枝でも、自然の成り行きと必要とから生まれた奇異な新しさを生きる者たちをけっして受け容れない蒲原は、彼らにとっては永遠にさようならを告げてもかまわない遠い故郷になる。

森人は雪枝に言う。

蒲原こそは、おれたちにとって、消えてしまった煙だよ。（同、一一一頁）

蒲原の外で別の世界を生きてしまった者にとっては、近代日本の象徴空間としての蒲原は、日本の近代の批判を次世代に語り継ぎ、またそれを聞き留める共同作業の完了とともに、煙のように消滅してよいのだ。そして語り合ったものたちの囚われを解き放つのだ。

注

（1）ＧＨＱの指令に基づいた第二次世界大戦後の民主化政策の一環として、昭和二二（一九四七）年から二五

（一九五〇）年に行われた農地の所有制度の改革。地主階級をなくし、旧小作農を土地所有者として自作農を育成することを目的とした。地主の貸付地は、北海道の四町歩を除いて、平均一町歩などとした（一町は約一〇〇アールまたは一ヘクタール）。

（2）リービ英雄「解説・もう一つの『戦後文学』」大庭みな子『浦島草』講談社文芸文庫、二〇〇〇年。

（3）Michiko Niikuni-Wilson, *Gender is Fair Game*, M.E. Sharpe, 1999.

（4）戦争の暴力性、権力者による弱者の搾取、男女の関係性（ジェンダー）の不均衡、これらの対立する主題を重すぎる負荷としてになった若き大庭みな子自身の、打開の道を見出せない暗黒状態は、ありの閉塞状況と同じものだった。

付記　本稿を書き上げたあとに、大庭みな子のもっとも最近の短編「新潟」（『新潮』二〇〇一・二）を読んだ。新潟で暮らした時期や、大庭利雄氏との婚約期間のこと、木崎争議についてたくさん調査したことなども、書かれていた。

一一　大庭みな子と西条（東広島市）

＊＊＊

平成一〇（一九九八）年のゴールデンウィークも終わり方、五月五日から七日にかけて広島県東広島市西条町に大庭みな子の跡を訪ねた。

大庭みな子（椎名美奈子）は、戦時下の昭和一九（一九四四）年からの二年間を女学校の生徒としてこの地に暮らし、作家になってからは、その生涯のなかでも格別につらかった時代として、この頃の体験をしばしば書くようになる。

以下は、わたしの短い訪問を通してわかったことを記録したい。なお、この訪問で得ることができた具体的な成果は、この時中国新聞社東広島支局長だった有原鉄氏の絶大なご支援によるものであり、また氏の案内によってインタヴューできた神笠美彦氏、塩田修司氏、高橋繁子氏のご協力の成果であることを、最初におことわりしておきたい（また有原氏との知遇は、わたしの小学校の同級生平井真氏が当時同社の製作局長だった縁によっている)。

いっぱんに現地踏査という研究方法は、調査に当たる者の性格的な適性を要求するもので、その意味ではわたしの性格はこの方面には向いていない。そのことはだれよりもわたし自身が十分わきまえている。これまでにも、少しは関連の土地を訪ねたことはあったが、関係者に直接会見したり、学校や市役所などでデータを入手するというようなことはいっさいしてこなかった。一介の旅行者としてその土地の風土や人情の表面だけにふれ、風のように通り過ぎるだけで満足してきた。

ただ昭和四三(一九六八)年の「三匹の蟹」による大庭みな子の登場以降、次々に発表されるその作品群は読めば読むほど、そこに書かれる二つの場所を特別の場所として際立たせるようになりまさっていった。アラスカと広島、という地球の上の南北に遠く隔った二つの土地。その場所は、いつの間にか大庭みな子の本のなかの場所を離れ、そこへじっさいに行って確かめるようわたしを誘ってやまない実在の土地に変わっていった。

そしてとうとう平成六(一九九四)年には、アラスカ南西部に飛ぶことになった。そのときにも大庭みな子の直接の関係者は訪ねなかった。ただ七月上旬のアラスカの海と空と森と、ひなびた小さな海辺の町々の空気とを、漠然と味わっただけで帰ってきた。いまでもわたしの頭のなかでは、アラスカの南西部の風景、そこでの人々の姿などがひしめいている。そのなかには空港で普通の人々にまじって警官に引かれて降りてきた手錠の男の姿もまじっている。それから教会の裏手や道端などに熟れていた野苺。思い出すたびに口の中によい匂いが広がる。あのときどこかの国の中年のカップルは、「デリーシャス」

と言いながら笑いかけ、同意を求めたものだった。
ところが九八年の西条にかぎっては、そのように能天気な旅の人を気取るわけにはいかなかった。わたしは、抜群に有能なベテラン新聞記者の秒を争うような迅速な行動力、つねにニューズを積極的に求めて神経を研ぎ澄まし、粘り強く意志的に情報収集に努める姿勢に驚嘆し、畏敬しつつ、持病の腰痛をかばいながら終日引き回してもらうことになるのだ。そのおかげをもって、わたしのようなものぐさが望外の出会いを得、大庭みな子が女学生だった西条時代について、新しい知見をもつことができたのである。

＊＊＊

大庭みな子の豊富な文学行為のなかには、たくさんのブラックボックスがある。いわゆる日本の十五年戦争、原爆（ヒロシマ）、女という性および存在、エスニックにしてディアスポラな異文化の地アラスカ、もうひとつの異文化としてのアメリカ、表現方法としての具象と抽象の問題などなど。ここではそれらのなかの十五年戦争と原爆にかかわるほんの一端を、広島市近郊の西条町（現東広島市）をめぐって、覚書として記しておきたい。

大庭みな子の自筆年譜やエッセイなどからわかるように、椎名美奈子（のちに結婚して大庭姓）は、昭和二〇（一九四五）年八月六日、米軍による広島への原子爆弾投下の後、女学校の多くの学友とともに被爆者救援活動に動員された。昭和五（一九三〇）年、日本の十五年戦争の始まりとともに東京に生まれ、軍医の父の転勤により軍事基地を移り住み、昭和一九(一九四四)年からは父の勤務地の関係で西条に住む。広島市の東へ三〇キロ、旧国鉄で小一時間ほど離れた町だ。当地の広島県立賀茂高等女学校(現広島県立賀茂高等学校)の二年に編入した。ちなみに西条の南に接した瀬戸内に、日本有数の軍港呉《くれ》があった。

日本の戦争時代の申し子世代だった大庭みな子の書きものには、小説でもエッセイでも、たいてい何らかのかたちで戦争の影がにじんでいる。すぐに思い出せるものだけでも、日本の文壇にデヴューする端緒となった「三匹の蟹」(一九六八)、それから長編『ふなくい虫』(一九七〇)、『浦島草』(一九七七)、『霧の旅』Ⅰ・Ⅱ(一九八〇)、『啼く鳥の』(一九八五)、『海にゆらぐ糸』(一九八九)など、あげればきりがない。

長引く戦争下、敗色濃い日本政府は国家総動員体制を敷き、そのために多くの女学校はミシンを据え付けた被服工廠と化し、女学生たちは戦争の後方支援を担うことになる。原爆投下による広島の被爆者への学徒救援活動をもって、広島の女学生たちにとっての戦争はとりあえず終わる。その時期に大庭みな子が女学生として住んでいた西条という土地と、その地にあった賀茂高等女学校という学校空間のなかに、椎名美奈子という一人の女学生がいた時間を、五十年以上も遡ってわずかなりとも想像してみたい。

＊＊＊

訪問に先立ってわたしは西条町の紹介誌を平井氏から何冊か恵送された。そのなかの一冊、タウン誌『もっと魅力さがし賀茂台地観光ガイドブック』(1)には、大庭みな子の「西条の二年」という短文が、再録されている。母校の賀茂高等学校の求めに応じて「図書館だより（大庭みな子特集）」(2)に寄せたその文章の存在は、わたしばかりでなくほとんどの人が知らないのではないか。講談社の『大庭みな子全集』の刊行前のものだが、最終刊行の第十巻（一九九一）の田邊園子による丹念な著作目録にも入っていない。エッセイを集めた単著にも収録されていない。

大庭みな子は西条時代をどこでどのように暮らしていたのだろうか。下宿生活のことは、地元では旧女学校関係者など知る人ぞ知る事実だったようだが、わたしは先の学校新聞から初めて知った。たぶんその土地以外ではほとんど知られていないのではないかと思う。その文章は三枚弱の短いもので、賀茂高等学校の塩田校長からは、そのもとになった『図書館だより』をいただいたので、大庭氏の許可を得て、全文を紹介する。

「西条の二年」

昭和十九年の春から二年近く西条にいた。日本が戦争に負けた夏、広島が原爆で焼かれた夏を挟んでの二年だった。その二年を紐とけば、混濁して渦巻く痛恨の炎の中に暗い情景が絵巻物となる。

初めの頃、わたしは西条の町から数キロ離れた村からバスで通学していた、十九年の後半から学校の一部が被服工場になってしまい、生徒は学徒動員で早朝から夕方遅くまで働かなければならなくなったので、西条の町中に下宿した。

下宿といっても食糧難の時代に、食事つきで人を置いてくれる家はなく、友人と一緒に自炊して学校工場に通っていた。十四歳の少女が朝起きて自分で炭火を起こし、ご飯を炊き、お弁当をつくり、午前七時から午後六時まで十一時間、ミシン作業をしなければならなかったのだ。現代なら、労働基準法違反の罪に問われるところであろうが、児童と呼ぶのがふさわしい年齢の少女たちに、そういう苛酷な労働を強いたのも国家だった。

二十年に入ると昼・夜、空襲が頻繁になり、夜も寝巻に着替えず、もんぺに作業服の着衣のままで就寝するように、その筋から通達があった。わたしは今でも着衣のまま、ころりと横になってうたた寝をする癖があるが、そういうとき、西条時代を反射的に思い出し、切ない気分になる。

わたしの下宿していた神笠家には倉があり、夜半の空襲には、神笠家夫妻はわたしたち少女をその倉の中に避難させてくれた。わたしは暗い倉の中で、焼かれている呉辺りの夜の空が真赤になっているのを想い描き、やがて自分たちも同じ運命に見舞われるであろうと覚悟していた。

学校は、西条の町はずれの田圃の中にあった。田圃は季節によって、稲田であったり、麦畠であったりした。昼の空襲警報のときは、その麦の穂の間に退避した。わたしは麦畠の中で寝そべって、銀色の翼を輝かせたB29の編隊が、頭上にばらばらと爆弾を落とすのを見上げていた。

一説によると、その爆弾の芯が黒い一点となって動かないように見えるとき、それは自分に命中するのだということだった。そういうことがいつの日かあるのだろうと、わたしは頭の片隅でぽんやり思った。

それから間もなく広島の原爆。終戦後、賀茂高女の生徒は被爆地の救援作業に動員された。そのときのことについては、いろいろの機会にたくさん書いたので、今ここでは述べない。どうぞそれを読んでください。お願いする。

この文章の存在を知ってから立てた調査プランは、第一に女学生椎名美奈子が下宿していたという神笠家の場所を眺め、第二に、最初はバスで通学していたと書いてある両親の家のあった村を特定すること、第三に、下宿から賀茂高等女学校までの道をたどってみることだった。

＊＊＊

西条町を含む東広島市および賀茂郡一帯は標高二〇〇―二五〇メートルの台地である。川らしい川がなくて、そこらじゅうに大小の溜め池が点在している。それでもここは米どころであり、よく知られた酒どころなのだ。新潟のコシヒカリでも山地の方が上等だと聞く。そして新潟にも良い地酒がある。新潟と西条とは酒どころとなるための地理的な条件が似ているのかもしれない。そういえば大庭さんは新潟とも深い縁があった。

山裾の狭い谷をつたう在来の山陽本線を広島駅から東に向けて走っていくと、突然にぎやかな町並みが開け、西条駅に着く。椎名美奈子が下宿した神笠家は、その駅前から線路に並行して東西にのびる旧山陽道の商店街にある。西条は賀茂鶴や亀齢、白牡丹、西条鶴、福美人などという日本酒の産地として有名だが、駅の南側一帯には、それら数多の醸造所がいまも操業している。神笠家は旧山陽道をはさんで亀齢酒造と向き合う位置に、戦前の家屋の面影をほぼ留めながら立っている。そこからは、駅にいちばん近い賀茂鶴酒造の長い白壁のなまこ塀と、四角な高い煙突もまぢかに見える（地図参照）。

酒を仕込む春先には、町中に酒の匂いが溢れるという。わたしが見せてもらった賀茂鶴酒造の酒蔵はもう酒造りが終わり、杜氏たちもすべて引き払った後で、酒の残り香だけが薄暗い高天井までこもり、洗い清められた巨大な鉄の釜の空洞だけがやけに存在感があった。

有原氏に最初に案内していただいたのは、椎名美奈子が下宿したという神笠家である。ご当主の神笠美彦氏は七二歳。神笠家はもと金物を手広く商う店だったが、戦時下に諸所の寺の鐘の供出を国が要求したように、金属徴用の時勢に阻まれて金物商を廃し、賀茂高女の女学生の下宿に供されたとのこと。広い敷地建物は、間口が八メートルくらい、そして奥行は六〇メートルあって裏の通りに達するという。その当時の姿をほぼ留めているそうである。下宿の女学生が夜半の空襲で避難したという倉は、中庭の奥の方にある。

「偉い、有名な先生のお嬢ちゃんをお預かりしている」と神笠氏は両親から聞かされ、その格別な家庭的背景をもったお嬢ちゃんの自炊風景を見かけたことがあったそうだ。「偉い、有名な先生」というのは、父の椎名三郎が、賀茂郡上黒瀬の高台にあった海軍病院の院長だったからだ。結核患者の治療を中心とした病院で、名医という評判だった、と神笠氏はおっしゃる。現在の国立療養所賀茂病院である。

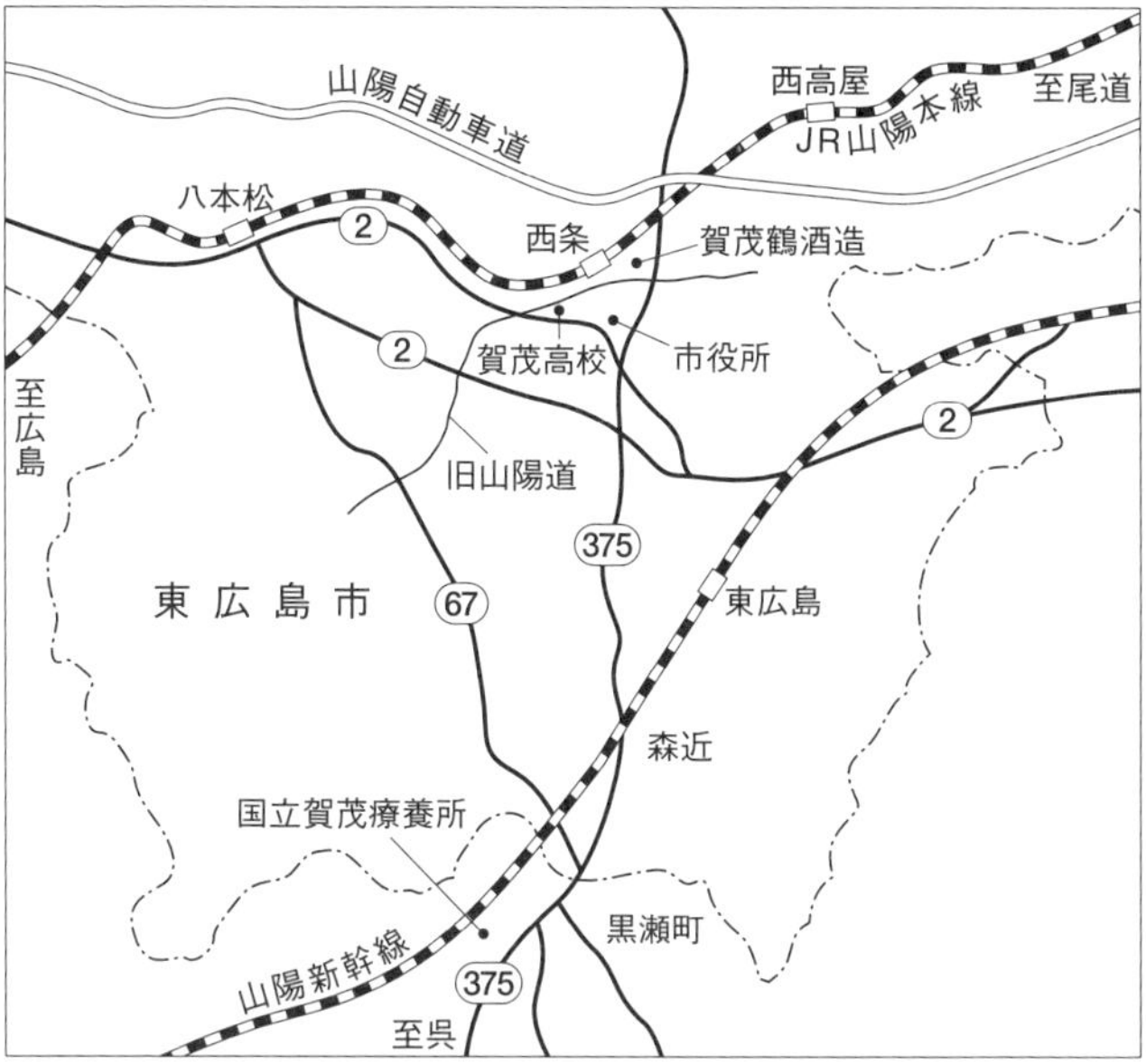

西条の位置図（広島県東広島市）

次に、この療養所に行けば椎名家の位置が判明するのではないかと、有原氏に案内していただいた。そこにつくまで、西条駅を起点として車で三〇分以上かかった。もう薄暗くなりかかった長い坂道を上り切ると、病院は里山がすぐ背後に迫る高台に立っていて、前方には松林に囲まれた大きな溜め池が二つ、静まり返っていた。いかにも空気がよく、療養所らしい風情がある。一昨年（一九九七）の五月、療養所のすぐ背後を屏風のように囲っている山が火事で焼けたのだという。山裾だけに緑が残り、あとはほとんど黒くこげたままだった。

この病院の場所に椎名家の住まいがあったとすると、バスでもここから通学するのは遠すぎて、無理だったのではないかと思われた。わたしは、大庭みな子の「蛍」

（一九八四・七）という私小説風の短編のなかに、溜め池のある「森近」に住んでいたと書いてあることにこだわっていた。また地名こそ明記してないものの、エッセイ集『鏡の中の顔』（一九八六）には、「蛍」のほかにも、「私は十四歳だった。終戦の日もその小径を喘ぎながら登った」とか、「その小径」などと題されたエッセイで、山合いの径が繰り返し回想されていて、小説でも『浦島草』のなかで、似たような山径のある地形が西条に関連して書かれている。どれも同じ場所を指すのだと思う。蛍が群れ飛んだというそこがどんな所なのか、同じ広島県に生まれたわたしは、かねてからその場所を知りたいと思っていた。

たしかに地図上には「森近」という地名がある。そこは西条駅から賀茂療養所までの道の途中にあたっている。旧賀茂郡板城《いたき》村の中心部だったといい、車で通りながら眺めただけだが、いまでもひなびた面影をとどめている山村だった。「蛍」に書かれているように丘めいた斜面を細い道が這い上り、療養所に着く前、有原氏が夕暮れの田で作業中の老人にたずねると、その上の方にじっさいに溜め池があるとの返事。西条駅からの距離を言うなら、そこは先の療養所の位置までの半分強、あるいは六割くらいのようだ。

「西条の二年」に、初めのころバスで通学したとあったが、ここからならそれもうなずける（この点については、この調査の後に大庭さんと直接お話ししたとき、ふとしたきっかけで「森近に住んでいました」と言われたので、疑問は解けた）。

それから駅に近い本通り筋商店街の神笠家から女学校までの通学路をたどってみた。西条の歴史を語る写真集を見ても、そのころの西条駅前商店街は、日本の各地の町の例にもれず馬車が行き交っている町だ。その旧山陽道の商店街を西の方へお寺の前など通りながら、徒歩ならたっぷり一〇分歩いた所に、いまも畠地を残す稲田・麦田のなかに賀茂高女があったことになる。こちらは戦後男女共学の県立賀茂高等学校に変わり、建物もすべてコンクリートである。

神笠氏は、路上などで突然の空襲を受けたときには、両手の指で耳・目・鼻に栓をし、その場に伏せるよう皆訓練されていたと、その世代ならではの印象深い話を披露された。女学生たちもこうした訓練を受けていたのではないだろうか。けれども大庭みな子は、空襲警報時の避難といえば、近くの麦畠に避難して岩波文庫を読んだことをいつも書いている。

女学校の同級生の高橋繁子氏は、女学校時代に下宿を訪ねたことのある友人たちの思い出話として、椎名さんの部屋には本がいっぱい置いてあって、いつもいつも椎名さんの読書する姿があったそうですよ、と教えてくださった。

＊＊＊

十数年前の昭和六一（一九八六）年九月二〇日、大庭みな子は賀茂高等学校八十周年記念の祝賀会で記念講演を行った。そのときの録画ヴィデオを賀茂高校の塩田修司校長からもらったが、そこには、大庭みな子の講演の最初と終りの挨拶だけしかなくて、なぜか講演内容の部分がない。塩田校長はたいへん残念がっておられたのだが、講演内容の方はきっと録音されて、人知れずどこかに眠っているにちがいない。いまのところ未詳である。

大庭みな子の賀茂高女時代は、女学生の力まで徴用せざるを得なかった戦時下であり、また「西条の二年」を載せた賀茂高校の「図書館だより」が八十周年記念の講演日と同日の発行になっていることを考えると、大庭みな子の当日の講演は、戦争体験とともに女学校時代をふり返るものだっただろう。

有原氏が、なんとか同級生の方に引き合わせてくださろうとして、賀茂高等学校の卒業者名簿を手に次々に電話をかけられ、その結果、ついに同級生の高橋繁子氏のお宅を訪ねることになった。これも西条名物の一つという朱瓦《あか》の立派なお宅（神笠家もそうだった）におじゃましたところ、偶然にもその日完成したばかりだという賀茂高女の同級生たちの文集『姫さゆり　賀茂高等女学校卒業五十年―わたしの青春』(3)を、記念にくださった。その夜ホテルでさっそく読み終えた。

文集によると、昭和一八年に「百余名で入学」した同級生たちは、二二年に疎開者や引揚者で「二百十数名のすし詰め学級」にふくれあがって卒業したという（「あとがき」）。彼女たちはみんなもう六十五歳を越している。うち二七名が、目次にわざわざ女学校時代の学籍番号をつけて回想文を寄せている。どれひとつとして、広島の救援活動や肉親の原爆死にふれないものはない。当時十四、五歳だった彼女たちの青春は、きっとそこにしか行き着かないのにちがいない。

そんななか、大庭みな子と同じ組だった清老綾子氏が、椎名美奈子の作文「炬燵」がクラス中を感心させたこと、また彼女が自作自演の「大いなる愛」で、主役ジャン・バルジャンを名せりふ、名演技で披露したことを回想している。女学生らしい情熱的な青春が、時おりは戦争の惨苦を忘れて発露する機会を得ていたことがわかり、わずかになぐさめられる。

また賀茂高等学校の『創立八十周年記念誌』(4)は、当時新任の国語教諭として赴任された高崎スマ子氏の特別寄稿文を載せている。ここにも広島の救援活動についての引率者の立場からの貴重な証言がある。

さて、さまざまな事情でそこここをはしょらざるをえなかったこの報告文を、大庭みな子の次の言葉でしめくくりたい。

> 戦争があって、原爆を体験したわたしたちは、国や民族を、今までとは違った意味で考えなければならなくなった。異国の叫びは、自国の叫びで、それは無関係だとうそぶいているわけにはいかなくなった。
>
> 義務でそうしなければならないのではなく、人類が原爆を持ったからには、好むと好まないとにかかわらず、自然にそうなってしまうだろうということだ。
>
> 太陽がなくなったり、地球が他の星とぶつかったりすることがあったとしたら、国や民族をかかげたところでどうにもならないのである。(5)

このような考え方に到達するまでに、西条時代以後どれだけの時間が、どのように踏みしめられていったのか。そこで作家としての大庭みな子のバックボーンは形成されたのである。

注

(1) 賀茂広域行政組合ほか発行『もっと魅力さがし賀茂台地観光ガイドブック』一九九五・三。
(2) 賀茂高等学校「図書館だより(大庭みな子特集)」一九八六・九・二〇。
(3) 賀茂高等女学校昭和二十二年卒業生発行『姫さゆり　賀茂高等女学校卒業五十年―わたしの青春』一九九八・一。
(4) 賀茂高等学校『創立八十周年記念誌』一九九八・九・二〇。
(5) 大庭みな子「浦島草に寄せて」『朝日新聞』夕刊、一九七七・六・一六。

第Ⅲ部　自由へ——内でもなく外でもなく

ヒロシマの体験から三十年後に大庭みな子は『浦島草』を完成させた。その三十年には、アラスカを拠点とした一一年間の異文化体験が含まれている。大庭みな子は『浦島草』に、ヒロシマ、アラスカ（アメリカ）とともに、小作争議の新潟も織り込み、それら人生最大の重荷を言葉の世界に託してから、急速に軽やかになった。いわば〈軽み〉のある世界が拓かれる。その代表として『寂兮寥兮』、『海にゆらぐ糸』がある。

一二　『寂兮寥兮』――結婚神話を超えて

＊＊＊

漱石なら、「こんな夢を見た」と一言ことわるところを、大庭みな子はいきなり夢から始め、夢はそのまま目醒めた意識へつなげられる。

白い雪景色のなかを森へ向かう野辺送りの一群れがあり、彼らに近づいてみると、婚礼の一行かと見紛う「晴れやかな」表情の男たちや、白無垢の衣裳に「思いつめた」唇の花嫁がいたり、祭のようにはしゃいだ子供らの姿があったりする。とうに鬼籍に入っているはずの兄がいて、花嫁のように見えた娘の万恵子に祖母の姿が入れ代り、「私」＝万有子などは猫になって葬列を追っている次第である。行きながら一群れが流す読経の声が、森の小鳥の囀りと響き合い、悲しいはずの野辺送りが「私」にはまことに「のどかな風景」に感じられている。

この万有子の見た夢は、どの断片をとっても、死と生の間の往還自在な越境のさまを表している。たいていの夢がそうであるように、昔（死）も現在《いま》（生）も一つの場に融けて時空の区別をなくし、あたかも人間は古来から変わるところのない存在であるかのように、死者も生者も同格に立ち現れる。

この小説は、終わりに近いあたり、万有子の愛人の泊が、石垣島の住民から古代神話を聞いた時の驚きを、時間性の錯綜という点から伝えている。二千年ぐらい前の話かなと思っていると、いつの間にかその二千年も前の神話中の人物があそこの家の曽じいさんになっている、といった混乱ぶりとして。また、自分一人の一生のことさえが、後先なしに自他の区別も曖昧に想像されることがあるように、ユングが「集合無意識」と呼んだような心的境位が、われわれ人間一般の意識作用そのものの特徴でもあるのだと。冒頭の万有子の夢もそれとおなじことがらに属するのではないか。

『寂兮寥兮《かたちもなく》』は、いま四十代半ばにあるらしい万有子が、男と女の関係を、こうした死と生との無境界、昔と今との同時性といった、人の精神世界の変幻きわまりない混沌を根源として、自由にとらえ直そうとしている。それはおのずから、現代の結婚制度を不動の頂点とする男女の関係通念（ジェンダーやセクシュアリティのかたち）に対する問い直しにつながり、またその通念からの自由なあり方を探った試みにもなる。

この小説のストーリー自体はさして入り組んではいない。一つのパートとして、万有子が幼かった頃、隣家の沌・泊の兄弟とスサノオごっこをして遊んだエピソードがある。これは人間の本然としてのエロスについて考えさせる象徴的なエピソードだ。人間という生活者が、自己を不可避的に他者に関係づける存在であるというなら、その基本的な志向性に、エロスがあるのは自明であろう。

子供だった万有子たち三人は、日本の古代神話の伝えるスサノオのオロチ退治と櫛名田姫との結婚というドラマを、ごっことして遊びながら熱中的に追体験した。だがこの神話にみられる男と女の関係は、およそ今日まで男と女の関係にまつわり続けてきた一つの原型と、その現実原則とを表象している。この神話は、一人の女をめぐって展開する兄弟争い、もしくは妻争いの原型である。根深い原型であったればこそ、子供でさえもだれから教えられなくてもこのドラマをごく自然になぞってしまうことができるほどだ。

この原型は、また長じて万有子が泊の心を許ろうとしてもちだした神話の、仁徳天皇《オオサザギノミコト》とその弟ハヤブサワケノミコトがメトリノオオキミを争った妻争いの伝承にも現れている。またそれは、万有子が泊をともなって訪ねた祖母の身の上にも、祖父と大叔父との間で妻争いの緊張関係が続いたという、過去の出来事にも重ねられる。妻争いのスサノオ神話の原型は、いくつものヴァリエーションを生みながら、こんな遠い時や場所にまで及んでいる。

妻争いの結婚神話では、妻争いという争闘を通じて、家父長的な権力の保持者としての兄は女を勝ち取って結婚し、弟は殺されたり不幸を忍んだりする。反対に、権力者が女によって拒まれれば、権力者は女もろとも弟を殺してしまう。この妻争いの三角関係は、スサノオのように敵を倒して排除したあげく、女を八重垣の奥に妻として囲い込むという、いわゆる「結婚」という「かたち」＝制度にまつわる暗闘や矛盾を、構造的に象徴化している。

子供だった万有子たちは、スサノオの神話を遊びのなかで追体験しながら、われ知らず結婚という

「かたち」を信じるようになったのである。

＊＊＊

万有子の結婚神話は、泊の妻と自分の夫とが逢い引き中に事故死したことを機に、崩れはじめる。泊の妻は、泊が学生時代に知り合った水商売の女であったが、万有子の家の隣に泊と息子の飀《りゅう》とで住み、他方、万有子の夫は婿養子に迎えられた実直な銀行員で、二人の間には万恵子という娘があった。幼い飀《りゅう》と万恵子の世代になると、様変わりした遊びが演じられるようになる。万有子たちのスサノオごっこにもましてエロティックな遊び、猫を真似るしぐさのトラごっこに興じるのだ。そしてこちらの遊びには、エロスはあっても妻争いの殺伐な権力闘争めいた影はなく、この点が新しい世代の新しいエロスたるゆえんなのであろう。

だが、このような子供の遊びを、泊の妻と万有子の夫は嫌悪の念もあらわに、きびしく禁じた。泊の妻など、結婚制度を信じる自分の気持を「かたち」に表し、両家の境の垣をしっかり結い直しさえした。それなのに皮肉なことに、子供たちのエロスを禁じる垣＝「かたち」を設けたその二人が、結婚という垣＝「かたち」をひそかに破り続け、「かたち」への裏切りを隠蔽しきれなくなったとき、「かたち」に敗れて死ぬのだ。

その結果、結婚という「かたち」に対する信頼を失った万有子が、男と女の関係を、もっと人間の「かたち」以前に求めようとしたとき、万有子の導者をつとめたのは、泊である。次男だった泊は、長男の兄にいつも牛耳られて育ち、その中で兄も自分も生かして無理なく愉しむ知恵を身につけている。泊と万有子が、お互いに配偶者に死なれた者同士になったとき、ごく自然に泊が万有子を訪ねるようになる。それから、十年もそれ以上の時が経った。

泊は、愛人の万有子と共寝の床で亡妻の骨を食べる夢を見るような男である。亡妻の骨を食べるというのは、泊の内部に亡妻が棲みついているということだが、しかし泊は生きている万有子との間でも、エロス的なかかわりを持続している。時に万有子は、泊の亡妻に妬心を覚えても、泊の心のなかに棲む亡妻を抹殺することができるとは思っていない。万有子は泊が自分以外の女を心に棲まわせる現実を、受け容れざるをえないのである。

また別のときに泊は、仁徳天皇を拒みハヤブサワケを選んだメトリノオオキミのような生き方は嫌いだと言う。自分も愛人も死なせてしまうような生き方を泊は嫌ったのであり、天智・天武の兄弟の両方の間にあって、二人を争わせないように仕向けたヌカタノオオキミの賢さを好んだのである。

かつて仁徳兄弟の話を泊にもちかけた時の万有子は、格別嫉妬深かったイワノヒメ（仁徳の正妻）に共感していたが、嫉妬の心理が、独占欲すなわち排他性の謂であるならば、恋人だけを選んだ情熱的なメトリノオオキミも、嫉妬に狂ったイワノヒメと何ら変わるものではないということなのだ。どちらも排他的な結婚神話のヒロインを代表するにすぎない。けれども、ヌカタノオオキミのように生きるなら、それは独占でも排除でもなく、「かたち」のない自然の流れを受け容れて、自己と他との間に境界として心の垣を設けないことになる。

＊＊＊

このような泊の身の措き方は、彼が書いた小説「鈴虫」に登場する男たち女たちの、多角的で隠微なエロスの味わい方に通じている。作中作「鈴虫」は、結婚の危うさ脆さ、そして性の魅惑と寂莫とを語ることによって、スサノオ以来の伝統的な結婚神話に、現代的な疑問符を打ったものであろう。

「鈴虫」は、菊子の夫の親友が、ある結婚式で、かつていろいろの噂のあった新婦を前にして、一瞬見せた性的な「生気」ある表情に菊子が魅せられ、もっとその生気をふくらませてみたいと夢想する心理と、その菊子自身とその夫の親友との情事を題材にしている。二人は、夫と親友との両方につながるもう一人の友人が、長い同棲生活を経て開いた結婚披露のパーティに、それぞれ夫婦同伴で招待されるのだが、二人はそのパーティの開催されるホテルで、パーティ前の数時間を密会する。

男は、女を純粋にポルノグラフィックに扱い、媚薬のような薬剤を女に試させたまま、やがてパーティの席上でその効果が女の上に露わになるのを目で愉しみつつ、同時に自身の妻への思いやりもおこたりない。

ほかならぬ結婚パーティの場で、かぎりなく結婚への裏切りを実行しつつ、しかしけっして身を破滅させることのないこの結婚冒瀆の情事の大詰は、男が最初から同じホテルの同じ部屋に、その夜妻との宿泊を予約していたことを、女が夫から知らされるところにある。

菊子は、男の妻に露見するような証拠を残さなかっただろうかと恐れつつも、まるで気づかれないままになるのもつまらないと思う。そしてこうした「用心や作為」をめぐらして、お互いに「欺くという歓び」、すなわち遊びこそが、男と女の間に「生気」を「ふくらませる」ということの実体だったのではないか、と思う。

夫が二人の情事を知っていて許していることを匂わせるのに対し、人と人との間はたとえ情事であろうと何であろうと、自覚的に理解できている部分など氷山の一角のようなものであって、たとえ情事でつかの間の生気を共有したとしても、それが氷山の割れ目を覗きこむような空虚感と背中合わせでもあったことを、菊子は忽然とさとるのだ。

そこで菊子は、人と人との間には、わかりようのない深淵が横たわっているという哀しさがあるために、それが逆説的に人と人とを結び合わせるのではないかと思い至り、この思いの前では「欺くという歓び」＝「情欲」的な「生気」で他者とつながろうとする志向、など色褪せてしまう。夫は菊子のこんな気持ちを聞くと、自分が死んだ時には自分の棺に鈴虫を一匹入れてくれと頼む。

以上が小説「鈴虫」のあらすじだが、ここには結婚という「かたち」が、かろうじて輪郭だけをとどめ、実体を喪っている事態が淡彩タッチで描かれている。そして人と人とを自然につなぎ合わせることができるとしたら、もはや人為による「かたち」ではなく、またその反動としての人為による「かたち」の破壊でもなく、すべての人為を払い去ってみた混沌未分の闇、まだ人為的な言葉の及ばなかった「かたち」以前の深淵への回帰、そしてその受容、においてしかないだろう、小説「鈴虫」はそう言っているかのようである。

さて『寂兮寥兮《かたちもなく》』の万有子は、泊とのかかわりを通し、あるいは泊の書いた小説によって、あるいは長男の沌が申し出るスサノオのドラマにもうけっして参加しようとしない泊との曖昧な関係のなかで、結婚神話から自由になる。事実は別居の結婚のようでも、また時に妬心に衝かれて泊を独占したいと思っても、万有子は泊と結婚というかたちをとろうとは思わない。

「結婚しても、人はそれぞれ別のことを考えるであろうし、考えたいものだろう。ときどき寂しくなってすり寄っていける異性があればそれでいいと思」う。つまりお互いを自由な存在として認め合うことによって、時に寂しさを慰め合える関係、これが現在考えられる男と女の自然な関係であり、それは結婚制度に拠ることなく、「かたちもなく」生きることであり、そして当事者たちは実存の「寂寥《さびしさ》」に耐えなければならない。

大庭みな子の意味する「寂兮寥兮」は、かぎりなく老子の無に近づきながら、同時にかぎりなく今日的な孤独に貫かれている。かれこれ一世紀に近い前、大正時代の小説、有島武郎の『或る女』(一九一九)の葉子との距離をはかるなら、葉子は結婚神話のもつ排除と独占の原理を極限化したメトリノオオキミやイワノヒメ型の女であり、それでも寂しくてしかたのなかった女である。依然として結婚の「かたち」に囚われていた葉子は、そのために自滅した。

また大庭みな子の『寂兮寥兮』に先立った『浦島草』の冷子は、かぎりなく葉子に近いセクシュアリティを生きながら、葉子のようにたった一人の男の心を所有しようとして攻防したりはしなかった。もと夫の龍と愛人の森人と、さらには自閉症の子の黎もあり、女のセクシュアリティがじつに多面性をもっていることを、自身多面的なセクシュアリティを生き通すことによって、証してみせた。『寂兮寥兮』の万有子が、「かたち」の囚われから自由になった経緯には、葉子や泠子を先行者として万有子に至る、女の連鎖の跡がうかがえる。

『寂兮寥兮（かたちもなく）』の万有子は、「かたち」の外で自由の風の「寂寥《さびしさ》」に吹き曝されて、生きのびる。

一三　『海にゆらぐ糸』——生きた年月と自由

大庭みな子の『海にゆらぐ糸』（一九八九・一〇）は、昭和六一（一九八六）年一〇月から平成元（一九八九）年九月まで、足かけ四年、七回にわたって『群像』に断続連載された。それぞれ独立の短編小説からなるオムニバスである。

1　私的交友物語としての『海にゆらぐ糸』

『海にゆらぐ糸』の作者大庭みな子は、昭和三四（一九五九）年から四五（一九七〇）年まで、夫の海外赴任にともなって、アラスカ州シトカ市に一一年間在住した。昭和四三（一九六八）年に、「三匹の蟹」という中編小説を発表したときにも、——つまりアメリカに住む中年の日本人主婦の、アイデンティティ不在に苦しむ焦燥の日常を、彼女のホームパーティ拒否と不倫行為というエピソードによって描いた小説で、突然日本の文壇を震撼させ、その一作品だけで芥川賞を受賞したときにも、彼女はまだアラスカに生活の拠点を置いていた。

アラスカのシトカには、日本が太平洋戦争で敗けた後に創立された新生の企業「アラスカパルプ」が、まだ手つかずの豊富な森林資源を求めて、一九五九年に進出したのだった。大庭みな子の夫も、アラスカパルプが企業進出とともに送り出した、数少ない技術者の第一陣である。当時、アメリカは栄光の夢のなか、これからケネディの時代が始まろうとし、ヴェトナム戦争も公民権運動もヒッピーもまだ現れてはいなかった。

大庭がそこここに書いているところを貼り交ぜにして思い合わせると、当時シトカの町には日本人は十人程度しかいなかったらしく、他には、そこアラスカが昔ロシア領だったという歴史のせいで、古くから居住したロシア人や、ロシア革命後に流れついた亡命ロシア人、あるいはイギリス系の人、あるいはナチに抵抗したヨーロッパからの移住者、あるいはアメリカの南部の習俗を嫌ってわざわざさいはての地を望んで来たアメリカ人、といったように、アメリカ合衆団の他州同様に、多種多様な人々が住んでいた。しかしだれもが根のない流れ者のような意識を抱いていた。

そしてここで忘れてならないことがある。アラスカのアラスカたるゆえんは、それらの人々のだれよりも昔に、本来の先住者としてその地に住みつき、独自の文化を形成していたアラスカ・インディアンの歴史があることであり、しかもその子孫がいまも居住し続けているという事実であろう。

小説『海にゆらぐ糸』は、このような古い民族による歴史と、多種多様な人々による社会を擁する町に、二十代末から三十代のほとんどすべてを暮らした、日本人女性としての大庭みな子が、その日々の生活のなかで意欲的に育んだ、刺激にみちた特別な交友関係だけを、歳月を経た目で選び、書き出したものだ。ここにはしたがって、そのころ大庭が当然避けられなかったはずの、夫の会社がらみの公的な交わりや日本人家族との交流は、すべて省かれている。

また、この小説の書き方は、作者大庭みな子自身がじっさいに体験した事実と、作中に表現された事柄とが、ほぼ重なり合う仕組みになっている。たしかにこの小説のなかには、語り手の「わたし」という女性がいて、その女性は百合枝という名をもってはいるのだが、小説を読み進めれば進めるほど、それはほとんど、この小説を書いている作者大庭みな子自身のことだ、と思えてくる。それは、語り手「わたし」＝百合枝≒作者大庭みな子、と錯覚するほどだ。

多産な作家でもある大庭の小説群には、百合枝・省三のカップルを中心とする、多分に自伝的性格の濃い系列が一本太い線を刻んでいるが、早くには『霧の旅』第Ⅰ部・第Ⅱ部（一九八〇・一二）、そして『啼く鳥の』（一九八五・一〇）を経てこの『海にゆらぐ糸』に至り、しかもいまなお、この系列は継続展開する気配だ。いま、そのような観点から『海にゆらぐ糸』の成り立ちを、急ぎ足でたどっておきたい。

＊＊＊

大庭夫妻がアラスカを引き払い、日本に帰国して生活するようになってからほぼ二十年の時が経ち、いまや作家自身が五十代の後半にさしかかり、おおかたの人のためしで、老境にさしかかったことをしみじみと自覚しはじめる。虹の彼方を憧れ続けた年齢から、もはや「虹の橋づめ」に立っていることをわきまえる位置にある。そこから自分の来し方を振り返れば、かつて生活者として、いや何よりも芸術志望の修業者として、もっとも激しく、濃密に、友人を求め続けたアラスカ時代が見えてくる。

作者は語り手の「わたし」に託して、アラスカ時代のあの友やこの友の姿を、老いに気づいた者だけがようやく恵まれる「時」という澄明なレンズにかけては、鮮やかによみがえらせ、そこに老いの目だけに初めて読めてくるものごとの味わい深い意味を綯い交ぜては、回想の言葉を紡ぎはじめる。それらは『海にゆらぐ糸』のうち、前半の四つの短編にまとめあげられる。「鮭苺の入江《サーモンベリイ・ベイ》」（一九八六・一〇）、「ろうそく魚《キャンドル・フィッシュ》」（一九八六・一）、「べつべつの手紙」（一九八七・三）、「糸巻のあった客間」（一九八七・七）である。

そうするうちに、回想を綴る筆先に誘われるかのように、アラスカの旧友たちへの懐かしさが湧き上がる。小説のなかの言葉が逆流して、現実の人間（作者）を動かしはじめる。そこへアラスカの友人からの招きも重なり、昭和六二（一九八七）年秋、大庭みな子は夫とともにアラスカへ飛び、ゆっくりと、たっぷりと旧交を温め合う。

再会したシトカの友人たちは一人ひとり、だれもが山あり谷ありの二十代、三十代、四十代を生き、そして今日の老いの日がある。たいていの友がもう六十歳から七十歳といったところだ。お互いの風貌を見つめれば、信じられないほどの重い時の印が捺されている。この感慨は、自分たちがこの先このような交歓を二度と味わえはしないだろうという、年齢の枷ゆえに、いっそう増幅される。

このとき作家大庭みな子は、一人ひとりの友のかけがえのない生涯のシルエットを、自身知るかぎりの情報を駆使し、想像のうちに描こうと努める。それらは、遠い日本から、かつてのアラスカ時代を懐かしみながら回想する前半のスタイルとは異なって、自他ともに老いを刻まれた風貌のなかに、遠くの日本にいては見えもせず理解もできなかった、それぞれの友の生涯の創り方・しめくくり方、すなわち人生哲学が、はっきり読めてくる。必然的にそこから後の文体は、現在進行形のスタイルに転じていくのだ。すなわち「海にゆらぐ糸」（一九八八・一〇）、「フィヨルドの鯨」（一九八九・一）、「黄杉　水杉」（一九八九・九）である。

このようにして、四年ごしで七つの短編が書かれ、それらはお互いにもつれ合い、ゆらめき合い、おのずから長編『海にゆらぐ糸』の懐かしい時空を織り上げた。

2　「さあ、鯨の腹の中にもぐり込んで、旅に出よう」

『海にゆらぐ糸』の七つの短編のなかに、特別短いものが一つある。「フィヨルドの鯨」と題されている。

この短編は、タイトルも作品の醸す気配も、あの数年前に公開された名画「八月の鯨」と響き合って、いっそう興をそそられる。映画の上映時期は一九八八（昭和六三）年一一月からだった。岩波ホールのロングランになり、小説「フィヨルドの鯨」の方は一九八九年一月号の発表なので、掲載誌の発売は一二月のうち。映画と小説とはほとんど同時期に人々を喜ばせたことになる。大庭みな子は、「フィヨルドの鯨」が活字になったその年の暮れに映画「八月の鯨」を観たと、『虹の橋づめ』というエッセイ集のなかに書いた。キャストの名前と彼らの高年齢とを記したうえで、「この五人の名優たちの、生きた年月のなかから生み出されたものが絡み合う、芝居とは言えない存在そのものの美しさがある」と。

映画では、往年の輝かしき女優リリアン・ギッシュが、九十を数える年齢でありながら、いかに可憐でけなげな香気を放っていたことか。あのアッシュ・ブロンドの長い髪をくるくると手早く結い上げる絶妙さを、なにか尊いものでも見たかのように、感動した人はさぞ多いことだろう。そして映画のなかの老いた姉妹の、その老いの日々に、虹のようにかすかな心の張りをもたらすのは、昔から八月になると決まって入江に泳ぎ入ってきた黒い大きな鯨の姿だった。鯨は今日もくるかしら？　今日こそは鯨がくるんじゃないかしら？　目の不自由な姉とつれだって、リリアン・ギッシュ演じるところの妹は、高い崖の端までゆっくり歩いて行っては、湾の上を見はるかすのだ。けれども、鯨の訪れは今日もない。

もちろん、そんな映画を思い合わせなくても、『海にゆらぐ糸』のなかのいちばん短い「フィヨルドの鯨」は十分味わい深い。それに短くても、この長編のなかではもっとも肝腎な肝どころを押えていると、わたしには思える。

先にもふれたように、『海にゆらぐ糸』は、大庭みな子がアラスカ再訪の旅をした昭和六二（一九八八七）年秋を境に、前半と後半に分けられるが、「フィヨルドの鯨」は後半部に当たっている。この短編の情景描写には、アラスカの海辺の町への再訪なくしては書かれなかっただろうと思われるような、強いインパクトがある。

＊＊＊

話の内容は、「わたし」＝百合枝がほぼ二十年ぶりにダイアナの家を訪ね、鯨やアラスカ・インディアンの民話について話すだけの、ごく単純なエピソードにすぎない。けれども、ダイアナと向きあって過ごす長くもない時間のうちに、「わたし」のなかに広がっていくファンタジーのような、和やかな宇宙感は、わたしたち読者にも確実に感染し、心をくつろがせてくれる。

ダイアナは、昔、百合枝の英語の個人教授をしてくれた女性だったが、本職は高等学校の国語（英語）教師だった。長年勤めた教職を、背骨にきた骨粗鬆症のためにやめ、六十歳を超す身で夫トーマスの遺志を継ぎ、トーマスが採集して書き残していたアラスカ・インディアンの民話を、さし絵つきの本にして出版している。印刷はダイアナ自身が手作業で行っている。細密な木版画をさし絵としてふんだんに使った凝った体裁のその本は、高価なのによく売れ、病気で退職したはずのダイアナに、「隠退生活ほど忙しいものはない」などと嬉しい悲鳴を上げさせるほどだ。

ダイアナは三十代の半ばごろ、二人の娘を引き取って、画家でのちに美術の教授になったアンドレイと離婚した。しばらくして、ちょうどそのころ妻と死別したトーマスと再婚したのだった。トーマスも在野の海洋学者として優れた業績のある人物だったが、六十歳になるころ、八つ年上の妻ニーナを癌で失い、彼女が生前から夫トーマスのために願っていたとおり、彼はこんどは若い女性と、それも二十以上も若いダイアナと再婚したのだ。

トーマスはそれからの二十年近くを、かくべつ活発に生き抜いたという。「一〇年の間に家を二軒、ボートを一艘、カヌーを一艘造った」というほどに、トーマスの老年期は旺盛だった。ダイアナにしても、トーマスと再婚して初めて活動的で明快な、そして十分に心を開いた生活ができるようになった。彼らは二人でボートに乗っては、何日もかけて遠出し、海に親しむ暮らしを続けたのだ。

トーマスが亡くなり、ダイアナは教職をやめ、いまは住み慣れた家の内のいちばん良い部屋、フィヨルドに面した部屋に印刷機を据え、病躯をいたわりながら、「フィヨルドの音を聴き、大地の音に耳を澄ませ、その合間に印刷」するという、悠々自適の毎日である。

そんなある日、百合枝が印刷機のある部屋を訪ねると、ダイアナはフィヨルドを背にして座っており、いっとき静かに耳を澄ませると、

「鯨が浮かび上ってくる音が聞こえるの」

「シュガー・ローフを真っすぐに見て、向う岸に細い滝の落ちている辺りからフィヨルドを横切る線が交る辺だと思うけれど。――ほら、もう直きよ」（「海にゆらぐ糸」『全集』九巻、三八一頁）

そう言って、百合枝を驚かせる。刻《とき》も位置も正しく言い当てられ、フィヨルドではいましも鯨の群が潮を吹き、大きな尾を高く跳ね上げているではないか。どうしてそれがダイアナにわかったのか。窓に背を向けているというのに。百合枝にはもちろんわからないが、ダイアナさえもその理由はよくわからないという。

背骨の病気のために、ダイアナは両肩を盛り上げて座り、鴉が静止している姿によく似ていると百合枝が思っていると、ダイアナは答えるでもなく言う。

「蜘蛛が糸を紡ぐように、機を織るように、鯨がフィヨルドを泳ぐように、野鴨が飛び立つように、夏の翅虫が水際で群れるように、わたしはここに座って、印刷し、本を作っているのよ。鴉が啼くのにも似ているわね」(同、三八三頁)

どうやら、ダイアナ自身が蜘蛛や鯨、野鴨や翅虫、あるいは鴉にでもなったような気分で暮らしているらしいのだ。だから、目で見るまでもなく鯨の気配がわかるんだとでも言いたげなようだ。だが、このようにいろいろな生きものへの感応能力をダイアナにもたらしたのは、ダイアナの言葉少ない話を聴いていれば、まちがいなく夫トーマス自身の生き方の感化であり、彼の宇宙観への傾倒であったとわかる。

「トーマスは週末毎にクルーズに出かけるたびにこう言ったものよ。さあ、鯨の腹の中にもぐり込んで、旅に出よう、って」(同、三八五頁、傍点はとくに断らないかぎり筆者)

けれどもさらにひるがえって、トーマス自身にそう言わせたものは、何であろう。ほかならぬアラスカ・インディアンの宇宙観、つまりネイティヴの民話世界なのだ。いまダイアナの部屋で、ダイアナが印刷したトーマスの本を百合枝は開き、眺めている。そこには、インディアンの民話が教える宇宙観が、こんなぐあいに記されている。トーマス自身の訳した言葉によって。

全て、生きものが、生まれて、生き始めるということは、冒険することである。フィヨルドに生まれたインディアンは、朝に夕に鴉や熊などを眺めて育ち、毎日の生活の中で、ときに応じて鴉になったり、鯨になったり、熊になったりする。一人前になったインデイアンの男は、自分の好みに合った思い入れのある動物に姿を変え、鯨に呑み込まれて、冒険の旅に出る。

鳩や熊や鷲や鮭になって、鯨の腹にもぐり込んで、この世界をくまなく探求する。人間の眼で見るものはたかが知れている。鳥や獣や魚になって、太陽になって、霧になって、世界の在りようを見究める。(同、三八五頁)

「一人前になったインディアンの男は、自分の好みに合った思い入れの動物に姿を変え、鯨に呑み込まれて、冒険の旅に出る」。「さあ、鯨の腹の中にもぐり込んで、旅に出よう」、というわけだ。

彼らには、いったん生まれた後は、生き続けることそれ自体が自然界のなかでの冒険にほかならず、彼らはそのときそのときで、自然界に棲息するところの鴉のつもり、熊のつもり、蜘蛛のつもりと臨機に心を転じ、さまざまな生きものの視点から世界を眺める。そのようにして世界のさまざまな図柄を身体の内に想い描いては、重ね合わせ、彼らを包む自然界をさまざまな生きものの立場から感じとる術を覚えていく。そのなかで、彼らはさまざまな生きものや、さまざまな物体との共生感覚を育てていく。

鴉や熊の感じ方に一体化したつもりの男たちは、さらにもう一度、巨大な鯨の腹の中に呑み込まれ、人間とは異なる生きものの世界へと二重に浸されていく。自分が鴉でもあり、しかも鯨でもあるなどというつもりで、鯨のようなボートを海の中へ漕ぎ出す「人間」の心は、はたしてどんなぐあいなのだろうか。きっと彼らには、人間が万物の霊長である、などという思い上がった人間中心主義は無縁なのであろう。彼らにとってはきっと、トーマスが解釈するように、「人間の眼で見るものはたかが知れている」のだ。

たとえばもう一つ。トーマスの伝えるインディアンの宇宙創成伝説によれば、この世に光と火と潮をもたらした者は、ギリシャ神話のプロメテウスのような英雄的人間ではなく、一羽のいたずら好きな鴉である。そして鴉が光をもたらす前の地上の闇の原因は、単にケチン坊な酋長（人間）が、太陽や月や星などの光源を箱にしまって隠していたからにすぎない。インディアンの思うには、人間という生きものは光をもたらすどころか、反対にそれを隠す愚かな役どころでしかない。人間よりは他の生きもののほうが価値ある存在なのだ。

こういうインディアンの宇宙観——ケチン坊な人間の男といたずら好きな鴉との、ふざけたゲームでこの世が始まった、などというユーモラスな考え方は、日本の真面目な宇宙創成神話とも大いに違い、百合枝をたいそう面白がらせる。ギリシャ神話やキリスト教の天地創造神話、日本の神話などは、なによりも人間を中心に据えた、いたって尊大なものの考え方だけれども、インディアンの民話の発想は、なんとつつましく、柔らかい感じ方なのだろうかと。

「（太陽も月も星も）それはすべて、せいぜいそのくらいのものに過ぎず、そのくらいのものはまた決して軽視すべきではないあらゆる現象の不可欠な起因なのだ」（同、三八七頁、傍点原文）

と百合枝は思い至る。

＊＊＊

今日、この地球上に住む人類のほとんどは、西欧文化の圧倒的な影響下に、人間中心主義、合理的理性中心主義にもとづいた世界観から自由になれない。科学的で合理主義的な世界観にしたがうなら、太陽や月といった神格的にビッグなものと、不細工で真っ黒な鴉のように、せいぜい「そのくらいのもの」にすぎないものとは、決して同格的には渡り合えない。それらは、人間が自己を中心にして体系化した秩序によって、画然と上から下へと段階を刻むピラミッド型の価値の序列で、差異化され、隔てられている。

けれどもそのような人間中心の宇宙観は、人間もまたそのなかの一つの生きものとして置かれてあるはずの自然界から、いつのまにか人間が疎外されるところへ行き着かせるだけだ。また同じように、人間を生きた人間にしてくれる土台である身体、そして身体に根づく感性をも疎外してきた。

さて百合枝は、ゆっくりとダイアナの手作りの本を眺め、一頁一頁を飾る、わかりやすい木版のさし絵に見入っている。陸の花々。海の花々。空を飛ぶ鳥の数々。森の獣たち。海の獣に海の魚。森の苔…。

頁を繰っては、ゆっくりと一つひとつの絵をたどり、絵の指し示す自然界のものたちを一つずつ想像の裡に照らし出してみる。自然界のものたちのイメージが体の内部に集まり、海や山の色、匂い、音、気配が、百合枝の身体を浸し、満たしはじめる。

そしてふと百合枝の耳に、「はっきりと、水の音が、満ちてくる潮、波の音が聞こえて」くる。そのまま耳を澄ましていると、「ふううっと海草がゆれ、波が掻き分けられる音がして」、鯨の動く気配が身体で感じられた。

と、窓の外、フィヨルドでは、ほんとうに鯨の群れが集まり、虹の飛沫を跳ね上げながら、舞っているのだった。

百合枝にも訪れた、鯨の腹の中への旅。永遠と遍在との世界への参入。

3 「女の命」が侮辱されたとき

トーマスと再婚し、それから二十年経って老年期を迎えたダイアナに会ってみると、百合枝が昔、アラスカ時代に知っていたダイアナとは別人のようだった。ゆったりとして、神秘的な魅力を放っている。いま、ダイアナの充足と安らぎの境地が百合枝にひとしお感慨深く感じられるのは、百合枝が昔、三十代のダイアナに見た別の苦悩の姿を知っていたからだ。

『海にゆらぐ糸』の前半部分、アラスカ再訪以前の回想形式をとったなかに、「べつべつの手紙」「糸巻のあった客間」という連続する二つの短編があって、ダイアナの最初の結婚生活と破局の模様が語られている。しかもその段階では、百合枝も作者も、ダイアナに対しても夫のアンドレイに対しても同情を惜しまず、双方に極力公平であろうと努めていた。ダイアナには同じ女性として、アンドレイには同じ芸術家として、共感せずにはいられないといったふうだった。

『海にゆらぐ糸』を構成する七つの短編全体を通して描き出される百合枝の交友図には、およそ一三人の大人の男女が登場するのだが、ダイアナは四つの短編に登場し、そのうち三つはダイアナをめぐるエピソードになっている。いきおい、作品全体でダイアナの占める位置はとても大きく感じられる。わたしたち読者がいちばん鮮明にその人物像を再生し、ためつすがめつ吟味できるのは、やはりダイアナなのだ。それは作者の意図がどうであれ、この小説の展開を貫く力学でもあるようだ。

ダイアナの経てきた、自己抑制に努めた結婚生活とその破綻といったコースは、この小説全体を見渡せば、じつは決してダイアナ一人のものではない。トーマスの最初の妻ニーナもそうだし、トーマスとニーナの娘オリガもそうだ。また、離婚こそはしなかったけれどもハンスとアンナのカップルも、必ずしも棘の痛みを耐えていないわけでもない。また、クルゾフ神父と歌手マリヤの非公式な、どこかもの哀しい親愛の関係を、ここに加えることも許されようか。

ところで、「べつべつの手紙」から「糸巻のあった客間」へと続く二つの章は、日本に帰国して久しい百合枝夫妻に、毎年送られてくるダイアナとアンドレイの別々のクリスマス・カードが思い出の糸口を開いてくれる。百合枝は二人の便りを読みながら、それぞれの生い立ちの違いや、二人が結婚していた頃の家庭生活の印象、二人に離婚問題が起こった頃の当惑した自分の立場、などを思い浮かべ、そしてこの二人を隔てる原因になったものが、二人の感性・美意識・価値観の違いだったのだと、だんだんにはっきりわかってくる。

「ぼくは今、一年かけて自伝を書こうと決心し、三ヵ月目に入ったところだ。ぼくにとっては八十年のぼくの生活に起こったことを全部思い出すことは、とても難しい。ぼくは今年、八十歳です」

（同、三三九頁）

アンドレイからのクリスマス・カードはそんなことが書かれ、そのほかにもアメリカの政治や経済への批判が、昔と変わることなく書き連ねられ、最後に、「ぼくは、すでに五八年もこのアメリカ合衆国に住んだにもかかわらず、未だに外国人だ」と、「ペシミスト」を自任する言葉で締めくくられている。

＊＊＊

アンドレイは、まだ少年の頃、一九一七年のロシア革命で美しい母と妹といっしょに故国を棄て、上海経由でパリに落ちつき、そこで美術学校に行き、それからシアトルに渡って、さらにアラスカに住みついた。彼にはそのような亡命者特有の流浪の経歴が骨の髄まで滲みとおっている。アンドレイの手紙から推測すると、彼がアラスカに着いたときは二十二歳ぐらいだったのだろう。それからかれこれ二十年ばかり、気楽な仕事につき、自由に絵を描き、気ままな芸術家暮らしを続け、四十歳を越えたときアメリカの南部娘のダイアナと結婚することになった。

ダイアナはミシシッピーの地主の娘。南部で教育を受けたが、南部には、女性は男性がそばにいるかぎり、自分でタバコの火をつけてはいけないとか、女性は一人でホテルに泊ってはいけないとか、女性過保護の風習があり、それらは結局は女性の自由な発言や行動を禁止するためにあるのだとダイアナは憤慨し、女性が自由に自分の能力を発揮できる土地をと望んで、アメリカ最北のアラスカに来て高校の教師になった。ダイアナはそういう人生を選んだ女性だった。

アンドレイとの離婚を決心したころ、ウーマン・リブの火付け人ベティ・フリーダンやマーガレット・ミードのフェミニズム思想にダイアナが傾倒するのは、ごく自然の成り行き、赴くべくしてそこへ赴いたというまでだ。

教師として働く自分に誇りをもち、自立志向のひときわ強い若きアメリカ娘が、二十歳も年上のロシア亡命者のローファー的芸術家と結婚する。画家の男には、自分一人の創作、自分だけの美の世界がなによりも大切だった。だから彼の方から積極的に結婚という形式を望んだのではないらしい。

それでも妻は夫の才能を尊重し、自分が教職について働き、夫が勤めをやめて自由に絵を描ける条件を整える。日本流にいえば、いわゆる〝内助の功〟というあれだ。

女の子が二人生まれる。十年ほどして、夫は東部の大学に良いポストを得て単身赴任する。結果としては、芸術家から美術教師への転身である。

彼はこれまでの妻の内助に報いたいとの思いで、妻子に東部への移住を促し、妻には働くのをやめてもらい、娘たちは名門女子大学に入れようと提案した。はからずも彼は、アメリカ合衆国のハイクラスに参入する上昇志向を露呈したということだ。アラスカ時代の孤高の芸術家アンドレイとはうって変わって。

ここでついに、アンドレイとダイアナとの価値観、それぞれの人生のイメージが、つくろいようもなく決裂してしまう。のみならず、ダイアナの積み重ねた内助の功は、自己抑制が重かっただけに、急きょ反転してルサンチマン（怨み）と化すのだ。

ダイアナは、教師の仕事、家庭の妻、娘たちの母、この三役を一人でまっとうしようと努力していた。頑張り屋によくあるタイプ。それも、ダイアナの教師としての誇りが支えとしてあればこその忍耐である。教職をやめて東部へ移っては、というアンドレイの提案は、たとえアンドレイなりの妻への感謝が言わせた良夫の言だったとしても、ダイアナを結婚の基盤にまで立ち返らせる衝撃だった。それは、仕事を自己表現の場として大切にしてきた女にとっては、アイデンティティを無視されることであり、と り返しのつかない侮辱でしかない。それにダイアナには、アメリカの心臓としての東部といった、東部アメリカに対する古めかしいコンプレックスが、初めからない。アラスカの地を望んでわざわざ南部から北上したダイアナには、アラスカの地になんの不満もない。それどころか、東部よりも西部の方が理想的な教育環境だという思いさえある。人間の理想的な居場所だとも。

ダイアナにとって決して譲れないものが、もっとも身近な夫によって、いとも無雑作に無視される。十年もいっしょに暮らしてきたよきパートナーだったはずなのに。いったいこの結婚は何だったのか、わたしの努力は何だったのか、妻は青ざめる。そのとき、まだアラスカにいた百合枝はどう対処したか。百合枝は、そのとき、二人それぞれに等距離をとろうとした。離婚を決心したダイアナをなだめ、心ならずもホテルに一人移ったアンドレイにも同情して、二人の仲を修復しようと試みた。しかしそれは、すべてダイアナの固い覚悟で実らなかった。

ダイアナの固い決心の真ん中で真っ黒に凝っているルサンチマンを、かくのごとく百合枝は聞いた。

「そう、最初の妊娠のとき、そこに、今、あなたの座っているその椅子に彼は座っていたの。子供が生まれるのよ、と言ったとき、彼は蒼ざめて立ちすくんで、身動きできないように、へたへた

二月になるけれど、わたしはやっと平安を得たのよ」（同、三六〇頁）
「どうして今まで一緒にいたのか、今となるとわからないわ。彼がこの家を出て行ってからもう
「あのとき以来、わたしはずうっとこうなる日のことを漠然と考えていた——」（略）
とそこに腰をおろしたわ」（略）

女の体内に初めて宿った生命を告知され、たじろぐ男。女は自分の体に宿った生命をごく自然に受け容れ、産もうと思っている。男も当然そう思っているにちがいないと思い込んでいる。二人の間に、子供をもってはいけない理由はなにひとつない、と。もちろん人間の生命は女の体内に宿る。女はそれを、自身の身体の出来事として感じ、しかも腹痛や頭痛とは比ぶべくもない直接さを体の芯で感じる。

女がその小さな生命を肯定したとたん、産みたいと思った瞬間、女には、体内の生命は自身の生命と同一不可分になる。たとえそれが体内に宿った微細な細胞であったとしても、産もうとしている女に対して、その体内生命を否定することは、女自身の生命の否定も意味してしまう。「女の命」を侮辱した、と感じてしまう。

一事が万事、あのときボタンをかけ違ったのではないか、と思いはじめると、いや最初からすべてが食い違っていたのだと思えてくるものだ。たとえば美についての好みも。そんな大事なところでも二人の目は別々のものを求めていた。ダイアナは、「美術に対する感性と、教育というものへの評価は、同じところに根ざしている」と考え、「わかりやすい」絵、「美しく響いてくる」絵を好んだ。

〝絵〟についての好みは、〝人〟についての好みではなかろうか。美意識は人間観と通底しているのだから。けれどもダイアナの美的感性は、抽象とも具象ともつかない絵を描くアンドレイからずっと侮蔑され、抑圧されてきた。「どうか、趣味人のとんちんかんな意見を聞かせないでくれ」、などと。というしだいで、芸術家のアンドレイと教育者のダイアナは、お互いの畑を荒らさないよう気をつけながら、それぞれ別々に自分の畑を誇り高く耕してきたのだ。

百合枝の目には、当時の彼らは、尊敬し合ってはいるけれど、ちょうど彼らの家の客間に飾ってあった、二人の新婚時代の合作の糸巻のスタンドのように、「入念に心をこめて作られていたにもかかわらず、奔放に流れ出るもののない冷えたもの」といったふうに映っていた。「努力のたまもの」ではあっても、「盲目的な部分がほとんどなかった」。つまり、お互いの抑制が過ぎて、二つの力がぶつかって迸り出るような豊かな生命感を欠いていた、ということだ。そしてまるでそのことを象徴するかのように、妊娠告知の場面が想起されたのだ。ダイアナの気持ちを百合枝の流儀で翻訳すれば、それもこれもみんな、あのとき、彼女が妊娠を告げたとき、アンドレイがそれにたじろぎ、背を向けたということ。胎児の生命とともに、妻の女としての生命をも理解できず、抑圧したからだ、ということになる。

妻の妊娠にたじろいだアンドレイは、アメリカに五八年間暮らしてもアメリカになじまず、「外国人」の意識が抜けないばかりでなく、もともと人生にペシミスティックだったのだ。人生そのものに対して孤独な異邦人なのだ。とはいえ、百合枝は、こんなアンドレイにも心を寄せないわけではなかった。

4　「夢みて、絶望し、やがて赦す」

結婚に躓いたのはダイアナだけではない。女たちは、男たちが心ならずも犯した侮辱に深傷を受け、そのまま死んだふりをして生きるよりは、男と別れて再生する道を選ぶ。

「ろうそく魚《キャンドル・フィッシュ》」のなかに出てくるオリガもそうだ。トーマスとニーナの娘オリガのケースは、ダイアナよりも修羅の苦痛に満ちていた。しかも、ダイアナより何年も前のことだ。オリガもまた、町に流れてきた音楽家――またしても芸術家の夫――と駆け落ちしてまで結婚したのに、別れを選ぶことになった。夫が音楽に行き詰まるのと、夫の才能に妻が醒めていくのとが相乗的に夫婦の溝を裂き、夫は家族に暴力を振るうようになる。そのとき余勢をかって、夫は妻に向かい、「女の命」を侮辱した。

「多分、言ってはならないことを、言ったか、行為で示したのであろう」と百合枝は推測したが、それがどんなことだったのか、オリガも口にできないほどだったのだろうと、百合枝はあえて尋ねはしない。そしてアンドレイの時と同様に、オリガの夫の自虐・加虐の入り交じった、自暴自棄のふるまいを伝えられても、そこに芸術家というものの陥りやすい悲しい落し穴を見て、百合枝は憐れんでいるようにもみえる。

オリガにも二人の子供がいて、彼女は新しい仕事を探して、女の誇りを守るのだ。ダイアナよりも早く、オリガはフェミニズムの考え方に共鳴していく。うわさでは、父トーマスをダイアナと再婚させたのはオリガの功だという。またオリガの再婚は、父トーマスとダイアナの再婚よりも遅く、百合枝が再訪の旅で見た再婚相手は、父のトーマスの教え子で、トーマスとそっくりの男だった。百合枝はびっくりしてしまう。

このように離婚を選び、波長の合う相手と再婚して老年に到るというオリガやダイアナの、自己を偽らない誇り高い生き方に、百合枝は一点の曇りもない拍手を送っている。

だが、アンナとハンスの件では、百合枝の反応が微妙にアイロニカルなのはなぜか。

アンナとハンスの間にも、実は、「女の命」をめぐる暗部が伏在していたことを、百合枝はアラスカ再訪の旅で、初めてアンナからほのめかされるのだ。アンナとハンスは、昔ダイアナがアンドレイと離婚しようとしていたとき、二人とも理由は別ながら、ダイアナに非があると言っていて、やや保守的な感じを与える夫婦だった。

百合枝と知り合って三十年来、再会したいまもやはり「含み笑い」をする癖があるアンナ。対するにハンスの方は、「チャップリンが演説をぶつような調子と、メフィストフェレスが、いっひっひと笑うような調子が混ざり合った」ようなものの言い方をする。笑い方に限れば、メフィストの皮肉っぽい「いっひっひ」笑いをする夫と、「含み笑い」をする妻との組み合わせは、わたしたち読者にとっては、何だか奥歯にモノがはさまったような印象が残り、二人は気持ちの疎通が十分ではないのではないかと思えてしまう。

ダイアナがアンドレイと別れる時にとった明快な態度、トーマスと再婚してからの活発な陽性の身のこなし、そして老いて一人になってからの悠々自適の姿勢、あるいはオリガの一連の自負ある身の処し方、これらが女の生涯の一つの典型を描き出した傍らで、アンナの「含み笑い」はもう一つの女の典型を描き出すかのようにみえる。

事実、百合枝はアンナ夫妻の隠された秘密を、アンナの口を通して読者にほのめかすのだ。ハンス、アンナ夫妻は、反ナチのレジスタンス運動に関係したオーストリア出身のインテリだが、ハンスにはオーストリア時代にアンナ以外の恋人がいて、彼女がハンスの子を産んでいたらしい。しかも、アンナの想像妊娠のせいで、二人でアラスカへ住みつくことになったのだった。以来、二人の間に子はない。

老年になって二人でヨーロッパ旅行をしたとき、ハンスはアンナに事情を話すことなく、しかし熱心に昔の恋人と娘の消息を追跡したのだった。妻の協力を要請しさえした。四十年もそのうえも時がたち、オーストリアで生まれた娘が、さらに娘を持っているという情報。そしてハンスに送られてきた昔の恋人とその娘とその孫が写っている写真。オーストリアに帰国したい気もある七十歳のハンス。ハンスより年上のアンナは、事情をみんな推察できて、それでも「何も気づかないことにした」と百合枝に言う。このままアラスカでハンスとともに生涯を終えるつもりだと。

「女の命」、あるいは「女が妊んだ命」をめぐる男女間のスレチガイ。淋しいスレチガイ。それを許さなかった女と、「含み笑い」で呑み込んで、死までを耐えようとする女と。

さらにここへ、アラスカ・インディアンのトゥリンギットの若者のエピソードを対置してみよう。妊娠しているのに男から棄てられた娘を哀れと思い、その娘と結婚することに決めたので祝福してほしいとクルゾフ神父に申し出た、クリスチャンのトゥリンギットの若者がいる。

クルゾフ神父いわく、「不幸な人間を救うことは、人生のもっとも大きな幸福であることは確かに違いない」。オリガの母ニーナもまた、死を見つめながら同じ思いを年下の夫に寄せていた。他の人を幸福に導くこと、それが自分の幸福に転じるという関係。一人ひとりの人間が、他人との関係のなかでしか自己のアイデンティティを得られないのだということ。他者の反照としての自己。外界の反照としての人間。生命と生命との相互関係的な照らし合い、そしてそれらの相乗する輝きに対して、初老を生きる百合枝の胸は、ひときわ敏感なのだ。

＊＊＊

昔、百合枝が作家修業の無名時代、セント・ミカエルの教会で聖歌隊の指導などしていた歌手のマリヤは、百合枝と文学を語り合える大切な友人だった。アンドレイと同じようにロシア革命の亡命者だった。女一人でヨーロッパ、中国、南米などを流浪した後に、アラスカの教会のクルゾフ神父と知り合って、親しくしていたが、町の淑女たちはこの独身の歌手の魅力を警戒し、社交界から用心深く締め出していた。しかしマリヤは、ロシア文学に支えられた誇り高い女性だった。マリヤは、その人生経験の豊かさといい、ロシア文学への造詣の深さといい、百合枝の作家修業時代の最大の師であり、話し相手であった。

そのころすでに自身の老いを見つめる域に入っていたマリヤは、まだ三十代の百合枝といつものように文学談義即人生談義を交わしたあと、しばし考えに沈んだのち、こう言った。「夢みて、絶望し、やがて赦すわけよね」。

しかし、まだ若かった百合枝はそのとき、決してマリヤのようには人生を見られなかった。

その頃、マリヤの娘ぐらいの年だったわたしは、内心、「赦すものか、復讐の情熱だけがわたしを生きのびさせる」と自分を裏切った男たちの顔を思い浮べ、その男が断崖につかまって助けを求めたら、谷底へ足の先で突き落す夢をみていた。まさに、悪霊にとり憑かれた悪鬼の形相で、秘密の原稿を書き溜めていたのだった。（同、四〇五頁）

何ものかへの、男（女）を対象とするだけではない憎しみの情が、からくも生きる原動力になる年齢というものが人にはある。人は、自分の一生に対して夢を抱けば抱くほど、〝ここ〟にいる自身との落差に苦しみ、何ものへともつかぬ漠とした、しかし激烈な憎しみに駆り立てられる。だがそんな百合枝さえ、年を経てマリヤの年齢にたどりついてみれば、やはりマリヤの言っていたように、「夢みて、絶望し、やがて赦す」という、「赦し」の境地に到達している自分に気づくのだ。彼女は、他人を幸せにすることが人生最大の幸福なんだ、というクルゾフ神父の言葉にじんとしてしまう。

もっともそんな言葉が言えるのは、また、そんな言葉に心から共感できるのは、自分の夢を見つめ、それを追い、それに忠実であるがゆえに振りまわされ、苦しみながら生き抜いた自分を、なによりもまっ先に赦せる女たちと男たちなのではないだろうか。いわば自己をアイデンティファイできた女や男が、もっともよく自己を去り、自己を宇宙全体のなかに放下することができる、ということではなかろうか。

5　人生の饗宴

思えば、『海にゆらぐ糸』全編は、「ピッツァパイ」という言葉から始まった。初めて食べたその食べ物への感動体験から書き起こされていた。

その気で読めば、百合枝が他人と会って思い出に刻み込まれるような対話をした場面には、必ず思い出に残る感動的な食べ物が供されているのだ。人間にとって話し合うこと、ともに食を愉しむこと、これがギリシアの昔、プラトンの哲学書も伝えている〝饗宴〟というものの姿であり、今日〝パーティ〟と称するものの神髄であるだろう。

百合枝の思い出のなかには、必ず思い出の話題に匹敵する、思い出の料理がある。それらはどれも、読者のわたしにはともにおいしそうに感じられる。料理法を覚えて自分で作ってみたいとまで思う。

＊＊＊

「鮭苺の入江《サーモンベリイ・ベイ》」の書き出しは、いきなりピッツァパイのことから始まっている。オリガの母ニーナに招待された三人だけのランチに、ニーナの指導でオリガが作ったピッツァパイが供される。一九五〇年代の末、アメリカでもピッツァパイはまだ新しかったころのこと。

わたしは生まれて初めてピッツァというものを食べた。その頃、アメリカで若い人たちの間に流行し始めていた食べもので、年の人でも新らしがり屋は、若ぶって作ってみる料理だったのだろう。ニーナの手作りのピッツァは非常に創作的なもので、肉屋のソーセージではないニーナのソーセージに、いろんな魚肉やオリーヴの実や茸などがたっぷり入った贅沢なものだった。

香辛料やチーズはイタリア風ではあったが、魚肉は土地の海で採れる鰊や鮭を北国風に塩漬けにしたり、燻製にしたものが使ってあり、茸はニーナが家のまわりの林で摘んで漬け込んだものだということだった。（同、二八九頁）

山海のいま採れたばかりの材料がふんだんに使われたピッツァ。「複雑な、天下一品の味――あとにも先にも私はそんな美味しいピッツァを食べたことがない」、というのだ。もちろんその場の雰囲気が絶妙だったことも、料理の味わいのうちだ。

おいしいピッツァを作ったニーナは、しかしそれを食べない。嗄れた声で、自身の生い立ちや青春時代、フランスへの遊学、結婚や再婚のこと、文学的交遊のことを語り、娘のオリガの行く末を気づかい、夫のトーマスの魅力をのろける。その間じゅうニーナが口に運ぶのはミントのチョコレートだけだった。ランチも終わるころ、ニーナは平然として、自分が癌で余命いくばくもないのだ、とうちあける。ピッツァパイをニーナはもはや受けつけない体になっていて、お客に招いた百合枝にはおいしいものをと、心を砕き、腕を振るい、最新の料理を創作したのだ。

しかし、大庭みな子を古くから読んできた人は思い出して驚くだろう。大庭みな子という作家が日本の文学界に現れたとき、つまり「三匹の蟹」なる小説が、料理を嫌悪し、パーティに吐き気を催す女(その名も百合枝とそっくりの由梨)を描くことにいかに熱心であったかということを。それから二十数年たって、大庭みな子の文学のこの大異変。

オリガのことを書いた次の章、「ろうそく魚《キャンドル・フィッシュ》」には、珍しいパンが焼き上がったばかり、まだアツアツなのが百合枝にもてなされる。音楽家と別れたあと、二人の子を抱えて苦労しているオリガに比べ、一人しかいない娘にさえ心乱れ、作家として立ちたい焦燥にとかく鬼の形相を呈しがちな百合枝は、夜半眠れず、話し相手が欲しい。深夜三時、オリガは祖母伝来のパンパーニッケルを焼き、かたや百合枝は眠れぬままに、オリガの窓の明かりに勇気を得て、深夜の訪問とあいなる。

「赦すものか」の心で生きていた百合枝。オリガへの深夜の電話に返ってきた言葉は、

「今年の休暇が一週間余っているのよ。今年中にとらないと無駄になるから、その気分になったときは一日ぼうっとしていることにしたの。(略)

今、パンパーニッケルを焼き終わったところなのよ。ほかほかの暖かいのを、ブランデーコーヒーと一緒に食べましょう」(同、三一〇頁)

ケーキは、黒い粗挽きのライ麦の粉をこねて、しっとりと炊き上げた昔風のパンである。「お祖母さんに教わったように、蜂蜜をたっぷり入れて、一度イーストでふくらんだのをもう一度潰して固く焼いたの！　こういうパンはお店では買えないのよ」と、オリガは自慢するのだ。

焼き立ての香ばしいパンパーニッケルの思い出は、オリガの「女の命」が侮辱されたつらい話、「赦すものか」と歯ぎしりして修業していた百合枝の、やはりつらい時代に、必ずくっついて思い出される食べ物だ。けれども、思い出のなかのパンパーニッケルの香りが〈老い〉の心に甦れば、オリガや百合枝の若い苦渋の時代さえもが、なんとかぐわしく思えてくることか。

また、これも触れずにおくのは残念な食べ物の話だが、ダイアナとの別れ話が持ち上がって、まだダイアナに十分未練があったアンドレイがとても落ち込んでいるのを見かねて、百合枝が急にアンドレイを自宅に連れ帰って作った即製の料理のこと。

食事は実に簡単な、一羽の野鳥を丸ごと水煮した缶詰を切って、生クリームとゆでたカリフラワーか何かを加えてごまかしたスープと、マッシュドポテトだったことをよく覚えている。美食家の彼が軽蔑するにちがいないと思いながら、まあ急なんだから仕方ないでしょう、と肩をすくめた。そのとき皿に盛った鳥の肉のくずれ具合まで再現できるくらいだ。（同、三五八頁）

インスタントの缶詰料理にこんなすごいのがあるのか、と読者のわたしは驚きながら、百合枝が皿に盛った鶏肉のくずれ具合までくっきり目に浮かぶ、と言うのになおのこと驚く。

＊＊＊

そしていよいよ、小説の最終章。ここではアラスカ再訪を果たした百合枝たちが、もっとも大々的な、顔見世興行的といおうか、千秋楽の歓楽の極みといおうか、あるかぎりの友がつどい、海に浮べた船の上でめいめいが自慢の料理を作り合い、その料理にすばらしい命名をしようというのだ。

ダイアナはそれぞれが持ち寄った料理を味わっては、その処方を入念に聞きただした。この次の出版計画は自分が実際にめぐり逢った友人たちの料理を編集することで、気に入った料理に出逢うたびに、このところメモしているとのことだった。

彼女は、料理にはすべてロマンティックな想像力をかき立てる名前をつけるべきであり、その料理名を、霊感が閃くたびに書きとめているそうだ。

たとえばその晩のメニューは——。

「フィヨルドの鮭」

ニーナからオリガに伝えられた鮭の身のほぐしたものをゼラチンで固めた寄せもの。

「ウィーンの森」

ハンスとアンナのチーズ入りパン粉と独特の香辛料による鹿肉のシュニッツェル。

「恋のもつれ」

「ウィーンの森」には欠かせない野菜料理のつけ合わせとして、紫キャベツとリンゴの甘酸っぱい煮こみ。アンナの青春の書より。

「春の雨」

米粉の細いヌードルに季節の風味と卵の薄焼きを和えた東洋の香辛料によるドレッシング。ユリの生まれた国からやって来たサラダ。

「黒い美人《ブラック・ビューティ》」

ギリシア風な濃いコーヒーにラム酒のリキュール。ローレンスの秘密の思い出より。(同、四一七―四一八頁)

人は、つらいときも、愉しいときも、心の友を相手に話し合いたいと願う。そこに、心をこめた食べものが供されてあれば、いっそうよい。

さまざまに思い出される友の生き方。そこにあったもてなしの料理。響き合う声々。響き合う色彩と香気、そして味わい。響き合う人と自然。

ふり返れば、人生は饗宴のようだ。

もてなす心。またそれを受けとめられる深い心。それが人と人とが心を通わすということだ。

他人の幸せを願う心。それを受けとめられる心。それが人と人との心の通い合いだ。

人々は山海の珍味を食して、自らの内に自然界を包摂し、同時に自然界の生態系に自らを包摂される。短編の方の「海にゆらぐ糸」で、省三が大蟹に食われる夢を見る。蟹を食べた夜に省三が見た巨大蟹に食われる夢が、グロテスクにしてユーモラスに開示してみせるように、人が生の叡知を重ねれば重ねるほど、人の解する歴史感覚は大きく広がり、空間の感覚もまた可視の自然界を越えて宇宙の果てまで延びていくが、そんな時空の広大さのうちに、人一人の存在点はいかにも自由に去来するがごとくにみえる。

かつてボーヴォワールが、自身の老いに直面して書いた大作『老い』は、身も蓋もないほどに老いの絶望的状況を痛恨に次ぐ痛恨によって埋め尽くした本であるが、一つだけ読者を心強くさせる言説がある。それは、老年期が、〈老い〉と引き換えにつかむことができる「自由」と「解放」について語ったくだりである。

すなわち、感情面での解放感のほかに、

知的な面においても、老いは自由をもたらすことがある。すなわち、老いは人を幻影から解放するのだ。老いがもたらす明晰はしばしば苦い幻滅を伴う。（略）

もしすべてが虚無あるいは欺瞞であるならば、たしかに、死を待つことしか残らないであろう。しかし、人生がそれ自身の究意性《フィナリテ》をもたないと認めることは、人生を何かの目的に捧げることができないということを意味するわけではない。人間たちに役立つ活動が存在し、また人間たちのあいだには、そこにおいて彼らが己の真実に到達するような関係も存在する。そうした自己疎外されていない、架空でない活動や関係は、幻影が一掃されたあとにも残るのだ。（略）

老齢は人を異議申立てへ傾向づけながら、熟達と自由とをもたらすのだ。（ボーヴォワール『老い』下、朝吹三吉訳、人文書院、一九七二年、五七四―五八一頁）

バーナード・ショウ、ジョン・クーパー・ボーイス、ヴォルテール、バートランド・ラッセル、レンブラント、ミケランジェロ、ヴェルディ、モネなどの老年期の豊饒を例示しながら、人は老いを迎えることによって、初めて自己の感情を偽らないで生きられる安らぎ、あるいは他を顧慮することなく、自己の目的・理想に身を投ずる自由の境地に入れる、とボーヴォワールは説いた。

いかにもサルトル流の実存主義の伴走者の言らしく、あくまで個々人の自己選択を強く迫る考え方ではある。『海にゆらぐ糸』という自己放下的な感性の遍満する小説の後にそんなボーヴォワールをつなぐのは、少々なじまぬ感がしないでもない。しかし、この小説を書いた作家としての大庭みな子自身のテンションはといえば、それはもうまちがいなく、ボーヴォワールの讃えるヴェルディやモネに連なり、妥協のない自由のなかで文学の成熟に身を捧げている人なのだ。

一四　私小説の愉しみ――『海にゆらぐ糸』

『海にゆらぐ糸』が出版されてしばらくたった一九九三年のこと、社会福祉関係の本『煌きのサンセット――文学に「老い」を読む』（福祉文化学会監修・加藤美枝代表、中央法規出版、一九九三年）の上梓に加わって、「老いと自由」という観点からこの小説を選び、読解を試みたことがある（前章）。

それを、もと河出書房の優秀な編集者だった田邊園子さんが、ご親切にも作者の大庭みな子さんにご紹介くださり、それから二ヶ月ほどして大庭さんの自由が丘のお宅に招待された。もちろんほかの方々と一緒で、田邊さんのほかにも、英米文学者の水田宗子さん、アメリカのラトガース大学の図書館長をしておられた外山良子さんがいらっしゃった。

あの頃の私は年齢のせいで、すぐに頭がくらくらする状態がつづいていて、当日も途中で一度電車を降り、駅のベンチに寄りかかって一息入れてから乗り直さなければならなくて、遅刻してしまい、迷惑をおかけした。お宅の近くまで、ご夫君の利雄氏が出迎えてくださっていて、たいへん恐縮した。

いま思い出されるのは、広いリビングの奥の方に置かれた、深みのある朱漆の大テーブルである。大庭さんお気に入りの調度にちがいない。そのテーブルには、大庭さんの手料理の数々がならび、アラスカから空輸されたという珍しい子持ちわかめなどもあって彩りよく、どの料理も美味しかった。『海にゆらぐ糸』にならって詩的なレシピが書けるとよいのだが、それはまた別の時のことにしたい。

その日の大庭さんは、豊富な話題を縦横無尽に繰り出され、よく飲み、よく食べ、よく話された。わたしはその快活さに感染させられたのだと思う、頭痛などいつの間にか忘れ、日の長い夏の夕刻まで、時のたつのを知らなかった。

その日の大庭さんの言葉はいくつも胸に響いて楽しかった。そのなかでひとつ、思わずはっとしたことがある。それは、作家というのはやはり「嘘と真《まこと》とをとりまぜて」語る人のことなんだなと、肝に銘じた瞬間でもある。大庭さんは声をひそめて私の方へ顔を近づけ、「あの小説の中にはほんとうはもう死んでしまっている人もいるんです」と、いたずらっぽくささやかれた。

この小説で死んでいる人と言われれば、どの人物もそうあっておかしくない。だれもが老境にあるので、あの世から小説のなかへ蘇らせられたのはどの人物なのか、特定しようもない。作中人物たちはだれも生き生きとして、私はモデルたち全員の健在を疑わずに読んでいたのだ。宮内淳子さんから批判を受けた(1)のも当然というもの。

小説は作り話なのだから、モデルが死者であってもいっこうに差し支えないはずなのに、作者に言われてはっとするというのは、なんだろう。ふだんから、作家というのは読者を騙る人のことである、などとわかったようなことをうそぶきながら、この小説に書かれていることが事実だと思って読むなんて、なんという能天気なのだろう。見事作家の技に一本取られたあのときの心地よさを思い出しながら、いまもそっと胸に手を当てて問う。私小説ってなんだろう。

＊＊＊

ご承知のように、『海にゆらぐ糸』の主人公夫妻は、作者の大庭みな子が夫とともに十年以上を生活したアラスカ体験をぬきにしては、生み出されなかった。登場人物はそれほど実在の作者と多くの体験を共有している。『大庭みな子全集』第十巻の年譜を参照すれば、小説世界の叙述内容（ディエゲシス）と作家の生活年譜との大枠での符合をとおして、読者は作中の女性作家真間百合枝と、その人物を書いている実在の作家大庭みな子とが、まるで同一人物であるかのような錯覚におちいったとしても、無理はない。

小説の方は、たとえば、日本で作家として成功したという女主人公が、むかし暮らしたアラスカ時代の回想に始まり、やがてそれから、アラスカに里帰りでも果たすかのように旧友たちを訪ね、交歓を重ねる。そして最後に、ふたたび日本に帰り、京都の比叡でホトトギスの声を聞きながら、彼我の距離、古今の径庭が消えるような、万物一如の感のなかで自己放下の開放感をかみしめる。作中人物がたどるこのようなコースは、総じて作者の大庭みな子が同じ時期に踏んだ足跡に、かなりよく似ている。

私自身は、大学院時代に始まる有島武郎の『或る女』との交渉を通して、作中人物を作者に重ねる読み方を人一倍警戒してきたという自覚がある。それなのに、読む対象が変わると気がゆるむという格好の例が、わたしにとっての『海にゆらぐ糸』だった。それほどわたしの世代が受けてきた文学教育には、「私小説読み」の習慣が根深かった、ということでもある。

じっさい、作中人物の真間百合枝を脳裏に描くときには、写真などで知っている作家大庭みな子の顔や表情を知らず知らず当てはめ、真間百合枝がアラスカで作家修業の雌伏期を耐えながら、当地でさまざまな女友達と支え合った日々を回想して語るところでは、作家大庭みな子自身がアラスカで経てきた体験が書かれているのだ、とわたしは想像した。

とくにアラスカの旅の終り近くで、アラスカ関係者の顔見せのように、一団の登場人物たちが集う船上の宴の場面では、それと書かれているわけではないけれど、今生の別れを哀しむ曲が低く響いて聞こえてくるようだった。が、そこにはこの小説の一部をアラスカでも執筆していた大庭みな子が、きっと心の裡で繰り返したであろういくつもの別れの思いが輻輳しているにちがいない、そう信じていた。けれどもまさにその宴の場に、死者がまじって酒を飲み、愉しい語らいをしていたのだ。

＊＊＊

さてここまで、あれこれと自問自答しながら私小説について考えあぐね、何度も書いたり削ったりしてきて、結局わたしは、『海にゆらぐ糸』の裏側に作者の姿を想像することが楽しかったのだ、ということを認めなければならない。そしてそのように読むことの楽しみを手放す気になれない自分に、行き着いたのである。

嘘と真ととりまぜながら小説を創り出す作者によって、まんまと騙られる快楽も含め、小説テクストのあわいに作者を充当して読むおもしろさを、むしろこれからはもっと大事にしたいと思う。

数年前の車谷長吉の『鹽壺の匙』からは、古い漬け物をかみしめるような喜びを感じながら、そこに作者の策略的な自己愛の技法が隠されていることにも十分気づいていた。そしてそのテクストのなかで「作られた私」というものを、わたしは面白がっていたのだった。

思うに車谷のような近年の作家たちの私小説（らしきもの）は、自身の体験に愛着しながら、そのなかに嘘というねじれの空間を意識して織り込み、もう一つ別の私体験の場を新しく創り出しているわけだ。その重層する瞬間の快楽をまっ先に味わっているのは、だれあろう作家自身にちがいない。

そうであるなら、読者はその機微まで含めて読めるようになることが、今日の私小説を愉しむ技法として、欠かすことができない条件になるだろう。

注

（1）宮内淳子「大庭みな子『海にゆらぐ糸』――「作り話」のもたらすもの」『淵叢』5、一九九六年。

大庭みな子研究の動向

一九六八年の登場からかぞえると、大庭みな子の活躍はもう三十年を越し、著作も厖大な量におよんでいる。

おおかたのテクストは、『大庭みな子全集』全十巻（一九九〇・一一〜一九九一・九、講談社）によって読むことができるようになった。けれどもそこには、『胡弓を弾く鳥』（一九九二）のような長編小説や、多くのエッセイ類が収載されていない。全集以後のものは、もちろんはいっていない。

大庭はこれまでも多様な表情を見せてきた作家だが、しかもいまなお新しい領域を開拓中である。いつまでも動きをやめないこのような作家を前にしたとき、わたしたちはその著作を古典の〈研究〉と同じような方法で対象化することは、なかなかできにくい。ましてや、大庭みな子についての今日までの批評や研究などを「研究動向」として整理するとなると、いっそうの困難さを感じずにはいられない。わたしたちは、いまなお走りつづけている作家にかかわろうとするなら、みずからも走り動く姿勢をとりながら、自分の視座のゆれを覚悟しながらものを言うしかないだろう。

そのような事情をことわったうえで、まず最初に、研究史の理解に必要なかぎりで大庭みな子の仕事の流れを要約する。そのあとで、研究史のあらましを素描してみたい。

＊＊＊

一九六八年の「三匹の蟹」は、『群像』新人賞・芥川賞受賞作として文壇の圧倒的な支持を集めた。けれどもその後の大庭みな子は、一転きびしい批評をあびることになる。たしかに『ふなくい虫』（一九六九）や『胡弓を弾く鳥』（一九七二）などは、ヌーボー・ロマンの実験的な手法をもちい、虚無的な空気を絵画的なレトリックでみたしたテクストで、作者にしてみれば渾身の作品にちがいなかったはずだ。だが、リアリズムの伝統に馴れた当時の日本の批評家や一般の読者の読みのパラダイムにたいして、こうした表現方法は抵抗をかき立てずにはおかなかった。

他方、大庭は『栂の夢』（一九七一）のように、ややリアリズム路線への歩み寄りもみせていて、やがてその方向での成果『がらくた博物館』（一九七五）によって、女流文学賞を受ける。この方向はやがて、自伝的な要素と作り話・幻想が渾然とした大作『霧の旅・第Ⅰ部』（一九七六・一〇〜一九七七・九）へと実っていくことになる。

それからというもの、おそろしいまでの多産な活動が、全集完結のころまでの十数年間にわたって続く。たとえば、『霧の旅・第Ⅰ部』を連載中には、長編『浦島草』（一九七七）が同時に書き下ろしで刊行され、やがて『霧の旅・第Ⅱ部』（一九七九・七〜一九八〇・七）が再開すると、これもまた同時並行して『楊梅洞物語』（一九七九・一〜一九八四・七）が連載される。しかもその間には、『オレゴン夢十夜』（一九八〇）と『寂兮寥兮』（一九八二）という、重要な代表作が完成する。さらに『霧の旅』のパートⅢにあたる『啼く鳥の』（一九八四・一〜一九八五・八）の発表のあとでは、間をおくことなく、のちに『海にゆらぐ糸』（一九八六・一〜一九八九・九）に所収される短編がオムニバス式に断続的に発表され、そこにまた『王女の涙』（一九八七・一〜一二）の連載がふたたび並行する。

このような創作活動を追ってくると、わたしたちは、大庭みな子の想像世界のなかに登場する人物群が、大きく二つのグループに分かれていることに気づく。いわば『霧の旅』系と『ふなくい虫』―『浦島草』系とが波状にうねっている。

やがて、日本の古典文学や民話・古謡を女性の視点から語り直した『竹取物語・伊勢物語』（一九八六）や『古典の旅Ⅰ・万葉集』（一九八九）、『わらべ唄夢譚』（一九九五）などの領域が開拓され、さらに新しいジャンルとして評伝『津田梅子』（一九八九・六～一九九〇・三）があらわれた。この頃から『大庭みな子全集』の刊行が始まる。全集完結後には、『ふなくい虫』―『浦島草』系のさらなる展開として、『七里湖』（第一部一九九五・一～一二、第二部一九九六・七～九中断）が企てられた。

現在は、一九九六年七月来の闘病生活のなかで、日録風の『楽しみの日々』（一九九六・一〇、一九九七・五～一九九九・一、一九九九刊）、エッセイの『雲を追い』（一九九六・一～九、一〇合併号、九七・三、四合併号～二〇〇〇・七、二〇〇一刊）の連載が完結するなど、創作活動が続行している。短編小説集として、つい最近、詩的な密度と完成度の高い『ヤダーシュカ　ミーチャ』（二〇〇一）が出版されたばかりだ。書きつづけながら、不死鳥のように甦った作家の、底知れない言葉の力にわたしたちは圧倒されている。

＊＊＊

さて大庭みな子の研究文献目録を自家用に作成するに当たっては、与那覇恵子『現代女流作家論』（審美社、一九八六）巻末の「参考文献」、『大庭みな子全集』第十巻（一九九一）所収の田邊園子編「主要参考文献」、国立国会図書館の「雑誌記事索引」および国文学研究資料館による「国文学論文目録」を参照し、比較的新しい時期のものは管見で補った。その結果、文庫本の解説類の遺漏を不問にすれば、文献数は一〇〇をはるかに超える。

大庭みな子の読者の多くが、テクストの深層まで測鉛できるようになる画期は、やはり全集刊行の一九九〇年前後のようだ。作家の全体像を把握するために全集というもののはたす効用をあらためて実感している。

けれどもそれとともに、この時期に近現代の文学研究がいちじるしく研究の方法を意識化しはじめた点もあげなければならないだろう。なかでも、フェミニズム批評が意欲的に試みられるようになったことの意義は大きい。

もちろんそれ以前にも、海面に浮く氷山のように輝きを放つ論考はいくつもあった。まずこれら全集刊行以前の研究に注意を向けたい。

日本の文学愛好者は、アラスカから送られて来た大庭みな子の第一作「三匹の蟹」を、一種の新型家庭小説の枠組みにおいて読み、その枠組みの中での主婦の行動の無邪気なまでの大胆不敵さや、それを許容する夫や、その背景をなす文化的社会的な受け皿の珍しさ・新しさに、強い関心を示した。なによりも物語の内容面にインパクトを受けたのである。

もちろんディスコースや語りの効果なくして内容のインパクトはありえないけれども、一九六八年から七〇年代の研究の多くは、物語の内容をたどりつつヒロインに思い入れをするという、いわば作品鑑賞にとどまっているものが多い。そうしたなかで、江藤淳が『群像』新人賞の選評において、「三匹の蟹」は「女の側から描いた『抱擁家族』」(一九六八・六)であるとして引き合いに出した『抱擁家族』(新潮社、一九六五)の、当の作者小島信夫自身がいち早くこの小説の「新しさ」を小説作法の面から指摘しているのが、ひときわ光っている(「自由な新しさということ」『群像』一九六八・七)。

小島は、「芝居や、映画のシーンに似」せて、「心理や意識」への執着を、「外側から書こうとしている」

点、「由梨」という名付けや「ウィット、アイロニイ、シニシズムにとんだ会話」など、日本的な常識感覚から外れている「危なさ」の点を、「新しさ」としてあげている。なお会話の技法については、長田弘「方法としての会話　『幽霊たちの復活祭』」(『群像』一九九〇・九)も鋭敏な批評をしている。

さきにも書いたように、絶賛された「三匹の蟹」から一転して、いっせいに悪評の的になった『ふなくい虫』だが、世評に抗して先見の明をうかがわせた二つの論があることを特筆したい。平岡篤頼「『ふなくい虫』の詩的構造」(『新鋭作家叢書・大庭みな子集』河出書房新社、一九七二)と、田邊園子「作品の評価について—大庭みな子『ふなくい虫』の場合」(『目白近代文学』一号、一九七九・六)である。

平岡は批評家たちの大庭に対する「失望」を、彼らのリアリズム信仰に居座った不勉強のせいだとほのめかしながら、このテクストの流動的な二重構造が発揮する魅力を、とくに方法化された隠喩の使用面から論証している。田邊も、佐伯彰一・中村光夫・三浦朱門らの眨言にたいし、それらは文壇に根づいた男権支配の臆面なさだと衝く。『ふなくい虫』こそは女性作家が女性としてのエクリチュールを、「伸びやか」に「もっとも濃縮したかたちで結晶化」したテクストだと主張し、「産む性」の問題化の新鮮さ、レトリックの独自な開拓、シュールレアリスム的な場面処理の高度な技法などを指摘して、女性読者による積極的な評価を、保守的な文壇にむかって勇気をもって対置してみせた。この発言は、まだ日本にフェミニズム文学批評が高揚する以前に、早くもその精神のもっともナイーヴな芽生えがあったことをあかしている。

同様に不評だった『胡弓を弾く鳥』については、大橋健三郎「曠野をさすらう男と女」(現代の文学33『河野多恵子・大庭みな子』解説、講談社、一九七三)が、大庭みな子の日本への帰国がもたらさずにはいなかった作家としての「変身」にからめて、大庭の立場を擁護した。

すこし時期が下るが、小島、平岡、田邊の読みに共通していたイメージと比喩の独自な効果への関心を、レトリックの問題として、広く大庭文学全体の方法的特質としてとらえた優れた考察があらわれる。三浦雅士の「大庭みな子と隠喩」(『群像』一九八八・八)である。これが『浦島草』を森の隠喩で鮮やかに解読した最初の試みである。やがてこのような修辞学によるアプローチは、水田宗子の「霧と森の世界―大庭みな子における物語の原型」(『霧の旅』解説、『大庭みな子全集』第六巻、講談社、一九九一・七)により、いっそう豊饒に実ることになる。

『浦島草』や『霧の旅』は、主題としても方法としても、大庭みな子が作家として熟すためにもっとも重要なステップを踏み出した作品だが、かえってその重さのせいか、全集刊行以前に作品論の対象になったケースは思いのほか少ない。上田三四二「原点へのこだわり『浦島草』」(『群像』一九七七・五)、渡辺広士「不毛と幻想の構図―大庭みな子小論」(『新潮』一九七八・六)といった短評などにとどまる。『霧の旅』では先述の水田の解説以外には、単独での作品論は管見にまだはいっていない。

ただしこれらの作品が出た一九八〇年頃には、作品数の蓄積にともなって、総体的な「大庭みな子論」が現れはじめる。中山和子「女流文学が描く女性意識の諸相」(『国文学　解釈と鑑賞』一九七六・九)、渡辺正彦「新しい寓話を求めて―金井美恵子と大庭みな子」(『国文学』一九八〇・一二)、岡本美紀子「内宇宙―大庭みな子論」(『主潮』8、一九八一・一二)、渡辺澄子「大庭みな子論」(『文学的立場』3、一九八一・三)、与那覇恵子「大庭みな子論―〝産む性〟としての女」(『専修国文』一九八二・一)、「大庭みな子論―産む性」(『文研論集』9、一九八三・九)(ともに与那覇恵子『現代女流作家論』前掲書、所収)、竹田青嗣「文学的〈内面〉のゆくえ―女流作家の現在」(『新潮』一九八五・七)、三枝和子「女性原理による思考方法の確立を―大庭みな子の近作に触れながら」(『早稲田文学』〈特集・女が女を読む〉一九八五・一一)などである。

与那覇は、「家庭」「結婚」「産む性」の主題論的な展開を、とくに作中人物が重なり合う『ふなくい虫』と『浦島草』との間にさぐり、女の「産む性」が、厳しい拒絶から選択的許容へとゆるやかに変容している点を指摘。三枝は、自伝的要素のある『霧の旅』が後続の『啼く鳥の』にくらべ悪評だったことに異議を唱える。つまり不評は批評家たちが『霧の旅』に男性風ビルドゥングスロマンの輪郭を求めるからであり、大庭の女性たちはそのような教養小説とは「無縁」な次元で生息しているのだから、男性批評家たちとは異なる視点で、「女性原理」による読みがなされるべきだと主張する。他方、渡辺澄子は大庭と同時代をくぐりぬけた者として、「ワークとプレイの両面でなく」「『性的な満足』というプレイを第一義とするこの作家の姿勢に同調できない」と批判。竹田も同様に、『楊梅桐物語』や『寂兮寥兮』が「家の規範」を徹底的に解体したものの、それが「人間の生の社会的実質を映しとるより、人間の生の空しさについての、ひとつの存在論的〈物語〉」でしかないと評した。

一九八二年の『寂兮寥兮』は大庭みな子の脱近代を告げる実験的な小説だったが、読者の意識も一九七〇年代初めの頃とは変わり、広く受け入れられ、好評だった。関連した作品論もふえている。栗坪良樹「インタビュー・大庭みな子氏にきく」(『すばる』一九八二・九)、江藤淳「『寂兮寥兮』のかたち」、および「名と言葉と声」(『文芸』一九八三・九、一〇)、江種満子「『寂兮寥兮』—結婚神話を超えて」(『国文学　解釈と鑑賞』〈特集女性・その変革のエクリチュール〉一九八六・五)など。江藤は、『寂兮寥兮』の老子受容には「名」と「声」に関して問題があり、パワーがはじけないまま心境小説に帰したと評している。『啼く鳥の』も好評だった。小島信夫、秋山駿、加藤典洋の創作合評『啼く鳥の』(『群像』一九八五・九)は、小島の懇切をきわめた鑑賞と作法の解説、それにたいする秋山の反論、加藤の明快な評価軸の提示など、複数の立場が交錯しながら見事に読みを深化して、研究史に残る出色ぶりである。なお菅野昭正

「鳥たちの行方—大庭みな子『啼く鳥の』をめぐって」（『群像』一九九一・五）も示唆に富む。
『海にゆらぐ糸』関係では、『早稲田文学』（一九九〇・三）の「デュアル・クリティック『海にゆらぐ糸』」のうち、千石英世「『海にゆらぐ糸』—難民の送還」が、百合枝・省三ものの極め付けの作品としての『海にゆらぐ糸』で、夫の省三が果たす「愚者」の役割を、「アイロニー、ヒューマー、ファルス」の効果として称賛している点に教えられた。

一九九〇〜九一年に刊行された『大庭みな子全集』全十巻（講談社）に載った各解説および月報は、大庭文学の総体をイメージするのに適切で、各作の読みを深める契機をなしている。これ以後の大庭研究は、文学研究の一翼でフェミニズム文学批評が論議されるようになって、およそ女性作家に言及しようとする研究者は、賛否いずれの立場をとるにしても、その問題に触れずにはすまされなくなった。各巻の解説のみを執筆者とタイトルに絞って以下にあげる。

第一巻、平出隆「緑の錆と白い錆」（一九九〇・一二）、第二巻、田邊園子「先駆者　大庭みな子」（一九九一・一）、第三巻、川村湊「樹木のアニマとトーテムの物語」（一九九一・四）、第四巻、三浦雅士「生命の図書館」（一九九一・五）、第五巻、川西政明「精神の殿堂」（一九九一・二）、第六巻、水田宗子「森の世界—大庭みな子における物語の原型」（一九九一・七）、第七巻、川村二郎「寂寥のメルヘン」（一九九一・六）、第八巻、鈴木貞美「〝生命《いのち》〟の縒り糸」（一九九一・三）、第九巻、菅野昭正「二重の視野のなかで」（一九九一・八）、第十巻、平岡篤頼「三つの像」（一九九一・九）。

全集刊行以後の研究に目を向けたい。

リービ英雄「『三匹の蟹』ふたたび」（大庭みな子『三匹の蟹』解説、講談社文芸文庫、一九九二）は、「自然」という軸を立てて読みの一新を図るが、その主旨のもと、フェミニズム的視点で読むことに対しては、わざわざ否定している。反対にキャロル・ヘイズ「男性社会の彼方へ―河野多恵子・大庭みな子・津島佑子の歩む道」(『比較文学研究』62、一九九二・一二)はフェミニズムの視点で終始している。

江種満子は「女性作家とアメリカ―大庭みな子『横図のない絵』論のために」(『昭和文学研究』22、一九九一・二)、「大庭みな子『浦島草』」(安川定男編『昭和の長編小説』至文堂、一九九二)、「老いと自由―大庭みな子『海にゆらぐ糸』より」(加藤美恵子編『煌きのサンセット』中央法規出版、一九九三)で、フェミニズム批評の可能性を追求した。「大庭みな子ノート―『ふなくい虫』と『浦島草』のあいだ」(『近代の文学・井上百合子先生記念論集』河出書房新社、一九九三)では、『浦島草』を『ふなくい虫』から離陸可能にしたキイ・ポイントとして、黎(=零=ゼロ)というキャラクターの発見・創出をあげた。数学史でゼロの発見が革命をもたらしたように、大庭文学でも、黎=零はそれ以前の大庭文学を浸していた虚無のニヒリズムにたいして、無の力のもつ劇的な両義性を始動させ、そのダイナミズムによって世界を組み替えることができたのだ、と述べている。また「『三匹の蟹』着床の場―ウーマンリブ前夜のセクシュアリティ」(『文教大学国文』28、一九九九・三)、「『火草』の世界―ネイティブ、ジェンダー」(『文教大学文学部紀要』一三巻二号、二〇〇〇・一)、「火草(大庭みな子)への旅」(『文教大学国文』29、二〇〇〇・三)などをつづけて発表している(以上本書所収)。

水田宗子は、「沈黙―女性表現の深層」(『フェミニズムの彼方』講談社、一九九一)により、女性文学の特質としての沈黙の相に注目。「山姥の微笑」が語る主婦の内面の怪物性と主体性との関係を追求した。さらに「共生と循環―大庭みな子の森の世界の変容」(大庭みな子『海にゆらぐ糸　石を積む』作家案内、講談社文芸文庫、一九九三)は、『三匹の蟹』から『海にゆらぐ糸』までの主要作品を、自然と人間との相互変容過程の面から緻密に論じている。

沼沢和子「大庭みな子『山姥の微笑』」(『短編女性文学・現代』おうふう、一九九三)は先行する水田の論考に新たな読みを対置した。両者を引き継ぎつつ佐藤久美子は、大庭みな子が使用する「山姥」の用例の全ケースをあげ、その言葉が特異な意味を帯びはじめる時期をこの作品に見ている（「山姥の微笑」をめぐって—大庭みな子小論」『さっぽろ市民文芸』13、一九九六・一〇）。

宮内淳子は「大庭みな子『海にゆらぐ糸』—「作り話」のもたらすもの」（『淵叢』5、一九九六・三）で、テクストの中、「作り話」が人を感情や状況の囚われから解き放つ機微を析出し、新しい読みの楽しみを提示している。宮内には『女性作家シリーズ9　河野多恵子・大庭みな子』（角川書店、一九九八）に付した「作家ガイド」もある。

また『浦島草』論として、リービ英雄の「もう一つの戦後文学」（大庭みな子『浦島草』解説、講談社文芸文庫、二〇〇〇）が最近の成果である。

最後に紹介したい。大庭みな子研究の最初の単著が、日本ではなくアメリカで完成した。Michiko Niikuni-Wilson, *Gender is Fair Game:*（*Re*）*Thinking the*（*Fe*）*Male in the Works of Oba Minako*（M.E. Sharpe, 1999）である。表題のように、ジェンダーの視点を正面に据えて大庭みな子の文学の全体像を描く試みであり、『霧の旅』『啼く鳥の』『浦島草』など、幅広いテクストを対象にした読解とジェンダー的視点からの考察が、緻密に行われている。巻末に大庭みな子へのインタビューがあり、これまで知らなかった大庭みな子の素顔を感じとることができる。

ここまでたどり終えて思う。大庭みな子の本格的な研究はようやく緒についたばかりではないか、と。

大庭みな子　略年譜

一九三〇（昭和五）年　〇歳
椎名三郎、睦子の長女として、東京の渋谷に生まれる。本名美奈子。戦争が終わるまで、海軍軍医であった父の転任のため、海軍の要地を移り住む。
一九三七（昭和一二）年　七歳
呉市二河小学校に入学。この年七月、日中戦争が始まる。一九三九（昭和一四）年から二年間、江田島の従道小学校に通う。世界の童話を読み、アンデルセンの強い影響を受ける。
一九四一（昭和一六）年　一一歳
父が海外勤務のあいだ、母の生家である新潟の伯母の家から学校に通う。ユーゴーを読み感動、作家になることを決心する。
一九四三（昭和一八）年　一三歳
豊橋市新川小学校を卒業し、愛知県立豊橋高女に入学。
一九四四（昭和一九）年　一四歳
広島県立西条高女に転校。学校が広島被服工廠の工場になり、学徒動員で一日一一時間の重労働をした。通学のため、西条市内の神笠家に部屋を借り、自炊生活をする。学内劇のためにユーゴーの『レ・ミゼラブル』より脚本「大いなる愛」を書き、主役のジャンバルジャンを演じ、好評だった。

一九四五（昭和二〇）年　一五歳

西条は広島や呉に近く、しばしば空襲警報下になる。戦時下の文学熱により、学校から監視され体罰を受けたことがある。八月六日に原爆を投下された広島市に、敗戦後の八月末から九月にかけ、被爆者の救援隊として二週間学徒動員された。このとき見た惨状は生涯忘れられないものとなった。

一九四七（昭和二二）年　一七歳

三月、広島県大竹市に移り、山口県立岩国高女（四年制）を卒業。一家が母の実家のある新潟県木崎に引きあげ、父は開業医になる（まもなく内島見に移転）。四月、新潟高女専攻科に入学。高女（五年制）の五年に編入することを希望したがかなわず、専攻科の家庭科の授業になじめなくて、一学期で退学を勧告された。二学期から新発田高女専攻科に転校、交友会文芸班のガリ版刷り会誌『あやめ』に、劇評「検察官・その他」を書いた。翌年、新制の新潟県立女子高等学校になった旧新潟高女にもどり、三年に編入。

一九四九（昭和二四）年　一九歳

三月、新潟県立女子高等学校を卒業。四月、津田塾大学英文学科に入学。七月、静岡で旧制の静岡高等学校生だった大庭利雄に会う。寮生活を愉しみ、演劇に熱中し、詩を書き始めた。

一九五三（昭和二八）年　二三歳

三月、大学を卒業。東京で中学と高校の講師をしたが、健康を害して辞める。

一九五四（昭和二九）年　二四歳

新潟に帰り、詩と小説を書く。

一九五五（昭和三〇）年　二五歳

一二月、小説を書き続けることを条件に、大庭利雄と結婚。東京に住む。

一九五六（昭和三一）年　二六歳
九月、娘優を生む。
一九五九（昭和三四）年　二九歳
一〇月、夫、利雄の勤務するアラスカパルプの操業開始にともない、アラスカ州シトカに移り住む。一九七〇年に引きあげるまで一一年間暮らした。一九六一年夏に、シアトルからアラスカのヘインズまで長距離のドライブ旅行をしたのをはじめとし、利雄とともにしばしばアメリカ各地を旅行した。一時期、シトカのバラノフ小学校で日本語を教えた。
一九六二（昭和三七）年　三二歳
ウィスコンシン州立大学美術科の大学院生としてマジソンに住む。六三年夏、「構図のない絵」を書く。
一九六七（昭和四二）年　三七歳
夏、ワシントン州立大学美術科に籍をおいてシアトルに住み、もっぱら文学部の講義を聴く。大学の寄宿舎で「虹と浮橋」を書き、シトカに帰ってから「三匹の蟹」を書いて『群像』新人賞に応募した。
一九六八（昭和四三）年　三八歳
「三匹の蟹」が『群像』新人賞と芥川賞とを受賞。七月、「虹と浮橋」を、一〇月、「構図のない絵」を、ともに『群像』に発表。
一九六九（昭和四四）年　三九歳
一月、「火草」を『文学界』に、二月、「幽霊達の復活祭」、一〇月、長編「ふなくい虫」を、ともに『群像』に発表。一一月から一二月にかけてパリに滞在。この年、母睦子死去。
一九七〇（昭和四五）年　四〇歳
一月、エッセイ「魚の泪」を『婦人公論』に連載開始（一二月まで）。三月、一家でアラスカを引きあげ、東京に住む。一〇月、「蚤の市」を『文芸』に発表。一〇、一一月、渡米してマジソンに滞在。
一九七一（昭和四六）年　四一歳
春から夏にかけ、夫と共にインド、アフリカ、ヨーロッパ、南米、カナダを旅する。七月、詩集『錆びた言葉』（講談社）を、九月、書き下ろし長編『栂の夢』（文藝春秋）を刊行。
一九七二（昭和四七）年　四二歳
六月、渡米。八月、長編「胡弓を弾く鳥」を『群像』に発表。九月、東南アジアに旅行。暮れから一月にかけロスアンジェルスを訪ねる。
一九七三（昭和四八）年　四三歳
五月、戯曲『死海のりんご』（新潮社）を、八月、エッセイ集『野草の夢』（講談社）を、一〇月、J・ボールドウィンとM・ミードの対談を翻訳して『怒りと良心』（平凡社）を刊行。一〇月から一一月にかけて、オレゴン州で過ごす。
一九七四（昭和四九）年　四四歳
一一月、カナダをはじめ、アメリカの各地を旅し、帰途アラスカ各地を訪ねる。
一九七五（昭和五〇）年　四五歳
二月、短編集『がらくた博物館』（文藝春秋、女流文学賞受賞）を、五月、短編集『青い狐』（講談社）を刊行。九月から一〇月にかけ、ソヴィエトに旅行。
一九七六（昭和五一）年　四六歳
一月、「山姥の微笑」を『新潮』に発表。シトカを訪ね、旧友たちに再会。一〇月より「霧の旅」第I部を『群像』に連載開始（五二年九月まで）。父三郎死去。
一九七七（昭和五二）年　四七歳

三月、書き下ろし長編『浦島草』（講談社）を刊行。五月、スコットランドに旅行。
一九七八（昭和五三）年　四八歳
一月、エッセイ集『醒めて見る夢』（講談社）を刊行。三月、ロンドン、ウィーン、ハンブルグ、パリなどで日本人に講演。四月、東欧の各地を訪ね、九月、韓国に旅行。
一九七九（昭和五四）年　四九歳
一月、「柘榴と猫」を『海』に発表（『楊梅洞物語』〔中央公論社〕にまとめられる作品群の始まり。断続的に五九年六月まで一一回）。六月、高橋たか子と北欧からパリにかけて旅行。七月、「霧の旅」第Ⅱ部を『群像』に連載開始（五五年七月まで）。八月、『女の男性論』（中央公論社）、一一月、高橋たか子との対談集『性としての女』（講談社）を刊行。九月から三ヶ月間、国際交流基金の交換教授として、オレゴン州立大学で現代日本文学セミナーを担当。
一九八〇（昭和五五）年　五〇歳
八月、長編「オレゴン夢十夜」を『新潮』に発表。九月から四ヶ月間、アメリカ国務省の招待でアイオワ大学のインターナショナル・ライティング・プログラムに参加、アメリカ各地を旅行。
一九八一（昭和五六）年　五一歳
複数の連載を手がけつつ、三月、芝木好子らと韓国に旅する。
一九八二（昭和五七）年　五二歳
一月、「帯揚げ」を『海燕』に発表（『舞へ舞へ蝸牛』〔福武書店〕にまとめられる自伝的な作品群の始まり。隔月で五九年一一月まで）。五月、長編「寂兮寥兮」を『文芸』に発表（六月、河出書房新社刊。谷崎潤一郎賞受賞）。
一九八三（昭和五八）年　五三歳

一月、エッセイ集『夢を釣る』（講談社）を刊行。五月、スウェーデン政府の招きで同国を訪ねる。八月、短編集『帽子の聴いた話』（講談社）を刊行。一一月より翌年七月まで比叡平に住み「啼く鳥の」を執筆。

一九八四（昭和五九）年　五四歳

一月、『霧の旅』続編として、長編「啼く鳥の」を『群像』に連載開始（六〇年八月まで。一〇月、講談社刊。野間文芸賞受賞）。三月、加賀乙彦らと中国を旅行。八月、「新輯お伽草紙」を『文芸』に隔月連載開始（平成元年八月まで）。藤枝静男らとバリ、ジャワを旅する。

一九八五（昭和六〇）年　五五歳

二月、エッセイ集『女・男・いのち』（読売新聞社）を刊行。八月、詩劇「火草」を『潭』に発表し、一一月放送劇「浦島草」をＮＨＫ・ＦＭで放送。

一九八六（昭和六一）年　五六歳

一月、「ろうそく魚」を『群像』に発表（『海にゆらぐ糸』〈講談社〉にまとめられる作品群の始まり。平成元年九月まで。表題作「海にゆらぐ糸」〈六三年一〇月〉で川端康成賞受賞）。六月、短編・戯曲集『三面川』（文藝春秋）を刊行。一〇月と一一月、二度にわたって中国を訪問。

一九八七（昭和六二）年　五七歳

一月、『浦島草』の続編として、長編「王女の涙」を『新潮』に連載開始（六二年一二月まで）。七月、河野多恵子とともに、女性初の芥川賞選考委員になる。一〇月から翌年一月にかけて、カナダでの国際作家祭に参加したのをはじめとし、アメリカ東部を経て、帰途シトカに滞在した。

一九八九（昭和六四、平成元）年　五九歳

五月、エッセイ集『虹の橋づめ』（朝日新聞社）、九月、『魔法の玉』（ＴＢＳブリタニカ）、一一月、『古典の旅Ⅰ・万葉集』（講談社）を刊行。六月、評伝「津田梅子」を『月刊Asahi』に連載開始（平成二年三月

まで。六月、朝日新聞社刊。読売文学賞受賞）。
一九九〇（平成二）年　六〇歳
五月から七月にかけ、イギリス諸国やドイツなどを夫と旅行。一一月、『大庭みな子全集』（全十巻）の刊行が始まる（平成三年九月まで）。
一九九一（平成三）年　六一歳
七月から「むかし女がいた」を『波』に断続連載（平成五年一二月まで）。「わらべ唄夢譚」を『文芸』秋季号より連載（平成六年冬季号まで）。
一九九二（平成四）年　六二歳
一月、「二百年」を『婦人の友』に連載開始（平成五年二月まで）。六月、エッセイ集『想うこと』（読売新聞社）を、九月、娘優との往復書簡集『郁る樹の詩』（中央公論社）を、一一月、対談集『やわらかいフェミニズムへ』（青土社）を刊行。
一九九三（平成五）年　六三歳
三、四月、アメリカのラトガース大学で講義。四月、同大学での日本女性作家会議で講演。九月、ドイツ各地を旅する。
一九九四（平成六）年　六四歳
ブリティッシュ・カウンシルの招待でケンブリッジでの英国作家会議に出席。
一九九五（平成七）年　六五歳
一月から、「七里湖」第一部を『群像』に連載開始（一二月まで）、水田宗子との対談集『〈山姥〉のいる風景』（田畑書店）を刊行。二月、「おむぶう号漂流記」を『世界』に連載開始（五月まで）。日本の東北地方、シアトル、中国を旅行。

一九九六（平成八）年　六六歳

一月、「赤い満月」を『文学界』に発表（川端康成賞を再度受賞）。エッセイ「雲を追い」を『本の手帖』に断続連載開始（平成一二年七月まで）。七月、「七里湖」第二部を開始したが、脳出血で倒れ、九月号で中断。八月、闘病しつつ、水田宗子との往復詩集『燃える琥珀』（中央公論社）を刊行。九月、脳梗塞を併発し、リハビリの生活に入ったが、書きつづけた。

一九九七（平成九）年　六七歳

五月、「楽しみの日々」を『群像』に連載開始（平成一一年一月まで）。

一九九八（平成一〇）年　六八歳

二月、『初めもなく終わりもなく』（集英社）を刊行。病後はじめて夫利雄と遠出した。

一九九九（平成一一）年　六九歳

国内の旅に出、六月にはシトカの旧居を訪ねた。九月、『楽しみの日々』（講談社）を刊行。

二〇〇一（平成一三）年　七一歳

二月、エッセイ集『雲を追い』（集英社）を、五月、短編集『ヤダーシュカ　ミーチャ』（講談社）を刊行。六月、江田島に取材旅行し、『新潮』（八月号）に「江田島」として発表。

付記　以上の略年譜の作成にあたっては、現在もっとも詳細な内容をもつ『大庭みな子全集』第十巻（講談社、一九九一）の年譜、『女性作家シリーズ　河野多恵子・大庭みな子』（角川書店、一九九八）巻末の宮内淳子編の「略年譜」、大庭みな子『浦島草』（講談社文芸文庫、二〇〇〇）に付された著者作成の最新の年譜をもとにし、本書とのかかわりで若干の補足を行った。

あとがき

まだ院生の頃、「三匹の蟹」（昭和四三＝一九六八）を発表と同時に読み、からだ全体が解き放たれるような、めずらしい感動体験をした。これ以前にこの種の感動を味わったのは、横光利一の「機械」（昭和五＝一九三〇）を読んだ時くらいではなかろうか。

当時わたしは有島武郎の『或る女』（大正八＝一九一九）にひどく悩まされていた。女主人公の早月葉子の悲劇の癌は、彼女のパラノイアックなロマンティック・ラブなのだ、ということは痛いほどわかっても、ではそこからどのようにすれば彼女は自由になれるのか、わたしに語れる言葉はなかった。

こんな時に「機械」と「三匹の蟹」に出会って解放感をおぼえたのは、たぶんこの辺に、『或る女』の閉ざされた世界から抜け出せる道があるのではないかと、直覚的に感じたのだと思う。

「機械」は、ひとつの問題に対して、とる視点を変えれば、それに応じて別の姿が見えてくると語っているようで、わたしはまったくその通りだと思った。この時の記憶は、後になって「脱構築」という言葉を学んだとき、あの自由を感じた日の体験が、このハシリだったのだと悟った。

けれども「三匹の蟹」から受けた感動はこれとは少し違っている。わたしは女主人公の気分と行動力に驚いたのだった。アメリカに住む日本人の家庭の主婦が、常識としての一夫一婦制の結婚や家庭を平然として内側から食い破る。そんなことをしても彼女はけっしてめげないし、だれからも罰せられないし、早月葉子のように「間違つてゐた」と激しく後悔するなど、それこそまちがっても口にしない。すごいことだと思った。とうとうわたしたちの文学にも、自分探しのために行動してひるまない新しい主婦が登場し、しかもそんな女性を受け容れる環境が生まれているのだと知らされ、瞠目した。

「三匹の蟹」が登場した一九六八年には、日本では全共闘世代が学生運動を盛り上げ、わたしが院生だった大学もその一つだった。だが、ウィメンズ・リブはまだ水面下に渦巻くのみだった。それが顕在化するのは、「三匹の蟹」の後からだ。近年になって、「三匹の蟹」の由梨のような女性が文壇に受け容れられた時代を振り返ってみると、まもなく、近代日本のジェンダーとセクシュアリティの関係を問題化することになるウィメンズ・リブや第二派フェミニズムは、やはり日本でも生まれるべくして生まれたのだということがよくわかる。

それからひとしきり、日本の文学は、とくに女性文学は、女性がつくる社会潮流と連動しつつ活発な時代を迎えた。

だがそれから二〇〇一年のいま、大庭みな子は言っている。

　フェミニズムの嵐が吹き荒れ、男はどうしてこんなにと思うほどひるみ、女性たちはほんの少しだが今まで言えなかったことを言える場所を持っている。でもこの時間はそんなに長くは続くまい。
（「女たちの生命と生命をつなぐ」『本の窓』二〇〇一年五月号）

たしかに、いざとなると男性は、大庭みな子の「火草」が三十年前に洞察したように、さりげなく結託して女性を排除する可能性はあるだろう。

もちろん大庭みな子は、声高にフェミニズムを口にする作家ではない。また、フェミニズムによって単純に語れるほどわかりやすい作家でもない。しかし、一一年間も暮らしたアメリカ＝アラスカという視座を自家薬籠中のものにして、日本を相対化できる力を秘めた作家として文壇に現れた大庭みな子の言葉の襞々には、ウィメンズ・リブとフェミニズムの本場で血肉化したフェミニストの精神が、脈々と息づいている。それは、十五歳の時のヒロシマ体験を三十年かかって反芻し、ようやく言葉にした『浦島草』においても、その構造を支える基軸の一つが、戦争を女性の立場から問うところに据えられていることからも、明らかである。

一昨年、アメリカ在住の大庭みな子研究者ミチコ・ニイクニ・ウィルソンは、日本の外で生きる女性の率直さで、ジェンダーに的を絞った大胆な大庭みな子論を著した。大庭みな子についての初めての研究書のタイトルはいみじくも *Gender is Fair Game*, 1999（標的としてのジェンダー）である。挑発的で魅力的だ。

わたしたちは大庭みな子の文学が灯したフェミニズムの火を、意志して燃やしつづけたいと思う。

＊＊＊

わたしは『浦島草』が大庭みな子の最高傑作だと信じている。

「三匹の蟹」や『ふなくい虫』に代表される大庭みな子の出発期には、ウロボロスのように自閉して孤絶する人々に、作者の目が向けられる傾向があった。「三匹の蟹」の作中人物たちは、ホームパーティの場で決して本心を語らず、あるいは語るべき本心を欠き、空疎な饒舌に時を費やす。その逆に『ふなくい虫』では、自分だけの幻想を追ってモノローグにふける。どちらの言葉も、他者と深くかみ合う力を与えられていない点で共通していた。だが『浦島草』になると、言葉は人と人との間をつなぎ合わせる力を得る。作中人物たちは、それぞれが体験した歴史に向き合い、それを自分の言葉で解読しようと努め、またそれについて共通体験者の間で語り合うばかりでなく、次の世代に語り継ぐことに熱意を注ぐ。かつての自閉のウロボロスたちは、他者に身を開き、他者と話し合うことを喜びとする。このような大庭みな子の文学の変化は、人間を歴史と現実というコンテクストに位置づける方法に移行することによって、実現された。もちろんフェミニズムの潮流もそのなかに含まれている。そのような意味において、わたしは『浦島草』を大庭みな子の文学の頂点だというのだ。

ところで、その『浦島草』のキー・イメージに選ばれた浦島草という植物を、わたしはまだ花をつけた姿で見たことがない。

前に住んでいた家の庭には、隅の方に浦島草の親戚のテンナンショウ科のどれかが一本だけあったことをおぼえている。けれども、それをそばに寄ってよく眺めてみたことはなかった。

そして今年六月、震災の年に見舞って以来久々に神戸の姉を訪ねた。狭い庭にひしめく鉢植えを見るうちに、その一つに目がとまって尋ねると、それが浦島草だということだった。ひゅるひゅる糸が延びると言った。もちろん花は終わっていた。自分で撮った写真があるというので見せてもらうと、釣り人が棹を振り上げたときに空中高く糸をたわませるように、浦島草は高々と糸を振りかぶっていた。来年こそは実物を見ることができる。

＊＊＊

本書に収めた論のうち三本は未発表か、書き下ろしである。既発表のものも、多くは大幅に書き改めた。しかし、あくまでも本書は、大庭みな子の研究の中仕切りである。

それにしても、本書のできるまでになんと多くの方々から、ご好意とご助力をいただいたことか。お名前を記して心からのお礼を申し上げたい。

まっ先に、作家の大庭みな子氏と、ご夫君の大庭利雄氏に。その大庭みな子氏が脳梗塞で倒れられる前の一九九三年に引き合わせてくださった編集者の田邊園子氏に。それから一九九四年に一回目のシトカの調査に出かけたときお世話になった、オレゴン州立大学名誉教授の陽子・松岡-マックレイン氏に。一九九八年の広島県西条の調査では、市の各方面へご案内くださった中国新聞社東広島支局（当時）の有原鉄氏に、そして同本社の平井真氏に。その時、突然の訪問を快く受け入れてくださった神笠美彦氏、塩田修司氏、高橋繁子氏に。翌一九九九年の二回目のシトカの調査では、アラスカパルプ最後の現地社員・角田淳郎氏に。今回は口絵の写真でも協力してくださった。二〇〇〇年の新潟の調査では、新しい事実をご教示くださった大庭みな子氏の女学校時代からの親友斎藤信子氏、新潟高女・新潟県立女子高等学校の先生だった田宮敬子氏に。そして、英語圏へのパイプ役として陰で助けてくれた娘の小泉朝子に。

表紙は、アラスカのケチカン在住の画家 Evon Zerbetz の作品 Heron Sketch（青鷺のスケッチ、一九九三）である。初めてアラスカに行ったとき、スキャグウェイで入手した。このたび、装幀にあたって画家とコンタクトをとったところ、本書出版の趣旨に理解と励ましの返事をもらった。本書をご所望ということなので、大庭みな子ゆかりのアラスカに本書が飛び立って行くかと思うと、喜びはひとしお大きい。

二〇〇一年九月

江種　満子

初出一覧

火草（大庭みな子）への旅
『文教大学国文』二九号（二〇〇〇年三月）に同題で発表。
一　「三匹の蟹」着床の場（一）
『文教大学国文』二八号（一九九九年三月）掲載の同題論文に手を加えた。
二　「三匹の蟹」着床の場（二）
一九九六年に執筆。未発表。
三　「三匹の蟹」の由梨
『国文学　解釈と鑑賞』（一九七六年九月）に同題で発表。
四　「構図のない絵」
『昭和文学研究』二二集（一九九一年二月）掲載の「女性作家とアメリカ―大庭みな子『構図のない絵』論のために」を大幅に書き換えた。
五　「火草」の世界
『文教大学文学部紀要』一三巻二号（二〇〇〇年一月）掲載の「大庭みな子『火草』の世界―ネイティブ、ジェンダー」に手を加えた。
六　『ふなくい虫』と『浦島草』のあいだ
『近代の文学・井上百合子先生記念論集』（河出書房新社、一九九三）所収の「大庭みな子ノート―『ふなくい虫』と『浦島草』のあいだ」に手を加えた。
七　曖昧さを味わう（作者への返信に代えて）

分銅惇作編『近代文学論の現在』（蒼丘書林、一九九八）所収の「曖昧さを味わう―『ふなくい虫』の「異母姉弟」をめぐって」を大幅に書き換えた。
八　『浦島草』の物語系
安川定男編『昭和の長編小説』（至文堂、一九九二）所収の「大庭みな子『浦島草』」の前半部を書き換えた。
九　『浦島草』、または里に棲む山姥　書き下ろし
一〇　『浦島草』と蒲原小作争議　書き下ろし
一一　大庭みな子と西条（東広島市）
『文教大学国文』二八号（一九九九年三月）に同題で発表。
一二　『寂兮寥兮』
『国文学　解釈と鑑賞』（一九八六年五月号）に「大庭みな子『寂兮寥兮』―結婚神話を超えて」として発表。
一三　『海にゆらぐ糸』
加藤美枝編『煌きのサンセット――文学に〈老い〉を読む』（中央法規出版、一九九三）に「老いと自由―大庭みな子『海にゆらぐ糸』より」として発表。
一四　私小説の愉しみ
『私小説研究』創刊号（法政大学大学院私小説研究会、二〇〇〇年三月）に「私小説の楽しみ―『海にゆらぐ糸』」として発表。
大庭みな子研究の動向
『昭和文学研究』三五集（一九九七年七月）に発表した「研究動向　大庭みな子」に、その後の研究を補足した。
大庭みな子略年譜　書き下ろし

著者紹介

江種 満子（えぐさ みつこ）

1941年広島県生まれ
お茶の水女子大学国文学科を経て，東京教育大学大学院博士課程満期退学
文教大学文学部教授
日本近現代文学専攻，女性学
著書『有島武郎論』桜楓社，1984；『女が読む日本近代文学――フェミニズム批評の試み』(共編著)新曜社，1992；『男性作家を読む――フェミニズム批評の成熟へ』(共著)新曜社，1994；『総力討論・ジェンダーで読む『或る女』』(共編著)翰林書房，1997；『『青鞜』を読む』(共著)学藝書林，1998；『20世紀のベストセラーを読み解く――女性・読者・社会の100年』(共編著)学藝書林，2001，ほか。

大庭みな子の世界
アラスカ・ヒロシマ・新潟

初版第1刷発行 2001年10月30日©

著　者 江種満子
発行者 堀江　洪
発行所 株式会社 新曜社
〒101-0051 東京都千代田区神田神保町2-10
電話 03(3264)4973(代)・Fax 03(3239)2958
E-mail : info@shin-yo-sha.co.jp
URL http://www.shin-yo-sha.co.jp/

印刷・製本 光明社　Printed in Japan
ISBN4-7885-0780-3　C3091